Hassan M.M. Tabib

*Irreale Wahrnehmung
und
Weitere Erzählungen*

Hassan M.M. Tabib

*Irreale Wahrnehmung
und
Weitere Erzählungen*

Für

Lili, Zino, Tara, Kian und Haily

Die Deutsche Bibliothek – CIP-Einheitsaufnahme
Ein Titeldatensatz für diese Publikation ist bei
der Deutschen Bibliothek erhältlich (http:// www.ddb.de).

Dieses Werk
und alle seine Teile
sind urheberrechtlich geschützt.
Nachdruck, Vervielfältigung in jeder Form,
Speicherung, Sendung und Übertragung des Werkes
ganz oder teilweise auf Papier, Film, Daten- oder
Tonträger
usw. sind ohne schriftliche Zustimmung des Autors
unzulässig und strafbar.

1. Auflage 2014 Create Space, USA
2. Auflage 2016, Books on Demand GmbH

Illustration: Conroy Maddox, 27.Dez. 1912 in Ledbuy
† 14.Januar 2005 in London

Herstellung und Verlag:
BoD – Books on Demand, Norderstedt

ISBN: 9783741251344

Bemerkung: Alle Namen, Orte und wichtige Attribute wurden geändert. Ähnlichkeiten mit realen Personen sind reiner Zufall.

Inhaltsverzeichnis

	Seite
Irreale Wahrnehmung	*5*
Mein Kumpel Edgar	*59*
Der Geizhals	*89*
Begegnung mit meinem Rivalen	*147*
Silberner Hochzeit	*185*
Die Misanthropin	*210*
Doppelgeschlechtlichkeit (Der Hermaphrodit)	*235*

Irreale Wahrnehmung

I

Unser Gehirn ist ein genialer Betrüger, meinte mein Freund, Dr. Richard Stille. Er ist ein hochbegabter und erfahrener Psychologe, arbeitet als Personalberater, Gerichtsgutachter und ist zudem Autor von mehreren Sachbüchern. Wir kennen uns seit einer Ewigkeit, treffen uns gelegentlich in einem Sportverein und spielen zusammen Schach.

Bei unserer letzten Begegnung, nach einer Schachpartie, drehte sich unser Gespräch um die allgemeine Psychologie.

Er war der Meinung, dass der subjektive Wahrnehmungsprozess unserer fünf Sinne, insbesondere die visuellen und auditiven Sinne, oftmals durch eine gehobene Stimmung oder depressive Verstimmung beeinflusst werden könnte. Diese Empfindungen führten häufig zu einer falschen Auffassung von unserer Umwelt, aber auch irrtümlichen Bewertung eines Sachverhalts.

Als Beispiel erzählte er eine phänomenale Geschichte, über die ich mehrere Tage lang intensiv nachdachte. Er sagte:

»Seit Jahren versuchte meine Frau, mich für eine Kreuzfahrt zu begeistern. Aber ich hatte kein Interesse an dieser Art von Reise und wollte daher nichts davon wissen.

Es waren mehrere Gründe, die dazu führten, dass ich immer wieder unnachgiebig ihren Wunsch ignorierte.

Zum einen reizte mich die Vorstellung, dass man die ganze Zeit untätig in einem schwimmenden Hotel herumsitzen muss, an einem solchen „Vergnügen" überhaupt nicht. Zum Zweiten hatte ich jedes Mal, wenn dieses Thema zur Sprache kam, die furchtbare Szene vom Untergang der Titanic lebhaft vor Augen. Man ist bei einem Schiffsunfall tatsächlich völlig hilflos und dem ganzen Szenario buchstäblich ausgeliefert.

Dennoch sprang ich kurz vor ihrem 60. Geburtstag über meinen Schatten und tat das, wonach sie sich immer gesehnt hatte. Denn sie sagte mir bei jeder passenden Gelegenheit, dass sie sich als Geburtstagsgeschenk etwas *Außergewöhnliches* wünschte. Ich versuchte also, jegliche Abneigung und Angst zu überwinden, und buchte für den Monat Juni eine Kreuzfahrt in das Schwarze Meer, in die Badewanne Europas, wo sich kein Eisberg befindet und das Meer normalerweise zu dieser Jahreszeit konstant ruhig bleibt.

Ich muss allerdings gestehen, dass ich von dem Resultat dieser Entscheidung völlig überrascht war. Wir erlebten einen Urlaub, wie man ihn sich auch an Land immer vorstellt: schönes Wetter, leckeres Essen, unterhaltsame Abendprogramme, interessante Gesellschaft, eindrucksvolle und gut organisierte Ausflüge nach Troja, Athen, Santorini, Kreta, Ephesos usw.

Außerdem befand sich auf dem Oberdeck ein gut eingerichtetes Fitnesscenter, in dem man einige Stunden hart trainieren konnte. Diese Einrichtung war sehr wertvoll, da man in diesem luxuriösen und beweglichen Hotel die meiste Zeit über mit Essen und Trinken beschäftigt ist.

Gleich am ersten Tag unseres Urlaubs freundete ich mich in dem Fitnesscenter mit einem Herrn Adriano Pertini, einem Italiener, etwa in meinem Alter, an. Sein Name und sein Gesicht kamen mir irgendwie bekannt vor, aber ich weiß nicht, ob es an meiner sorglosen Urlaubsstimmung oder Gedächtnisschwäche lag, dass ich ihn nicht gleich erkannte.

Er hatte für sein Alter eine unglaubliche Kondition; er konnte auf dem Laufband mindestens eine Stunde ohne Pause in sehr schneller Geschwindigkeit laufen.

Ich war von seiner imponierenden Willensstärke und ausgesprochen freundlichen Ausstrahlung begeistert.

Bereits am zweiten Tag unserer Begegnung verstanden wir uns ausgesprochen gut miteinander. Er war hilfsbereit, charmant, witzig und redselig. Im Gegensatz zu ihm war seine Frau, Maria, introvertiert und sagte kaum etwas. Sie war das beste Opfer für meine Frau, die normalerweise selten jemanden zu Wort kommen lässt.

Maria war eindeutig einige Jahre jünger als Adriano. Sie schminkte sich kaum und gerade der Verzicht auf diese Verschönerungskünste verlieh ihr eine Natürlichkeit, die sehr angenehm wirkte.

Eigentlich hatte sie es auch gar nicht nötig. Sie war eine sehr schöne und begehrenswerte Frau.

Beim Mittagstisch oder Abendessen schlossen sich uns noch fünf weitere Personen an. Das waren ein Ehepaar aus Österreich, *Sofia und Patrick Flath*, ein Ehepaar aus Polen, *Elizabeth und Alfred Jacobi* und ein deutscher Junggeselle, *Michael Schwarz*.

Wie es bei einer solchen Vergnügungsreise üblich ist, geht man schnell dazu über, sich zu duzen und mehr Privates voneinander zu erfahren. Normalerweise beginnt die Kommunikation mit Erzählungen über die Familie, Arbeit, Hobbys und anschließend werden Visitenkarten ausgetauscht.

Maria und Adriano konnten kaum Deutsch sprechen und mit Ausnahme von Michael beherrschte niemand von uns die italienische Sprache. Wir unterhielten uns daher die meiste Zeit auf englisch.

Am dritten Tag unserer Reise wussten unsere neuen Freunde, nach einigen Stunden Aufenthalt in dem Oberdeck-Café, beinahe alles über uns. Meine Frau berichtete zuerst jedem detailliert und anschaulich Einzelheiten über unsere Hobbys, Kinder und Enkelkinder. Dann sie ging auf unsere Berufe ein und sagte mit gewissem Stolz:

»Mein Mann und ich lernten uns während des Studiums kennen. Wir haben beide Psychologie studiert. Nach dem Studium mussten wir zuerst zwei Jahre in einer Klinik für Psychiatrie und Psychotherapie arbeiten. Obwohl die Aufgabengebiete sowie das Gehalt nicht schlecht waren, wollte mein Mann seinen Vertrag nicht mehr verlängern und ließ mich dort alleine weiterarbeiten.

Er wechselte seine Stelle und arbeitete als freiberuflicher Mitarbeiter für verschiedene Branchen; er ist Journalist, Personalberater, Gerichtsgutachter und Buchautor. Ich glaube, er ist mit seinen zahlreichen Tätigkeiten glücklicher als damals mit seiner Tätigkeit in der Klinik.

Dennoch bin ich der Meinung, dass er mit seinen guten Fachkenntnissen in Psychologie als Psychotherapeut mehr Erfolg haben und auch mehr Geld verdienen könnte.«

Natürlich hatte sie das alles nicht umsonst erzählt. Sie erwartete, dass die anderen, vielleicht nicht in dem gleichen Tempo und Temperament, uns dennoch einen Einblick in ihr Privatleben gewähren würden. Allerdings waren unsere neuen Freunde zu ihrer großen Enttäuschung, mit Ausnahme von Adriano, nicht ganz so gesprächig, für meinen Geschmack manchmal sogar etwas langweilig.

Michael wirkte ein wenig schüchtern, eher reserviert. In ein paar kurzen Sätzen erzählte er, dass er seit mehreren Jahren in San Camillo, bei Rom, lebte und Besitzer eines großen Blumengeschäftes war.

Das österreichische Ehepaar war nicht dazu zu bewegen, nur ein einziges Wort über ihr privates Leben zu verlieren – sie waren allerdings aufmerksame Zuhörer –, und das polnische Ehepaar konnte sich schlecht auf englisch verständigen. Nur Adriano tanzte nach der Pfeife meiner Frau und antwortete auf alles, was sie fragte.

Er erzählte, dass er und seine Frau direkt in Rom wohnten. Sie hatten vier große Söhne, zwei lebten in Kanada, einer studierte in München und der Jüngste in Mailand. Seine Frau hatte ihren Beruf kaum ausgeübt. Sie heiratete ihn unmittelbar nach ihrem Abitur, blieb die ganze Zeit zu Hause und sorgte für ein anheimelndes und harmonisches Familienleben. Seit ihren Kindern ein eigenes Leben führten, hatte sie mehr Zeit für ihr Hobby. Sie züchtete verschiedene Rosen und Orchideen in ihrem großen Garten bzw. in einem riesigen Wintergarten.

»Und was machst du die ganze Zeit, mein Lieber?«, fragte meine Frau, während sie Adriano wie eine Kriminalbeamtin anstarrte.

»Ich bin Buchautor.«

In diesem Augenblick wurde mir plötzlich bewusst, wer er war. Vor acht Jahren hatte er einen Vortrag über die Aufgabe eines Schriftstellers im 21. Jahrhundert im Londoner P.E.N.-Club gehalten. Ich erinnerte mich daran, dass seine These sehr imposant war und er großen Zuspruch erhielt.

Was für ein Zufall, was für eine Ehre; ich war mit einem berühmten und hochbegabten Schriftsteller befreundet. Von diesem Zeitpunkt an nutzten wir jede Gelegenheit, dem Ehepaar Pertini Gesellschaft zu leisten.

Wenn ich heute an diese Zeit zurückdenke, erkenne ich beschämt, dass wir manchmal wohl doch zu aufdringlich waren. Ob es bei einem Ausflug zu einer griechischen Insel oder bei einem Abendprogramm war, wir wollten stets mit Adriano und Maria zusammen sein.

Was uns an Adriano besonders faszinierte, war sein Verhalten gegenüber seiner Frau. Er verhielt sich ihr gegenüber stets höflich, liebevoll und aufmerksam. Wie oft stand er plötzlich auf und servierte ihr Getränke oder lief abends, wenn das Wetter etwas kühl geworden war, schnell in ihre Suite und brachte ihr einen warmen Pullover. Es passierte auch häufig, dass er nicht auf den Kellner wartete, wenn ihr Kaffee kalt war, sondern er stand selbst auf und holte ihr eine neue, frische Tasse.

Er benahm sich ihr gegenüber immer respektvoll, hörte ihr konzentriert zu und tat mit einer unglaublichen Hingabe alles, was sie sich wünschte.

Einmal nach dem Mittagessen überreichte er Maria eine kleine Schachtel. Alle am Tisch, insbesondere meine Frau, waren neugierig zu wissen, was sich in der kleinen Geschenkpackung befand.

Langsam öffnete Maria die Schachtel, betrachtete den Inhalt fast eine Minute lang und nahm schließlich ein Paar wunderschöne goldene Ohrringe heraus.

Wir erfuhren, dass Maria einen Tag zuvor diesen Schmuck im Schaufenster der Schiffsboutique bewundert und Adriano diesen kurz danach heimlich gekauft hatte.

Maria war sichtlich überrascht und zu Tränen gerührt. Sie schaute ihren Mann liebevoll an und sagte leise „danke".

Merkwürdig fand ich die unangemessene Bemerkung unseres deutschen Junggesellen Michael. Er musterte Adriano ärgerlich und sagte:

»Verdammt! Sie waren schneller als ich. Ich war bereits um 10:00 Uhr in der Boutique und die Verkäuferin sagte, dass jemand sie bereits erworben hatte.«

»Wozu brauchen Sie Damenohrringe?«, fragte meine Frau erstaunt.

»Ich hatte vor, meine Freundin damit zu überraschen. Dieser Schmuck ist sehr kunstvoll, leider gab es nur ein einziges Paar.«

»Darf ich fragen, warum Sie ohne Ihre Freundin reisen?«

Zuerst wusste Michael nicht, was er auf ihre Frage erwidern sollte. Aber dann sagte er in einem Ton, der mir unglaubwürdig erschien:

»Sie konnte mich leider nicht begleiten.«

Während dieser zehntägigen Kreuzfahrt wurde Maria des Öfteren von Adriano überrascht, dieses Mal war sie jedoch hingerissen. Besonders, als sie das beigefügte Kärtchen las, und nach langer Überlegung zeigte sie uns, was er geschrieben hatte. Die Karte ging von Hand zu Hand, obwohl der Text italienisch war. Dennoch waren die Wörter wie *„amore"*, *„mia bella Maria"* oder *„ti amo"* nicht schwer zu verstehen.

Adrianos außergewöhnlich liebevolles Verhalten Maria gegenüber machte die anderen Frauen am Tisch recht eifersüchtig. Meine Frau konnte sich jedes Mal die Bemerkung nicht verkneifen, dass ich von Adriano lernen müsse, wie man mit seiner Frau umzugehen hat.

Diese spitze Bemerkung wiederholte sie auch dann, wenn wir uns spätabends in den Tanzsaal begaben. Denn kaum hatten wir den Raum betreten, fand unser Zusammensein ein jähes Ende; die ganze Zeit über tanzte Adriano ausschließlich mit seiner Frau Maria.

Im Laufe der Zeit versetzte diese ungewöhnliche Zuneigung, dieser sanfte, höfliche Umgang, diese dauerhafte Verehrung nicht nur meine Frau in Neid und manchmal sogar in Verzweiflung, sondern nach und nach auch die anderen Frauen aus unserer Gruppe.

Ich muss gestehen, dass mir aus der Perspektive meiner beruflichen Erfahrung diese intensive Verehrung ziemlich übertrieben, sogar regelrecht anormal vorkam.

Sicherlich konnte man davon ausgehen, dass sie einfach ein perfektes Ehepaar waren, aber für einen objektiven Norddeutschen mit jahrelanger Erfahrung im Fach Psychologie, wie ich, war dieses exzeptionelle Verhalten nicht „normal", schon gar nicht, wenn man seit über 30 Jahren miteinander verheiratet ist. Und wenn ich nicht ein treuer Fan von Adriano gewesen wäre, hätte ich behauptet, dass er uns die ganze Zeit eine merkwürdige Komödie vorspielte.

Einmal in der Bar, während eines Gesprächs über Schlafgewohnheiten, erzählte Maria, dass Adriano ihr in der letzten Zeit jeden Abend eine Geschichte vorlesen würde, bis sie ruhig einschlief. Sie sagte, dass sie sich so daran gewöhnt hatte, dass sie ohne dieses liebevolle Ritual nicht schlafen konnte.

Auf meine Frage, ob er immer ein perfekter Ehemann gewesen war, erhielt ich keine Antwort; sie schaute mich nachdenklich an und blieb merkwürdig schweigsam.

Am achten Tag unserer Reise kehrte das Schiff in Richtung Türkei zurück. Während dieser unvergesslichen Tage entwickelte sich zwischen unseren Gruppenmitgliedern eine herzliche und freundschaftliche Beziehung. Ich muss zugeben, dass die Anwesenheit des Ehepaars Pertini in diesem Zusammenhang eine große Rolle spielte.

II

Am letzten Tag unserer Reise, nach dem Abendessen, schlug meine Frau vor, dass sich die Männer und Frauen in getrennten Räumlichkeiten treffen sollten. Die Männer könnten in die Bar gehen und sich über Politik oder Fußball unterhalten. Die Frauen wollten unter sich bleiben und miteinander plaudern. Ich war erstaunt, dass alle mit ihrem Vorschlag einverstanden waren.

Wir (Adriano, Michael, Alfred und Patrick) begaben uns in eine Bar auf dem siebten Deck.

Kaum hatten wir das erste Glas Bier geleert, entschuldigte sich Michael und sagte, dass ihn die Müdigkeit übermannt habe und er deshalb in seine Kabine zurückgehen wolle. Angeblich hatte er in der letzten Nacht nicht richtig schlafen können.

Patrick blieb noch fünfzehn Minuten länger; aber dann wollte auch er seine Kabine aufsuchen und sich ein Fußballspiel zwischen Deutschland und Österreich anschauen. Und zu meinem Erstaunen blieb unser polnischer Freund Alfred danach auch nicht mehr lange und verabschiedete sich verlegen. Er konnte sich ohne die Hilfe seiner Frau kaum mit uns auf englisch unterhalten.

Adriano und mir machte es jedoch nichts aus, dass wir unter uns blieben. Ich bestellte eine Flasche Wein und erzählte von meinen zahlreichen Tätigkeiten, vor allem wie schwierig es sei, ein Sachbuch erfolgreich zu veröffentlichen. Ich sagte:

»Im Gegensatz zu den USA liest man in Europa nur wenige Bücher über Psychologie. Vielleicht liegt es daran, dass ein Buch über allgemeine Psychologie oder die Psychoanalyse in der Regel zu teuer ist.

Die meisten meiner Leser sind Studenten oder auch Mitarbeiter aus der Personalabteilung von großen Unternehmen.

Ohne meine Tätigkeit als Berater und Gerichtsgutachter könnte ich nicht von den Tantiemen meiner Bücher leben.«

Dann war er an der Reihe und gab völlig andere Statements ab. Sein erstes Buch hatte er im Jahr 1970 geschrieben. Er sagte:

»Das erste Buch war die große Enttäuschung meines Lebens. Ich war persönlich bei unzähligen Verlagshäusern, aber keiner hatte Interesse an meinem Werk. Ich gab jedoch nicht auf, schrieb mein zweites Buch und hatte dieses Mal mehr Glück. Ein bekannter Verlag schloss mit mir einen Autorenvertrag ab und ein Jahr später konnte ich sogar das erste Buch doch noch veröffentlichen.

Dann setzte der Erfolg wie eine Lawine ein. Nach der Veröffentlichung meines dritten Buches rannten mir die Agenturen mehrerer Verlage förmlich die Türe ein. Heute kann ich von den Tantiemen meiner 16 Bücher, vier davon sind immer noch in den Top 10, gut leben.«

Als ich das Thema wechselte und zu dem kam, was uns in den letzten Tagen intensiv beschäftigt hatte, nämlich sein übertriebenes Verhalten gegenüber Maria, versuchte er mit der Bestellung einer neuen Flasche Wein meine Bemerkung zu ignorieren, obwohl die Flasche noch fast halb voll war.

Aber ich war ziemlich neugierig und ließ nicht locker. Ich sagte:

»Ich bewundere an dir, lieber Freund, dass du nicht nur ein exzellenter Schriftsteller und eine angenehme Persönlichkeit bist, sondern es hat den Anschein, dass du auch ein perfekter Ehemann bist. Darüber hinaus staune ich darüber, wie du so ruhig, so bewusst, beherrscht und liebevoll mit allen Menschen umgehst.

Meine Frau ist der Meinung, dass du ein richtiger Gentleman, ein perfekter Ehemann und zudem ein guter Psychologe bist.« Als ich keine Reaktion auf meine Komplimente erhielt, sagte ich weiter: »Offen gesagt dachte ich am Anfang, dass du die Rolle eines Protagonisten aus einem deiner Bücher spielst.

Eigentlich stehen wir Psychologen solch außergewöhnlichem Verhalten etwas skeptisch gegenüber und ordnen es sogar in unserer Fachsprache als *„non real attitude"* ein. Dennoch muss ich gestehen, dass dein starker Charakter und vor allem dein Benehmen eine ganz neue Erfahrung für mich sind.

Ich beuge mich jedoch der Realität und erkenne neidlos an, dass es im Gegensatz zur Theorie vieler Kollegen von mir doch möglich ist, nach mehr als 30 Jahren Eheleben noch genauso mit seiner Partnerin umzugehen wie während der ersten Ehejahre.«

Er schwieg immer noch und wirkte etwas nachdenklich. Einige Male traf sein Blick auf meinen fragenden

Gesichtsausdruck und ich glaubte, er wollte etwas dazu sagen. Aber plötzlich stand der Kellner neben uns und füllte unsere Gläser aus einer neuen Weinflasche. Nach einer langen Weile hob er sein Glas, trank den Wein bis auf den letzten Tropfen und sagte mit weicher, ja ziemlich alkoholisierter Stimme:

»Ich kann dir versichern, dass es nicht meine Absicht war, vor dir oder den anderen einen braven Ehemann zu spielen und dadurch einen außergewöhnlichen Eindruck zu vermitteln. Ich bin dennoch der Auffassung, dass die Liebe und Leidenschaft kein exklusives Recht der Jugend sind, sondern dass sie ein Leben lang Bestand haben können.« Er schaute mir direkt in die Augen und fügte hinzu: »Aber ich denke, mit dem Fachterminus *„non real attitude"* wolltest du etwas Bestimmtes andeuten.

Da wir uns seit dem Beginn dieser Reise bestens verstanden haben, sogar gute Freunde geworden sind, möchte ich deine Bemerkung nicht einfach im Raum stehen lassen. Du verdienst eine ehrliche Antwort.

Ich gebe zu, meine Beziehung zu Maria war nicht immer so imposant und geprägt von Harmonie und Liebe, jedenfalls nicht während mehrerer Jahre unseres gemeinsamen Lebens.

Wir haben uns während eines kurzen Urlaubs in Rimini kennengelernt und ich machte ihr bereits bei der dritten Begegnung einen Heiratsantrag.

Ich war glücklich, endlich meine Traumfrau gefunden zu haben. Ich heiratete sie und hatte vor, zuerst mit ihr ein sogenanntes unstetes Leben zu führen.

Ich meine damit, viel zu reisen, Diskotheken zu besuchen und viele verrückte Dinge zu machen, die ich in meiner Jugendzeit verpasst hatte.

Aber dazu kam es nicht. Bereits einen Monat nach unserer Hochzeit war sie schwanger. Das war allerdings kein Zufall, sondern sie verfolgte eben ihren eigenen Plan: Sie wollte viele

Kinder haben und sie bekam vier – vier Söhne innerhalb der ersten sieben Ehejahre.

Ich möchte betonen, dass ich über die Geburt dieser vier wunderbaren Kerle sehr glücklich war; sie haben viel Freude in unser Leben gebracht.

Aber andererseits muss ich doch zugeben, dass ich nicht so früh eine große Familie haben wollte. Ich war dafür noch nicht reif genug. Ja, ich war einfach seelisch nicht auf diese große Verantwortung vorbereitet.

Stell dir vor, plötzlich hatte ich eine liebevolle Mutter für unsere Kinder, aber keine Partnerin für mein lang ersehntes abenteuerliches Leben. Bereits bei der Geburt unseres zweiten Sohnes musste ich alle meine Pläne für Fernreisen und ein aufregendes Nachtleben aufgeben. Es blieb mir nichts anderes übrig, als mich auf die Arbeit zu konzentrieren.

Ich musste tatsächlich hart arbeiten, um meiner Großfamilie ein gutes Leben zu ermöglichen.

Wie du weißt, hat ein Buchautor keine geregelten Arbeitszeiten. Es kommt häufig vor, dass man die ganze Nacht über, das gesamte Wochenende oder sogar während der Weihnachtstage arbeiten muss. Jedenfalls tat ich es so. Meine Frau war mit den kleinen Kindern beschäftigt und ging in ihrer Rolle als Mutter völlig auf, während ich jeden Tag tief in den Ozean der Arbeit eintauchte. Ich schrieb zahlreiche gute bis sehr gute Romane.

Jahrelang war meine Frau für das Haus und die Erziehung unserer Kinder zuständig und ich war der Alleinverdiener. Dieses geordnete Leben lief jahrelang ganz normal, bis uns ein Kind nach dem anderen verließ, um sein eigenes Leben zu bestreiten.

Irgendwann merkten wir beide, wie leer das Haus plötzlich war. Auf einmal wirkte alles ruhig; kein Lärm, kein Streit, kein Lachen, nur sie, ich und ein großes, trauriges Haus.

Obwohl wir uns beide guter Gesundheit erfreuten und keine finanziellen Probleme hatten, waren wir irgendwie mit unserem Leben unzufrieden. Ja, wir waren nicht das gleiche glückliche Ehepaar wie vor der Geburt unserer Kinder. Unser Verhalten blieb oberflächlich betrachtet vielleicht dasselbe, aber dadurch, dass wir unser Leben nun als leer und bedeutungslos wahrnahmen, verspürten wir das Gefühl, dass sich unsere Seelen verändert hatten, sodass wir uns selber fremd geworden waren.

Wir hatten in den letzten Jahren verlernt, wie ein liebevolles Ehepaar unsere gemeinsamen Gefühle miteinander zu teilen: aufrichtig miteinander zu reden, dem anderen Verständnis entgegenzubringen und vor allem Interesse für die Gefühle, Hobbys oder Kreativität des Partners zu zeigen. Noch schlimmer, wir hatten sogar keine Kraft oder Lust, miteinander zu streiten.

Jeder von uns tat alles, was der andere verlangte, jedoch ohne Sinn oder Zweck der Handlungen zu hinterfragen.

Sie kümmerte sich nach wie vor um das Haus und nach dem Auszug des letzten Kindes um ihr Hobby. Sie züchtete ihre Blumen und besuchte ab und zu ihre Mutter oder ihre Freundinnen. Selbstverständlich sorgte sie dafür, dass ich mindestens einmal am Tag eine warme Mahlzeit bekam. Und ich … ich vergrub mich nach wie vor in mein Büro und arbeitete jeden Tag nicht weniger als zehn Stunden. So lief unser Leben weiter, wenn man es überhaupt Leben nennen konnte.

Bis eines Tages etwas Außergewöhnliches passierte, etwas, was auf einmal mein ruhiges Leben total verändert hat.«

Plötzlich hielt Adriano in seiner Erzählung inne. In seinem Gesicht konnte ich deutlich erkennen, dass er sich nicht schlüssig war, ob er mit mir über dieses außergewöhnliche Ereignis sprechen wollte. Aber als Psychologe wusste ich, wie ich mich in solch einer Situation zu verhalten hatte.

Ich schaute ihn verständnisvoll und aufmunternd an und versuchte ihm mit meiner ruhigen Art Mut zu machen, mir sein Herz bedenkenlos auszuschütten.

III

Adriano nahm einen Schluck Wein und setzte seine Erzählung fort.

Zuerst dachte ich, dass er das Thema absichtlich gewechselt hatte. Aber nach und nach bemerkte ich, dass er doch seinen Leitgedanken verfolgte. Er wollte vorher das eingetretene Ereignis logisch begründen. Er sagte:

»Ich nehme an, dass einige deiner Bücher in eine andere Sprache übersetzt worden sind. In diesem Fall stimmst du mir als Buchautor zu, dass man sich stets Sorgen hinsichtlich der Übersetzungsqualität seines Buches macht. Man möchte sicherstellen, dass bei der Übersetzung in eine andere Sprache die Authentizität des Textes nicht verloren geht. Selbstverständlich muss man bei exotischen Sprachen wie chinesisch oder arabisch einfach blindes Vertrauen haben, aber bei den Sprachen, die man selbst beherrscht, zum Beispiel englisch, spanisch oder französisch, möchte man doch deren Richtigkeit prüfen.

Ich lege Wert darauf, das Buch sorgsam zu lesen und mich von der Korrektheit der Übersetzung zu überzeugen, bevor es veröffentlicht wird. Ich verlange von dem Verlag, dass die Übersetzerin mir ihre Arbeit – in der Regel kapitelweise – zur Verfügung stellt, bevor das Buch veröffentlicht wird.

Das heißt, wenn ich damit zufrieden bin, gebe ich es für den Druck frei.

Natürlich ist dieses Verfahren mühsam und zeitaufwendig, aber ich kann nach der Publikation ruhig schlafen.

Letztes Jahr schloss mein Verlag einen Vertrag mit einer französischen Buchagentur ab. Mein Wunsch, dass der übersetzte Text vorerst mit mir abgestimmt werden müsste, wurde vertraglich festgelegt.«

Er hielt einen Augenblick inne, vermutlich, um mich auf das nun folgende bedeutungsvolle Ereignis aufmerksam zu machen, und fuhr fort: »Ich hatte allerdings keine blasse Ahnung, dass dieses Mal der Abstimmungsprozess einen enormen Einfluss auf mein ruhiges Leben nehmen würde.

Eines Tages rief mich eine Frau *Margaret Grandes* aus Paris an und stellte sich als Übersetzerin meines Buches vor. Ich kann sogar heute nicht wirklich erklären, warum ich plötzlich Herzklopfen hatte.

Es war nicht nur ihre angenehme und erotische Stimme, die mich nach und nach maßlos faszinierte, sondern auch ihre Art, stets witzig, aber immer auch zutreffend zu formulieren.

Eigentlich kann nur jemand die Kunst der Formulierung sowie die raffinierte Wortauswahl beherrschen, der dieser Sprache mächtig ist. Margaret beherrschte nicht nur die französische Sprache, sie sprach darüber hinaus italienisch und englisch so perfekt wie ihre Muttersprache. Sie war eine lustige, witzige, aber auch intelligente Frau. Jedes Mal, wenn wir uns miteinander unterhielten, brachte sie mich in eine fröhliche Stimmung.

Eine Woche nach unserem ersten Gespräch schickte sie mir das erste Kapitel via Internet und schrieb mir eine nette Bemerkung dazu, etwas wie:

„*Keine Sorge, Chéri, wenn Du die Übersetzung nicht gut findest. Deine Story ist so spannend, dass man auf meine schwache Formulierung nicht achten wird.*"

Dennoch muss ich sagen, dass ihre Arbeit tadellos war. Ich las das erste Kapitel zwei- oder dreimal kritisch durch und bemerkte erleichtert, dass die Übersetzung absolut authentisch war, ja, absolut perfekt. Sie hatte sogar einen grammatikalischen Fehler in dem original italienischen Text gefunden und schickte mir diesen auf einem Extra-Dokument.

Am nächsten Tag teilte ich ihr mit, dass ich mit ihrer Arbeit zufrieden war. Sie sagte mit ihrer lustigen Art:

„Ich danke dir, Chéri. Bitte ruf meinen Boss an und erzähle ihm, was du mir gerade gesagt hast. Vielleicht wird er dann einen langfristigen Vertrag mit mir abschließen." Dann änderte sie das Thema und wollte etwas über mein Privatleben erfahren. Sie fragte:

„Bist du verheiratet?"

„Ja, ich bin verheiratet."

„Bist du ein glücklicher Ehemann?"

„Bist du eine glückliche Ehefrau?"

Sie lachte wieder ganz herzlich und erwiderte:

„Shakespeare sagte einmal: *„Gut gehängt ist besser als schlecht verheiratet."* Jedenfalls lebe ich noch."

Wir haben an diesem Tag beinahe eine Stunde miteinander geplaudert. Wir sprachen über verschiedene Themen. Bei jedem Thema war sie gut, sogar sehr gut informiert. Ihre logischen, geistreichen und tiefsinnigen Argumente versetzten mich in große Begeisterung. Ich hätte gerne gewusst, wie alt sie war, wie sie aussah. Aber ich hatte Hemmungen, sie danach zu fragen.

Ab der zweiten Woche telefonierten wir fast jeden Tag eine Stunde lang miteinander.

Manchmal fragte ich mich mahnend, was mit mir los war? Warum rief ich sie jeden Tag an? Was sollte daraus werden? Vor allem, was würde sie von mir denken? Sie wusste, wer ich war und wie alt ich war.

Andererseits war ich von ihrer verführerischen, sexy Stimme so berauscht, dass ich nur noch an Margaret denken konnte. Im Laufe der Zeit spürte ich verwundert, dass sie mein Herz erobert hatte.

Um ihr den Grund für meine täglichen Anrufe plausibel darzulegen, versuchte ich immer, ein sachliches Argument zu finden.

Zum Beispiel beanstandete ich einen Satz, der nicht sinngemäß übersetzt worden war, oder ich bemängelte bei einem bestimmten Wort die korrekte Rechtschreibung, was sie natürlich alles leicht und entschieden entkräften konnte.

Manchmal hatte ich Angst, dass diese unbekannte Französin einen tiefen und dauerhaften Einfluss auf mein Leben nehmen würde. Und manchmal war ich über diese Veränderung in meinem trostlosen Leben sehr glücklich. Ich weiß, es klingt hinterhältig und egoistisch, aber ich muss sagen, dass jeden Abend, wenn ich auf meinem Bett lag, meine Gedanken nur bei Margaret waren.

Drei Monate lang kommunizierten wir miteinander in Sachen Übersetzung via Internet und jeden Tag führten wir miteinander ein langes privates Telefongespräch.

Im zweiten Monat unserer geschäftlichen und freundschaftlichen Beziehung merkte ich, dass ich nicht der Einzige war, der auf ein solches Ferngespräch gewartet hatte. Es schien, dass sie genauso süchtig geworden war wie ich. Offenbar hatte mein emotionales Verhalten auch sie angesteckt.

Ich erinnere mich an eine Situation, als ich sie einmal wegen eines Arzttermins erst am Nachmittag anrufen konnte. Ich konnte deutlich merken, dass sie verärgert war.

Sie beklagte sich: „Hast du mich aus Spaß so lange warten lassen?"

Ich kann gar nicht beschreiben, wie glücklich ich über ihren scharfen Ton war. Denn daran merkte ich, dass sie mich mochte. Mein Gott, sie vermisste meinen Anruf. Das bedeutete unmissverständlich, dass diese immer stärker gewordene Zuneigung auf Gegenseitigkeit beruhte.

Ja, ich war überglücklich, dass sie mich beschimpfte und darauf bestand, dass ich sie in Zukunft pünktlich um 10:00 Uhr anrufen sollte.

Die Zeit verging zu schnell; plötzlich hatten wir unser Projekt beinahe beendet. Als sie mir das 18. Kapitel zuschickte, war ich tief besorgt.

Der Gedanke, dass aus dieser aufkeimenden Beziehung bald nur noch kalte Asche zurückbleiben könnte, machte mich nervös. Ich war tieftraurig, sehr unglücklich. Noch zwei weitere Kapitel, dann würde ich keinen dienstlichen Grund mehr finden können, um sie anzurufen. Es würde mindestens zwei bis drei Jahre dauern, bis ich ein neues Buch geschrieben hatte und sie dann mit der Übersetzung betrauen konnte. War ich in der Lage, so lange zu warten? Nein, unmöglich, das konnte ich nicht.

Ich hatte das Gefühl, dass sie die gleichen Sorgen quälten. Denn plötzlich nahm sie sich Zeit und schickte mir jeden Tag nur noch eine einzige Seite. Es dauerte fast zwei weitere Wochen, bis sie endlich das 19. Kapitel vervollständigt hatte.

Unsere persönlichen Telefongespräche setzten sich jeden Tag fort. Die meiste Zeit über redete sie. Sie erzählte über alles Mögliche, ihre Schulzeit, ihre Freunde und über ihren zweiten Job.

„Warum hast du noch einen zweiten Job? Ich dachte, dass du mit deiner Übersetzungsarbeit gutes Geld verdienst?", fragte ich interessiert.

„In Paris kann man nie genug Geld haben. Fast die Hälfte aller Berufstätigen in dieser Stadt haben zwei Jobs. Einen, um die teure Miete zu begleichen, und den anderen, um die teuren Lebenshaltungskosten bestreiten zu können."

„Und welche Tätigkeit übst du in deinem zweiten Job aus?"

„Ich arbeite in einem Tonstudio. Ich synchronisiere ausländische Filme."

Ich konnte mir denken, dass ich nicht der Einzige war, der ihre zauberhafte Stimme liebte.

Irgendwann kam das Unvermeidliche. Sie schickte mir die letzte Seite des letzten Kapitels und ich war vollkommen unglücklich. Die Vorstellung, dass sie bald nicht mehr Teil meines Lebens sein würde, machte mich schier wahnsinnig. Ich war traurig, dass ich bald wieder in meinen trostlosen Alltag zurückfallen musste. Ich würde wohl oder übel auf diese Stimme, diese selige Musik, die meinen Tagesablauf auf so eine wunderbare Art und Weise aufhellte, verzichten müssen.

Eines Tages, nach dem letzten Datentransfer, rief sie mich am späten Abend an. Ihre Stimme klang deutlich traurig, ernst; nein, nicht mehr sexy und wie immer verführerisch. Sie fragte, ob es nicht zweckmäßig wäre, wenn ich einige Tage nach Paris reisen würde. Wir könnten dann alle offenen Fragen noch einmal durchgehen und gemeinsam die Sätze herausfinden, die noch zu korrigieren wären.

Die Idee war gut. Obwohl ich mir sicher war, dass wir kaum einen weiteren Fehler finden würden. Aber es gab mir die Möglichkeit, diese Frau, diese verführerische Frau, die mich beinahe vier Monate lang bezaubert hatte, endlich kennenzulernen. Ich erhielt einige Tage die Gelegenheit, in ihre Augen zu schauen, ihre Gestalt zu bewundern und ihren Duft zu atmen. Ich konnte ihre Hände in den meinen halten, sie umarmen und vielleicht noch mehr …

Ich muss zugeben, dass mich meine intimen Fantasien manchmal regelrecht schockierten. Ich war damals 60 Jahre alt, vor allem verheiratet. Ich fragte mich mahnend, wie das möglich sein konnte, dass die verführerische Stimme einer völlig unbekannten Frau solche fieberhaften Gefühle in mir aufkeimen ließen?

Andererseits war ich damals, wie ich bereits sagte, wie ein Junkie, einfach süchtig nach ihrer Stimme. Vielleicht war das ein Grund, dass ich nicht in der Lage war, diese logische oder vernünftige Frage zu beantworten.

Ja, ich sehnte mich glühend danach, diese außergewöhnliche Frau kennenzulernen. Seit dem Beginn unserer Kommunikation spürte ich deutlich, dass sich mein Herz wieder bemerkbar machte. Es hämmerte heftig in meiner Brust, alle meine Sinne waren wieder lebendig. Ich war glücklich, den Zauber meiner Jugendzeit wieder ein wenig spüren zu können. Offenbar hatte ich seit langem tief in mir ein starkes Bedürfnis nach Wärme, Geborgenheit und Liebe. Ich sagte ihr am Telefon:

„Ja, liebe Margaret, ich komme zu dir. Das ist eine exzellente Idee. Du musst mir nur sagen, wann. Wann du genügend Zeit hast; Zeit, das Projekt zusammen abzuschließen, Zeit, uns über Privates zu unterhalten, und Zeit, um einander besser kennenzulernen."

Sie war von meiner spontanen Reaktion vollkommen begeistert. Ich spürte, dass sie sich diese Begegnung mehr wünschte als ich. Sicherlich nicht wegen der Überarbeitung des Manuskriptes, denn wir beide wussten, dass es daran kaum etwas zu ändern gab.

Wie ich bereits erwähnte, sprach sie beide Sprachen fließend. Ich hatte in allen 20 Kapiteln nicht einen einzigen Fehler finden können. Möglicherweise konnte man mit Mühe hier und da einen Tippfehler oder ein fehlendes Komma ausfindig machen, jedoch keine fehlerhaften Sätze. Mein Protest während der letzten vier Monate bezüglich der korrekten Schreibweise war sowieso nur eine Ausrede, um mit ihr ins Gespräch zu kommen.

Ich vermutete, dass sie bereits alles für meinen Aufenthalt in Paris organisiert hatte. Sie teilte mir den Termin mit, der auf den dritten bis zehnten November fiel. Der Ort war das Hilton Hotel in Paris und sie bestand darauf, mich am Flughafen abzuholen. Sie erwähnte nebenbei, dass sie während dieser Woche die ganze Zeit über bei mir bleiben wollte.

Ich traute mich nicht zu fragen, was sie mit *der ganzen Zeit* meinte? Wo blieb die Zeit mit ihrem Mann?

Am selben Tag buchte ich meinen Flug bei der Lufthansa.

Wie sie wünschte, würde ich am dritten November in Paris ankommen und am zehnten November nach Rom zurückfliegen. Danach schickte ich ihr meine Reisedaten per E-Mail.

Mir war schon bewusst, dass ich dabei war, die größte Dummheit meines Lebens zu begehen. Aber wie gesagt, ich musste es tun … ich musste es tun, weil ich für die unzähligen Fragen meiner neugierigen Seele plausible Antworten finden wollte.«

Adriano hielt plötzlich inne. Er sah mich mit einem prüfenden, eindringlichen Blick so an, als ob er meine Gedanken lesen wollte. Ich glaube, er wollte wissen, ob ich für seine Gefühle, für das Hintergehen seiner Ehefrau, was im absoluten Gegensatz dazu stand, was ich in den letzten Tagen erlebt hatte, Verständnis zeigte.

Nein, ich konnte das nicht. Im Gegenteil, ich hatte erhebliche Schwierigkeiten, sein dramatisches Geständnis nachzuvollziehen. Ich konnte nicht begreifen, wie ein Mensch, der sich die ganze Zeit wie ein mustergültiger Ehemann präsentierte, auf einmal von einer potenziellen Affäre sprach.

Dennoch versuchte ich, mir meine Verwirrung nicht anmerken zu lassen. Ich blickte ihn nach wie vor freundlich, konzentriert, ermutigend und schweigend an. Ich denke, er bemerkte selbst, dass er mit seinem Geständnis den positiven Eindruck der letzten Tage mutwillig zerstörte, auch wenn mein Pokergesicht einen anderen Eindruck zu vermitteln versuchte.

Er nippte an seinem Wein und setzte seine Erzählung fort:

»Ich kann mir gut vorstellen, dass diese Geschichte für dich oder für jede andere Person aus unserer Reiseclique verwirrend, merkwürdig, vielleicht sogar absurd klingt.

Ich weiß, es ist in der Tat schwer zu begreifen, wie sich ein 60-jähriger verheirateter Mann, Vater von vier erwachsenen Kindern, in eine unbekannte, junge, verheiratete Frau verlieben konnte.

Ich weiß, ich weiß, es ist verrückt, es ist töricht. Ja, ich wollte eine verheiratete Frau, von der ich nicht wusste, wie sie überhaupt aussah, wie alt sie war und vor allem, was sie von mir, meinem Leben und meiner äußeren Erscheinung hielt, heimlich in Paris besuchen.

Eine logische Erklärung habe ich dafür nicht. Dennoch muss ich zugeben, dass es doch ein schwaches Argument gab, was mich ungemein motivierte, diese Frau zu treffen. Vielleicht kannst du mich als erfahrener Psychologe besser verstehen.

Ich hatte ein starkes Bedürfnis herauszufinden, was eine Frau wie Margaret von einem Mann wie mir hielt? Ich wollte wissen, wie alt ich wirklich geworden war. Gab es in meinem Alter noch so etwas wie einen zweiten Frühling?

Ja, lieber Freund, ich hatte das Bedürfnis zu wissen, wo ich stand. War ich noch für eine Liebe gut oder zählte ich schon zum *alten Eisen*? Ich bin mir sicher, dass es Millionen von Männern in meinem Alter gibt, die für die gleiche Frage eine überzeugende Antwort suchen.

Wie auch immer, am dritten November flog ich nach Paris. Ich erzählte Maria, dass ich wegen der letzten Phase vor der Publikation meines Buches in Frankreich nach Paris reisen musste.

Ich erinnere mich daran, dass ich die gesamte Strecke über den ersten Moment unserer Begegnung innerlich durchspielte.

Was für ein Mensch würde mich auf dem Flughafen empfangen? Wusste sie wirklich, wie ich aussehe? Würden meine grauen Haare sie nicht erschrecken?

Und andauernd quälten mich Fragen, die ich hartnäckig nicht beantworten wollte.

Ich fragte mich ernsthaft: Was wäre, wenn aus diesem Besuch eine große Liebe entstünde? Wärest du in der Lage, so viele Ehejahre mit Maria einfach hinter dir zu lassen und mit Margaret ein neues Leben zu beginnen?

Und sie, was würde sie tun? Würde sie sich ebenfalls deinetwegen scheiden lassen und mit dir zusammenleben?

Dann stellte ich erschrocken fest, dass ich überhaupt nicht wusste, wie sie aussah.

IV

»Als ich um 14:00 Uhr den Grenzkontrollbereich des Charles de Gaulle Airports verließ, hatte ich solches Herzklopfen wie noch nie in den letzten Jahrzehnten.

In der Ankunftshalle standen zahlreiche Personen, die Namensschilder hochhielten und ihre erwarteten Passagiere in Empfang nehmen wollten. Ich schaute gespannt in alle Richtungen, sah jedoch nirgendwo meinen Namen. Wo ist Margaret? Wie sollte ich sie jetzt finden?

„Willkommen in Paris, lieber Adriano!" Die Stimme war mir wohl bekannt. Ich drehte mich um und erblickte sie zum ersten Mal.

Vor mir stand eine Frau, höchstens 24 Jahre alt, jedenfalls etwas jünger als mein jüngster Sohn. Sie war ziemlich korpulent, schätzungsweise 1,60 Meter groß, hatte lange, lockige, dunkelblonde Haare und war relativ *„normal"* angezogen. Sie umarmte mich herzlich und küsste meine Wange.

Offenbar war sie eine starke Raucherin; ihre Haare und ihr hellgrauer Mantel rochen, obgleich vorsorglich parfümiert, nach starkem Zigarettenrauch, was ich als sehr unangenehm empfand.

Dieser stürmische und herzliche Empfang ließ mich annehmen, dass sie bereits wusste, wen sie erwartete.

Wir fuhren mit dem Fahrstuhl in die Tiefgarage, wo ein alter kleiner Citroën stand. Sie verstaute meine Koffer im Kofferraum und fuhr gleich in Richtung Stadtmitte.

Unterwegs sprach sie die ganze Zeit. Und ich war ungewöhnlich sprachlos. Ganz stolz berichtete sie mir von ihrem zweiten Job, der normalerweise um 16:00 Uhr begann und ca. fünf Stunden dauerte.

Sie sagte, dass sie seit zwei Wochen einen Pornofilm synchronisierte.

Sie lachte wie immer voller Freude und erzählte weiter, dass sie in diesem Film wenig zu reden brauchte und die meiste Zeit stöhnen musste. Als sie keine Reaktion von mir sah, wechselte sie das Thema und ließ mich wissen, was sie geplant hatte:

„Ich bringe dich zu deinem Hotel und gehe dann wieder zu meiner Arbeit. Ich muss leider dort noch ein bis zwei Stunden arbeiten. Dann bin ich mit meiner Aufgabe endgültig fertig und stehe dir die ganze Zeit zur Verfügung; ich meine Tag und Nacht. Nur heute muss ich dich ein paar Stunden allein lassen." Sie zog eine Packung Zigaretten aus ihrer Tasche, hielt sie vor mein Gesicht, und als ich wortlos den Kopf schüttelte, steckte sie sich eine in den Mund, zündete sie an und sagte weiter: „Ich komme spätestens um 19:00 Uhr zu dir und dann gehen wir gemeinsam essen.

Überlasse mir die Auswahl des Restaurants und der Bar sowie das Programm der anderen Tage. Ich habe alles perfekt organisiert."

Ich fand es gut, dass sie mich einige Stunden allein lassen wollte. Damit bekam ich die Gelegenheit, meine Nerven etwas zu beruhigen und gleichzeitig noch einmal über meine spontane Entscheidung nachzudenken. Auch sie hatte nun die Chance, da sie jetzt wusste, wie ich aussah, ihre Meinung entsprechend zu revidieren und sich eventuell zurückzuziehen.

Sie hatte eine schöne Suite im Hilton Hotel, nicht weit von der Champs-Élysées entfernt, reserviert.

Als ich mein Zimmer betrat, stellte ich den Koffer ungeöffnet in eine Ecke und legte mich einfach auf das Bett. Ich erinnere mich daran, dass ich ziemlich verwirrt war. Mir war nicht ganz klar, was mich so unangenehm störte.

Hatte ich eine andere Person erwartet? War sie zu jung für mich?

War mir ihr penetranter Zigarettengestank unangenehm?

Eigentlich hatte ich keine Vorstellung, was für eine Frau ich gerne auf dem Flughafen getroffen hätte. Dennoch war ich ziemlich enttäuscht; sie war nicht mein Typ. Das Einzige, was stimmte, war ihre Stimme; sie war wie immer lebhaft, sexy und aufmunternd.

Verdrossen, ja peinlich berührt, lag ich auf dem Bett, wie gelähmt, und versuchte, meine Gedanken zu sortieren. Irgendetwas in mir versetzte mich in Unruhe. Ich erinnere mich, dass ich krampfhaft versuchte, den schrillen Protest meiner Seele verstummen zu lassen. Ich wollte keine Kritik in Bezug auf meine Tat hören. Ich mahnte mich, erst Ruhe zu bewahren und dann eine Entscheidung zu treffen.

Fast zwei Stunden lag ich wie versteinert auf dem Bett und versuchte, mit meinen Gedanken ins Reine zu kommen.

„Was machst du eigentlich hier?" Diese Frage wiederholte sich andauernd in meinem Kopf. Und ich versuchte hartnäckig, darauf *keine* Antwort zu finden. Denn jede logische, vernünftige Antwort führte zu einer radikalen

Entscheidung, nämlich sofort nach Rom zurückzufliegen. Aber das wäre Margaret gegenüber unfair und mein zweiter Fehler gewesen.

Wie sie versprochen hatte, kam sie gegen 19:00 Uhr ins Hotel. Ich wartete bereits in der Lobby. Es klingt vielleicht komisch, aber ich wollte nicht, dass sie mich auf meinem Zimmer überraschen konnte.

Als sie mich ansah, strahlte sie vor Glück, bewegte sich ganz locker mit einem breiten Lächeln im Gesicht und funkelnden Augen.

Ich bin davon ausgegangen, hatte sogar gehofft, dass sie sich etwas festlicher anziehen würde.

Etwas, was zu meinem seriösen Outfit passen könnte. Ich trug meinen dunkelblauen Anzug und eine darauf abgestimmte Krawatte dazu.

Aber sie erschien im gleichen Outfit: graues Kostüm, grauer Mantel mit vielen Falten, fleckig und eingehüllt in Tabakgeruch.

Ich kam mir vor wie ein alter Herr, der sich auf Dienstreise in Paris befand und seine Tochter zum Abendessen begleiten wollte.

Das Restaurant, das sie ausgewählt hatte, war eine Klasse für sich: groß, elegant und mit vielen gut gekleideten Gästen. Auch das Essen und der Wein waren ausgezeichnet. Margaret schien absolut zufrieden zu sein, jedenfalls machte sie einen glücklichen Eindruck.

Eigentlich fand ich sie, bei genauer Betrachtung, ganz hübsch; nicht besonders attraktiv, aber immerhin natürlich, aufrichtig und sympathisch, sehr sympathisch.

Am meisten möchte ich nach wie vor ihre verführerische Stimme hervorheben; sie klang wie eine bezaubernde Melodie.

Sie war auch eine interessante Gesprächspartnerin. Sie hörte aufmerksam zu und argumentierte dann logisch und überzeugend.

Nach dem Essen wollte sie nicht nur etwas über meinen beruflichen Werdegang erfahren, sondern sie zeigte auch großes Interesse an meinem Privatleben.

Zuerst wollte sie das Geschlecht und Alter meiner Kinder wissen und dann fragte sie ganz direkt nach meiner Ehe: „Wie lange bist du verheiratet und wie lange möchtest du deine Ehe noch aufrechterhalten?"

Als sie mich schweigend, eher zurückhaltend sah, begründete sie ihre Fragen damit, dass sie den Eindruck gewonnen hatte, dass ich mit meiner Ehe unzufrieden wäre und mir ein neues Leben aufbauen wollte.

Ihre Begründung gefiel mir nicht. Ja, ich war sogar wütend und enttäuscht. Allerdings nicht wegen ihrer Offenheit, sondern ich war wütend auf mich selbst.

Ich ärgerte mich, dass auf einmal mein Eheleben, mein Heiligtum, zur Diskussion gestellt wurde.

Es stimmte zwar, dass ich mit meinem Leben nicht sonderlich zufrieden war, aber ich suchte weder eine neue Lebensart noch hatte ich vor, den Zustand meiner Ehe infrage zu stellen.

Sie schaute mich die ganze Zeit über fragend an und ich hatte nicht die geringste Lust, ein bisschen, nicht einen Millimeter, von meinem Privatleben preiszugeben. Schon gar nicht wollte ich etwas über meine Frau erzählen. Das war das einzige Sperrgebiet in meinem Leben. Plötzlich stand ich auf und entschuldigte mich.

Ich suchte den Waschraum auf. Ich erinnere mich daran, dass ich fast zehn Minuten verdrossen in der Toilettenkabine saß und versuchte, endlich meine Gedanken zu ordnen.

Ich traf die Entscheidung, das Gespräch ausschließlich auf das übersetzte Manuskript zu beschränken, sobald ich an unseren Tisch zurückgekehrt war.

Als ich dort ankam, saß sie nicht mehr an ihrem Platz. Der Kellner teilte mir mit, dass sie sich in der Raucherlounge befand. Sie kam nach ein paar Minuten zurück.

Ich weiß nicht, was sie geraucht hatte, allerdings war der Gestank kaum auszuhalten. Vielleicht hatten sich, zusätzlich zu ihrem eigenen Zigarettenrauch, die unangenehmen Gerüche von verschiedenen Zigarren, Pfeifen oder anderen Tabakwaren aus der Raucherlounge in ihren Haaren und Kleidung festgesetzt.

„Das Rauchverbot in allen öffentlichen Gebäuden ist in der Tat eine Schande für die französische Gesellschaft", beklagte sie sich verbittert. Sie fügte hinzu:

„Früher konnte man unbesorgt überall rauchen. Aber seit einigen Jahren muss man entweder ein öffentliches Gebäude verlassen oder sich, in einem renommierten Restaurant wie hier, in die Raucherlounge begeben."

„Willst du nicht gerade wegen dieser Unannehmlichkeiten mit dem Rauchen aufhören?"

„Oh, nein. In den letzten Jahren sind die Zigaretten mein einziger Freund gewesen. Ich bin die meiste Zeit allein und froh, dass mich eine *Camel ohne Filter* meine Einsamkeit ein wenig vergessen lässt."

„Wieso bist du allein? Ich dachte, du bist verheiratet. Wo ist eigentlich dein Mann?"

„Er befindet sich wie immer auf Dienstreise. Er ist Wirtschaftsprüfer und kommt, wenn überhaupt, nur am Wochenende."

„Und ihr habt keine Kinder?"

„Nein, leider nicht. Ich hätte gerne zwei oder drei Kinder gehabt. Aber es klappt bei uns nicht. Die Ärzte meinen, dass es an ihm liegt."

„Habt ihr schon an künstliche Befruchtung gedacht?"

„Ich schon. Mein Mann ist dagegen, er will kein Kind. Eigentlich ist er ein totaler Egoist und kümmert sich ausschließlich um die Dinge, die ihn persönlich interessieren.

Er liebt seine Arbeit, sein Hobby, seine Freunde, alles andere ist für ihn nebensächlich.

Offen gesagt, herrscht zwischen uns seit Jahren eine kalte und gleichgültige Atmosphäre. Jeder von uns führt sein eigenes Leben. Wenn du es genau wissen willst, ist der Ofen bei uns schon lange aus."

Ich merkte, dass sie im Gegensatz zu meinen Prinzipien keinerlei Hemmungen hatte, über ihr *„Heiligtum"* zu sprechen. Sie fuhr fort:

„Wir sind seit sechs Jahren verheiratet und unsere Beziehung war während dieser Zeit kaum von Herzlichkeit oder Romantik geprägt. Ich kann mich nicht daran erinnern, dass er mir jemals Blumen mitgebracht hat. Er fragt nicht, was ich den ganzen Tag mache, welche Interessen ich habe und mit wem ich befreundet bin und so weiter und so fort.

Er hat mich noch nie gefragt, wie ich mich nach dem Geschlechtsverkehr fühle.

In anderen Worten: Er ist kein richtiger Partner, sondern eher eine Art Freund."

Während sie verbittert, gekränkt und gedankenverloren von ihrem Mann und ihrem trostlosen Leben erzählte, stürmten viele verletzende Gedanken durch meinen Kopf. Denn was sie bemängelte, kam mir irgendwie bekannt vor. Ich hatte das Gefühl, dass sie nicht nur das Verhalten ihres Mannes beschrieb, sondern auch das meine. Denn einige ihrer kritischen Bemerkungen trafen 100-prozentig auch auf mich zu.

Ich fragte mich, ob ich nicht in der letzten Zeit genauso rücksichtslos und gefühllos gegenüber meiner Frau gewesen war? Wann hatte ich ihr zum letzten Mal einen Blumenstrauß in die Hand gedrückt? Wann habe ich sie gefragt, was sie den ganzen Tag gemacht hatte? Was wusste ich über ihre Wünsche und Träume? Ich habe auch nie versucht herauszufinden, wie sie sich bei einem Geschlechtsverkehr fühlte.

Jeden Tag verbrachte ich beinahe zwölf Stunden in meinem Büro, tauchte in meine Fantasiewelt ein, beschäftigte mich mit den Protagonisten meiner Romane und befasste mich kaum mit meiner realen Welt.

Wenn ich zum Mittag- oder Abendessen erschien, war ich immer erschöpft und ziemlich teilnahmslos. Ich war für meine Frau keineswegs ein idealer Partner.

Ich kann mich nicht daran erinnern, was Margaret noch von ihrem düsteren Leben erzählte, aber ich weiß noch genau, dass fast jeder ihrer Vorwürfe ein schlechtes Gewissen bei mir auslöste.

Zum Beispiel stellte ich mir eine Szene vor, wo Maria mir ihre neue Orchidee präsentierte.

Zu meiner Schande muss ich gestehen, dass ich mich wie ein Idiot benommen habe. Ich bin völlig desinteressiert, ja sogar regelrecht abweisend gewesen.

Mit jedem anklagenden Satz begriff ich, dass diese Frau nicht nur über ihren stumpfsinnigen Mann redete, sondern dass sie gleichzeitig meine hässlichen Eigenschaften beschrieb.

Allmählich fühlte ich mich nicht wohl. Ich kam mir schuldig vor, so egoistisch und hinterhältig.

Und da erkannte ich, dass ich mich jahrelang in meiner Selbstherrlichkeit vergraben hatte.

Ich war ein Bestsellerautor, der mit seinen Lovestorys die Herzen von Millionen Menschen eroberte, aber in Wirklichkeit hatte ich den Zugang zu der realen Welt verloren.

Ich fragte mich, wie ein 60-jähriger verheirateter Mann so dämlich sein konnte, so viele wunderbare Jahre mit seiner Frau einfach so kaltblütig hinter sich zu lassen und nach einer neuen Affäre zu suchen. Ja, ich war ein undankbarer, unwürdiger und, zumindest gedanklich, untreuer Ehemann.

Ich glaube, dass ich, während sie noch von ihrem Leben erzählte, so sehr mit meinen Gedanken beschäftigt war, dass ich, ohne es selbst zu merken, Selbstgespräche führte. Ich fragte mich: „Gibt es jetzt einen Ausweg?"

„Was meinst du, ob es einen Ausweg gibt?"

Plötzlich bemerkte ich, dass sie mich mit funkelnden Augen anstarrte. Sie wiederholte ihre Frage: „Was meinst du mit Ausweg? Meinst du, die Scheidung einzureichen?"

„Oh, ja, ja, zum Beispiel die Scheidung einzureichen", erwiderte ich, immer noch gedankenverloren. Ich hoffte, dass sie nicht bemerken würde, dass ich fast die ganze Zeit mit meinem eigenen Problem beschäftigt gewesen war. Sie sagte: „Sicherlich, wenn der Ofen aus ist, macht es keinen Sinn mehr, unter der kalten Asche nach glühendem Feuer zu suchen.

Ich denke, dass eine Scheidung die beste Lösung wäre." Dann schaute sie mich lächelnd an und sagte weiter: „Oh, bitte lass meine Eheprobleme beiseite. Dies würde nur unsere Laune verderben.

Zum Verlauf des restlichen Abends schlage ich vor, die Cannery Bar in Saint Michel aufzusuchen. Ich bin sicher, dass dir die Atmosphäre sowohl in der Bar als auch in deren Umgebung gefallen wird. Bevor wir jedoch hier losfahren, möchte ich noch einmal in die Raucherlounge gehen und eine weitere Zigarette rauchen. In der Cannery Bar gibt es keine Raucherzone."

Sie stand auf und entfernte sich eiligen Schrittes.

Jetzt hatte ich wieder Zeit, ungestört weiter meine Gedanken zu sortieren. Mir war klar, dass ich Paris verlassen musste, und zwar so schnell wie möglich.

Die Auswirkung der schockierenden Erkenntnis, dass ich spontan ihren verhängnisvollen Vorschlag angenommen hatte, spürte ich tief in meiner Seele. Ich war wie jemand, der plötzlich aus tiefem Schlaf erwacht war und sich am Rande eines tiefen Abgrunds befand.

Ich sagte mir, sei froh, dass nichts Schlimmes passiert ist. Du hast noch die Chance, dich aus dieser fatalen Situation zu befreien.

Du musst nur, bevor etwas Unverzeihliches geschieht, zu deiner Frau und deinem Leben zurückkehren. Das war ein schlimmer Fehler, aber er war noch korrigierbar.

Mir war klar, dass ich nicht sofort zum Flughafen fahren und mit der ersten Maschine nach Italien zurückfliegen konnte. Ich musste erst meinen Flug umbuchen und die Hotelrechnung begleichen.

Außerdem würde Margaret meine radikale Reaktion schwer verletzen. Sie hatte bisher unser Treffen mit großem Engagement organisiert. Daher musste ich für meine neue Entscheidung ein akzeptables Argument finden.

Ich entschied, sie zur Cannery Bar zu begleiten, vorausgesetzt, ich würde die Contenance nicht verlieren und wäre immer imstande, auf die Bremse zu drücken, wenn es erforderlich wäre. Und dann würde ich sie darüber in Kenntnis setzen, dass ich spätestens morgen nach Hause zurückfliegen würde.

Die Cannery Bar befand sich im Saint-Michel-Viertel. Ohne Reservierung war es fast unmöglich, einen Platz zu bekommen. Sie hatte vor einigen Tagen die Reservierung vorgenommen.

Margaret schien wieder selig und machte einen zufriedenen Eindruck. Sie sagte: „Das letzte Mal, dass ich mich so glücklich gefühlt habe, war Silvester 2006." Sie hatte ihre Cousine in Toronto besucht und gemeinsam mit ihr zwei Tage und Nächte gefeiert.

Sie erzählte, dass ihre Mutter aus Südtirol stammte und ihr Vater Franzose war. Als sie noch ein Kind war, hatten sich ihre Eltern scheiden lassen. Sie lebte bis zum Abschluss ihres Studiums bei ihrer Großmutter in Toulouse.

Sie trank ihren Cocktail viel zu schnell. Trotz ihrer fröhlichen Ausstrahlung kam sie mir etwas nervös und ungeduldig vor.

Sie bestellte noch einmal zwei Cocktails „Paris by Night", dann heftete sich ihr Blick bohrend auf mich und sie fragte das, was sie offenbar die ganze Zeit schon fragen wollte:

„Was hältst du eigentlich von mir?" Ich sah sie schweigend an. Als sie keine Reaktion auf ihre Frage erhielt, setzte sie nach: „Wieso hast du meinen Vorschlag, mich eine Woche hier in Paris zu besuchen, ohne Bedenken angenommen?"

Ich wusste nicht, wie ich ihr das jetzt alles plausibel erklären sollte; sowohl meine Freude vor dieser Reise als auch meine gegenwärtige, schuldbewusste Stimmung.

Sie wartete nicht auf meine Antwort und fuhr fort: „Wenn ich mich nicht täusche, magst du mich, sonst würdest du jetzt nicht hier sein.

Weißt du, deine liebevollen Telefongespräche gaben mir jeden Tag neue Kraft, große Freude und Geborgenheit. Du hast mich mehrere Monate lang richtig aufgemuntert. Ich fragte mich häufig: Was weiß er von mir?

Welche Vorstellung hat er von meinem Äußeren? Was erwartet er von mir? Will er eine Affäre mit mir haben? Führt er wie ich ein einsames und trübsinniges Leben? Leidet er so unter einer aussichtslosen Situation, dass er weiche Knie bekommt, wenn eine unbekannte Frau ihm eindeutige Avancen macht?

Ich hatte keine Ahnung, was du von mir erwartest, einen One-Night-Stand oder eine feste Beziehung.

Aber was auch immer, du bist hier und ich bin sehr glücklich, dass du meinem Vorschlag gefolgt bist. Ich möchte, während du hier bist, mein Bestes geben, damit du deine Entscheidung nicht bereust."

Starr, tief und saugend stieß ihr Blick in mich hinein und hakte sich in mir fest.

Jetzt erwartete sie von mir ebenfalls ein Geständnis, einige anerkennende Sätze, möglicherweise noch deutlicher, noch verständlicher, um das Ziel unseres Zusammenseins festzulegen. So empfand ich ihre erwartungsvollen Blicke, die mich nicht eine Sekunde losließen.

Ich hatte wirklich nicht gewusst, dass meine täglichen Anrufe solch ein Flammenmeer in ihrer verdrossenen Seele entfachen könnten. Ich dachte, ich war derjenige, der total durchgedreht war.

Wie konnte ich ihr jetzt, ohne sie zu verletzen, meine Empfindungen und schließlich meine neue Entscheidung überzeugend darlegen? Wie konnte ich ihr vermitteln, dass mein Benehmen während der letzten Monate die spontane Reaktion eines liebebedürftigen alten Mannes gewesen war?

Sie schaute mich die ganze Zeit über prüfend an und wartete ungeduldig auf meine Antwort. Ich spürte, dass mein ödes Schweigen sie in Unruhe versetzte.

Ich musste etwas sagen. Ich nahm ihre Hand in meine und sagte mit ruhiger Stimme:

„Liebe Margaret, zuerst möchte ich mich herzlich bei dir bedanken, dass du alles perfekt organisiert hast.

Die Tatsache, dass ich gerade hier bin, dir gegenübersitze, ist ein guter Grund dafür, dass ich dich mag und mit voller Freude zu dir gekommen bin.

Ja, ich mag dich sehr. Du bist eine intelligente und aufrichtige Frau. Zugegeben, ich wusste nicht, wie du aussiehst, wie alt du bist und wie du lebst. Monatelang hörte ich nur deine sinnliche, verführerische Stimme und war davon hingerissen.

Als du vorschlugst, dass ich nach Paris kommen sollte, damit wir einige Tage dienstlich und privat miteinander verbringen können, war ich hellauf begeistert.

Ich habe, ohne zu überlegen, zu deinem Vorschlag „Ja" gesagt. Dennoch möchte ich, bevor ich weiterrede, betonen, dass ich deine Gesellschaft sehr schätze und genieße."

„Ich glaube, das war der positive Teil deiner Aussprache! Jetzt kommt etwas Negatives." Ihre Besorgnis war kaum zu überhören und ihr Gesichtsausdruck verriet eine merkwürdige Unruhe. Der funkelnde Glanz erlosch langsam und eine kleine, ärgerliche Falte grub sich in die eben noch lächelnden Mundwinkel ein.

Ich bemerkte, wie sie auf ihrem Stuhl unruhig hin- und her rutschte.

Offenbar verriet meine ernsthafte Miene nichts Gutes. Ohne sie anzublicken, versuchte ich, mich taktvoll auszudrücken:

„Ich bin zu der Überzeugung gelangt, dass meine unüberlegte Entscheidung, nach Paris zu kommen, ein Fehler war. Das war weder fair gegenüber dir noch gegenüber meiner Frau. Das war ein gefährlicher Ausrutscher." Jetzt starrte sie mich mit großer Enttäuschung an, als ob sie wusste, was ich sagen wollte.

Ich fügte hinzu: „Ich bin über 30 Jahre mit einer Frau verheiratet, die mir immer treu geblieben ist. Sie ist die beste Ehefrau, Mutter und eine vertrauensvolle Partnerin. In den schlechten Zeiten, in denen ich unbekannt war und wenig Geld verdiente, tat sie alles, um unser Leben optimal zu gestalten.

Sie kümmerte sich um die Erziehung unserer Kinder und sorgte dafür, dass ich störungsfrei arbeiten konnte. Im Laufe der Zeit wurden die Kinder größer, anspruchsvoller und einer nach dem anderen verließ uns, um sein eigenes Leben in einer anderen Stadt oder in einem anderen Land zu führen.

Eines Tages war das Haus leer, ruhig, leblos, deprimierend. Es gab keine aufregenden Ereignisse, keine Überraschungen mehr.

Meine Frau verbrachte die meiste Zeit mit ihren exotischen Blumen und ich sperrte mich in mein Büro ein und lebte mit den Protagonisten meiner Romane.

Manchmal nahmen wir auf ihre Initiative hin an einer Veranstaltung teil, aber unverkennbar lustlos, ja regelrecht teilnahmslos. Unser Ofen war nicht ganz aus, aber ziemlich erkaltet. Wir haben verlernt, wie früher ohne Kinder glücklich zu leben.

Noch schlimmer, ich registrierte, dass sich Lethargie in mir breitmachte. Ich wurde immer älter, grauer, ruhiger und lebloser.

Paradoxerweise schrieb ich weiterhin Liebesgeschichten und stellte sehnsüchtig fest, wie wunderschön die Liebe sein konnte. Ja, ich war sogar neidisch auf die Erlebnisse meiner Protagonisten. Dann kamst du in mein trostloses Leben.

Unsere tägliche Kommunikation war für mich wie eine Droge; ich wollte immer mehr und mehr. Vielleicht lag die Ursache dieses seelischen Umschwungs daran, dass ich vieles auf dich projizierte, was mir in der Partnerschaft fehlte.

Ich glaube, ich war einfach in dich verliebt, ohne zu verstehen, dass du im Prinzip meine Tochter sein könntest.

Ja, liebe Margaret, ich tat alles, was mein Herz mir auftrug. Ich kann nicht genau erklären, mit welcher Absicht ich zu dir gekommen bin.

Ich weiß nur, dass ich eilig und unüberlegt aus meinem Alltag ausgebrochen bin." Ich schwieg einen Moment, nahm einen Schluck Wein und sagte dann, was ich seit einigen Stunden bereits sagen wollte:

„Als du so verbittert von deiner Ehesituation, deinem Mann und seinem egoistischen Verhalten gesprochen hast, wusstest du nicht, dass du gleichzeitig mein Seelenleben widergespiegelt hast.

Es kam mir bekannt vor, wie du deinen Mann als passiv und gefühllos beschrieben hast. Diese Erkenntnis traf mich wie ein Schlag.

Du hast in der Tat mit der Offenbarung deiner Ehebeziehung auch mein Privatleben hell beleuchtet, ja, du hast meine Augen geöffnet. Dafür bin ich dir herzlich dankbar."

Als sich unsere Blicke wieder kreuzten, starrte sie mich hart, beinahe boshaft an und sagte ärgerlich:

„Was ist plötzlich mit dir los, Chéri? Was habe ich dir getan, dass du so anders geworden bist? Ich habe mir die italienischen Männer ganz anders vorgestellt.

Ich dachte, dass sie immer charmant, lustig und amüsant sind, ganz gleichgültig, wie alt sie sind."

Sie milderte ihren Ton und sagte mit ihrer weichen Stimme weiter: „Ich habe mir gewünscht, dass wir eine Woche lang Tag und Nacht unsere Eheprobleme vergessen und unser Zusammensein genießen werden. Ich habe diese Woche ausgewählt, weil ich weder arbeiten muss noch mein Mann in Paris ist.

Du weißt nicht, mit welcher Freude ich alle Utensilien, die ich für diese Woche benötige, zum Beispiel Unterwäsche, Klamotten, Zahnbürste und Schminksachen, im Kofferraum meines Autos verstaut habe. Ich habe bei der Zimmerreservierung extra ein großes Doppelbett bestellt.

Ich wollte jeden Abend deine Geliebte und jeden Tag deine Reiseführerin sein.

Ich finde es nicht gut, dass du so emotional geworden bist. Du hast später genug Zeit, um dein trübsinniges Leben in

Ordnung zu bringen und dein Verhalten gegenüber deiner Frau zu verbessern, wenn du dies für nötig hältst.

Aber bitte vergiss die Vergangenheit, die Zukunft und genieße jetzt deine Zeit in Paris." Dann kam sie auf das Thema Altersunterschied zurück und sprach weiter:

„Vor einigen Tagen stellte ich mir die Frage, wie ich dich unter all den vielen Menschen in der Ankunftshalle finden soll, wenn ich dich am Flughafen abholen will? Ich wusste schon, dass du über 50 oder meinetwegen 60 Jahre alt bist. Aber ich hatte keine blasse Ahnung, wie groß du bist und wie du aussiehst.

Ich suchte im Internet deine Website und fand ein aktuelles Bild von dir. Ich muss sagen, ich war von deinem Erscheinungsbild entzückt. Du siehst sehr gut aus und ich bin stolz, mit einem gut aussehenden und berühmten Schriftsteller auszugehen, gleichgültig, ob er älter ist als ich. Das ist meine ehrliche Meinung."

Mit diesem aufrichtigen Geständnis legte sie alle ihre Karten auf den Tisch. Sie wollte sich einfach eine Woche lang mit mir amüsieren. Was sie für diese Zeit benötigte, hatte sie in dem Kofferraum ihres Wagens verstaut.

Aber ich musste sie dennoch enttäuschen. Ich konnte nicht, ich wollte nicht meiner Frau nach einem Ehebruch in die Augen schauen, auch wenn sie nicht davon erfahren würde. Als sie sah, dass ich nicht auf ihre einladende Äußerung reagierte, fragte sie in gedämpftem, verschüchtertem Ton: „Oder hat dein erloschenes Interesse mit meinem Aussehen zu tun? Warum sagst du nicht ehrlich, dass du dir eine andere Frau vorgestellt hast: eine schönere, attraktivere, elegantere …?"

„Oh, liebe Margaret, bitte höre auf, mich zu kränken. Dass ich meine Meinung geändert habe, hat mit deiner Person nichts zu tun. Ich habe mich einfach geirrt.

Mir ist bewusstgeworden, dass ich weder mit dir noch mit irgendeiner anderen Frau eine Affäre haben kann. Ich kann über einen Seitensprung eine spannende Geschichte schreiben, aber ich kann und, offen gesagt, ich will nicht selbst einen Ehebruch begehen.

Es tut mir leid, es ist nicht möglich, es ist ausgeschlossen.

Bitte verzeihe mir, dass ich dich in eine völlig falsche Richtung geführt habe. Das war ein unverzeihlicher Fehler von mir. Ich muss diesen fatalen Fehler korrigieren, und zwar sofort. Ich fliege daher morgen nach Rom zurück.

Zuvor werde ich deinem Arbeitgeber einen Brief schreiben, in dem ich betone, wie sehr ich mit deiner hervorragenden Arbeit zufrieden bin.

Ich bestehe darauf, dass in Zukunft alle meine Bücher ausschließlich von dir ins Französische übersetzt werden dürfen. Du hast mein Wort. Wir bleiben gute Freunde, und ich freue mich, wenn du mich manchmal anrufst und mich mit deiner hinreißenden Stimme erfreust.

Ja, ich fliege morgen zurück, das ist meine endgültige Entscheidung."

Sie blieb stumm und verdrossen. Ihr Gesicht war blass und von der Fröhlichkeit vor einer Stunde war nichts mehr zu sehen.

Ich erspare dir die Beschreibung ihrer großen Enttäuschung und die daraus resultierende Reaktion. Es war für uns beide ein unerträglicher Zustand. Aber sie ist, wie ich bereits erwähnte, eine außerordentlich intelligente Frau. Sie verstand, dass sie mich nicht mehr überreden und meine eiserne Entscheidung beeinflussen konnte.

Irgendwann, spätabends, brachte sie mich zum Hotel und verabschiedete sich, unverkennbar frustriert, mit einem schnellen Händedruck.

Am nächsten Tag nahm ich die erste Maschine nach Rom und war bereits gegen Mittag zu Hause.«

V

Adriano lehnte sich zurück. Während er seine Geschichte erzählte, wirkte er ernsthaft und verbittert. Aber langsam entspannte er sich und machte einen erleichterten Eindruck. Er schaute mich fragend an und wollte offenbar meine Meinung dazu hören.

Ich hatte in der Tat Schwierigkeiten, seine ganze Geschichte bedenkenlos zu glauben. Es gab diverse Widersprüche in dem, was er mir leidenschaftlich erzählt hatte, und in dem, was ich in den letzten Tagen über ihn erfahren hatte.

Ich habe in meinen Beruf oft erlebt, dass Eheprobleme im Laufe einer langjährigen Partnerschaft so gut wie unvermeidbar sind.

Die häufigsten Ursachen sind Unzufriedenheit in der Sexualität, Streitigkeiten über Aufgaben im Haushalt und allgemeine Sprachlosigkeit. Diese Probleme bilden in der Regel den Ausschlag für Seitensprünge und oder sogar Scheidungen.

Allerdings erschien es mir ungewöhnlich, dass er so rasch und schmerzlos einen Ausweg aus dieser ernsthaften Krise gefunden hatte. Ich musste nachhaken. Ich fragte:

»Ich möchte dir eine Frage stellen und erwarte eine ehrliche Antwort. Nehmen wir an, dass du in der Ankunftshalle des Charles de Gaulle Airports eine andere Frau angetroffen hättest. Ich meine, wenn eine Frau ganz nach deiner Vorstellung vor dir gestanden hätte. Eine schöne Frau, etwa 45 bis 55 Jahre alt, schlank, attraktiv und lebhaft. Eine Frau mit einer verführerischen Stimme wie Margaret.

Eine elegante Frau, die nicht raucht, gut duftet, sich damenhaft kleidet und nicht verheiratet ist – ob geschieden oder Witwe spielt hier keine Rolle, jedenfalls hat sie keinen Mann oder einen festen Freund.

Wie hättest du dann reagiert? Hättest du sie nach dem ersten Abendessen verlassen und wärest am nächsten Tag eilig zu deiner Frau zurückgekehrt?«

Adriano sah mich etwas verblüfft an. Ich bemerkte, dass ihm meine Frage nicht behagte. Nachdem er kurz nachgedacht hatte, antwortete er:

»Das ist aber eine hypothetische Frage.«

»Nein, das ist eine entscheidende Frage. Bitte beantworte meine Frage ganz ehrlich.«

»Ich weiß nicht. Um dies aus heutiger Sicht zu beurteilen, ja, vielleicht. Vielleicht hätte ich doch einen anderen Störfaktor gefunden, um diese Beziehung rasch zu beenden.« Er registrierte sofort, dass ich seine Antwort nicht glaubwürdig fand. Denn er ergänzte seine Aussage: »Ja, ja, ich schließe nicht aus, dass ich doch einige Tage dortgeblieben wäre. Das wäre bedauerlich, aber möglich gewesen.« Dann versuchte er sich ernsthaft zu rechtfertigen: »Du darfst nicht vergessen, dass ich damals sehr unglücklich war. Meine Seele war hungrig nach Liebe und Geborgenheit. Deshalb nahm ich nicht richtig wahr, was ich tat. Aber ich bin froh, dass das Schicksal noch diese positive Wendung genommen hat und ich die Möglichkeit fand, meinen Fehler zu korrigieren.

Glücklicherweise habe ich dieses schöne Wesen, was du gerade anschaulich beschrieben hast, nicht getroffen. Denn in diesem Fall wäre meine Ehe kaputt. Das wäre ein fataler Fehler, das wäre eine Katastrophe.«

»Hast du mit Maria über dein kurzes Techtelmechtel gesprochen?«

»Du meinst über mein Treffen mit Margaret? Um Gottes willen, nein. Das hätte sie bestimmt umgebracht.

Ich habe versucht, alles so schnell wie möglich zu vergessen.

Denn ein Wort darüber würde sie unbeschreiblich verletzen. Deshalb entschied ich mich dazu, den Mund zu halten, mein Verhalten radikal zu ändern, und versuche nun, ein liebevoller, höflicher und aufmerksamer Ehemann zu sein.

Du kannst mir glauben, dass ich mich nach der Rückkehr aus Paris grundlegend verändert habe. Ich versuche, alle meine Versäumnisse in der Vergangenheit wieder gutzumachen. Ich schenke ihr Blumen, kaufe ihr alles, was ihr Herz begehrt. Wir gehen regelmäßig ins Theater, Kino und zu Konzerten. Du hast dich wohl selbst davon überzeugen können, dass ich mein Bestes gebe, um sie glücklich zu machen.« Er dachte einen Moment nach, blickte mich plötzlich etwas verwirrt an und sagte:

»Du bist ein erfahrener Fachmann. Wie erklärst du dir meinen unbeherrschten und gedankenlosen Fehler? Bin ich ein schlechter Mensch?«

»Nein, ich glaube nicht, dass du ein schlechter Mensch bist. Die Ursache eines Seitensprungs, wenn er bei dir auch nur in Gedanken stattgefunden hat, kann viele unterschiedliche Ursachen haben. Zum Beispiel ein größeres Bedürfnis nach Sex, nach Bestätigung, Experimentierfreudigkeit und Abenteuer. Bei Frauen kommt noch die Suche nach Geborgenheit, Zuwendung und Zärtlichkeit hinzu.

Meiner Meinung nach müssen in einigen Fällen die Affären nicht unbedingt ein Symptom einer schlecht funktionierenden Partnerschaft sein. Denn das Sexualhormon Testosteron spielt beim Seitensprung eine wichtige Rolle. Das Steroidhormon Testosteron ist im Blut von Männern etwa zehnmal so hoch konzentriert wie bei Frauen. Gerade diese unterschiedlichen Bedürfnisse sind oftmals die Ursache von Eheproblemen.

Am Anfang einer Partnerschaft funktioniert die Sexualität relativ reibungslos.

Doch unser sexuelles Verlangen ist störanfällig, so kann unsere Lust aufgrund beruflichen Stresses oder anderer Alltagsprobleme beeinträchtigt werden.

Da wir uns auch über die Jahre verändern, kann es sein, dass wir daraus resultierend unterschiedliche Bedürfnisse und Ziele entwickeln. Mit anderen Worten, es ist ganz normal, dass wir ab und zu Konflikte mit unserem Partner haben. Eheprobleme entstehen jedoch dann, wenn wir keine Strategien finden, um Konflikte zu lösen.

Ich bin der Meinung, dass man keine Heimlichkeiten haben, sondern offen und ehrlich mit seinem Partner über seine Fehler, aber auch Bedürfnisse sprechen sollte.

»Willst du mir sagen, dass ich mit Maria über das Treffen mit Margaret sprechen soll?«

»Ich kenne einen Kollegen, der deine Frage mit „Nein" beantworten würde. Aber ich bin anderer Meinung; ich bin für Offenheit und Ehrlichkeit.

Ich denke, dass du und Maria offen miteinander über alles sprechen solltet. Ich meine wirklich über alles; nicht nur über eure Fehler, sondern auch über eure körperlichen, mentalen sowie emotionalen Bedürfnisse.

Nachdem, was du gerade erzählt hast, bin ich mehr davon überzeugt, dass dein mustergültiges Benehmen während der letzten Tage unnatürlich war und eher als eine krampfhafte Wiedergutmachung anzusehen ist – wie ein Gewitterregen nach jahrelanger Dürre. Dieses übertriebene Verhalten ist keine Basis für eine ehrliche, partnerschaftliche Beziehung, und glaube mir, es wird auch kaum vom Ehepartner als ehrliche Zuneigung verstanden.

Du solltest die Instinkte der Frauen nicht unterschätzen. Viele Frauen äußern sich nicht über ihre negativen Empfindungen und Misstrauen.

Aber sie spüren jede Veränderung ihres Partners, insbesondere dann, wenn man, wie bei euch, mehrere Jahre miteinander verheiratet ist.

Ich schließe nicht aus, dass Maria während dieser vier Monate, in denen du mit deinen Gedanken ständig bei Margaret warst, etwas von deinem ungewöhnlichen Verhalten, deiner emotionalen Abwesenheit, mitbekommen hat. Ich kenne deine Frau nicht gut und habe keine Ahnung, wie sie in solch einer Situation reagieren würde. Aber erfahrungsgemäß lassen sich die meisten Frauen solche Heimlichkeiten nicht gefallen. Entweder greifen sie hartnäckig in die Sache ein und machen dir die Hölle heiß oder sie begnügen sich mit Vergeltung; wenn du verstehst, was ich meine.

Ich möchte daher deine Frage, ob du Maria über deine kurze Liebelei mit Margaret informieren solltest, nachdrücklich mit „Ja" beantworten.

Ich rate dir allerdings, über alles zu reden; über deine Gefühle, Träume und sexuellen Bedürfnisse, aber auch über dein passives Verhalten in der Vergangenheit. Natürlich kommt es darauf an, wie ehrlich und glaubhaft man alles auf den Tisch bringt.

Ich schließe nicht aus, dass Maria zu Beginn dieser kritischen Unterredung wütend und verletzt reagieren wird. Dennoch bin ich fest davon überzeugt, dass man mit aufrichtigen Argumenten jedes Missverständnis beseitigen und das verlorene Vertrauen zurückgewinnen kann. Außerdem ist deiner Aussage nach sowieso nichts passiert. Das war lediglich ein dummer Ausrutscher und ist somit verzeihbar.

Denke daran, dass eine Luxuskreuzfahrt, teurer Schmuck oder Geld nicht immer helfen können.

Ehrlichkeit und Erkenntnis der eigenen Fehler sind die Schlüssel vieler festgefahrener Konflikte.«

Adriano schwieg und dachte nach. Mit einem mehrmaligen Nicken bestätigte er meine Meinung.

Wir waren beide müde und ziemlich betrunken. Kurz vor 23:00 Uhr verabschiedeten wir uns mit einer herzlichen Umarmung.

VI

Als ich in meine Kabine zurückkam, war ich überrascht, dass meine Frau auf meine Rückkehr gewartet hatte. Ich dachte, sie würde sich mindestens bis Mitternacht mit den anderen Frauen unterhalten. Ich fragte sie etwas zynisch:

»Anscheinend ist der Kaffeeklatsch nicht mehr so spannend wie früher. Was ist los, meine Liebe? Habt ihr für euren Frauenabend keine interessanten Themen gefunden?«

»Themen haben wir genug gehabt, allerdings mangelte es an der Teilnehmerzahl«, antwortete sie launisch. Sie fügte ärgerlich hinzu: »Als wir uns trafen, entschuldigte sich Maria sofort und sagte, dass sie wegen starker Migräne ihre Kabine aufsuchen und sich hinlegen wollte.

Fünf Minuten später verließ uns Elizabeth. Sie hatte plötzlich eine ehemalige Schulkameradin am Nachbartisch entdeckt und blieb die ganze Zeit bei ihrer Freundin. Sie haben miteinander so laut auf Polnisch gesprochen, dass Sofia und ich uns dazu entschlossen, in einen anderen Raum zu gehen.

Dort kreiste unser Gespräch nur um Maria. Sofia meinte, dass uns Adriano und Maria die ganze Zeit über ein merkwürdiges Theater vorgespielt hatte. Ich verstand nicht, was sie damit meinte. Ich fragte, was sie gegen die Pertinis hätte, dass sie so respektlos über sie sprach.

Zuerst wollte sie meine Frage nicht beantworten. Als sie jedoch mein entsetztes Gesicht sah, sagte sie etwas, was mich auf die Palme brachte. Sie behauptete, bei dem Ausflug in Griechenland plötzlich Zeugin einer unglaublichen Szene geworden zu sein.

Als wir Maria in der Akropolis aus den Augen verloren hatten und sich jeder von uns fast eine halbe Stunde auf die Suche nach ihr begeben hatte, entdeckte sie Maria und Michael in einer dunklen Ecke, wo sie sich minutenlang leidenschaftlich umarmten und küssten.

Das war eine schwerwiegende Anschuldigung für mich. Ich unterbrach sie scharf und sagte, dass sie dummes Zeug redete. Ich fragte sie, wie sie so etwas behaupten konnte? Ich sagte ihr, dass die Pertinis meiner Meinung nach das beste Ehepaar seien, dem ich in meinem Leben jemals begegnet bin. Dann brachte ich es auf den Punkt und sagte, dass sie zugeben sollte, auf die Ehe von Maria und Adriano neidisch zu sein.

Sofia war von meiner heftigen Reaktion überrascht und erwiderte fast weinend, dass sie die ganze Szene mit eigenen Augen gesehen hatte. Sie war fest davon überzeugt, dass Michael Schwarz und Maria Pertini eine intime Beziehung miteinander haben. Sie meinte, nachdem, was sie in der Akropolis gesehen hatte, sei sie fest davon überzeugt, dass sich Michael nicht zufällig unserer Clique angeschlossen habe. Er wollte immer in der Nähe von Maria sein.

Ich war von ihrer Behauptung so empört, dass ich das Gespräch sofort beendete und in die Kabine zurückkehrte.«

Meine Frau schaute mich prüfend an, ob ich ihr überhaupt zugehört hatte. Ich glaube, dass meine Gedanken immer noch bei Adriano waren. Offenbar war ich nicht in der Lage, noch eine andere bewegende Episode der Pertinis zu begreifen. Ich fragte sie mit ruhiger Stimme:

»Kannst du bitte noch einmal wiederholen, wer wen geküsst hat?«

»Michael Schwarz und Maria Pertini haben sich geküsst.«

»*Die* Maria Pertini? Bist du verrückt geworden? Das ist eine hässliche Anschuldigung. Das ist ausgeschlossen!«

»Das habe ich auch zu Sofia gesagt.

Ich habe mich über ihre taktlose Behauptung sehr aufgeregt«, sagte meine Frau immer noch verbittert.

Dann blickte sie mich mit einem bekümmerten Gesichtsausdruck an und fügte hinzu: »Aber … aber … aber …« Sie schwieg eine längere Zeit und sprach dann stockend weiter: »… aber meine Überzeugung hinsichtlich der Treue und Anständigkeit von Maria war leider nur von kurzer Dauer.«

Ich starrte sie immer noch konfus an und fragte:

»Was willst du damit sagen? Hat Sofia noch eine weitere Behauptung aufgestellt?«

»Nein, das hat sie nicht. Sie verließ mich weinend und ging in ihre Kabine zurück. Diese bittere Erfahrung habe ich selber gemacht.« Ich sah sie irritiert an und sie sprach weiter: »Als ich allein war, ärgerte ich mich über meinen trostlosen Abend. Ich wusste, dass du bis Mitternacht bei deinen Freunden bleiben würdest. Ich fasste daher den Entschluss, etwas frische Luft zu schnappen, bevor ich zu Bett ging.

Auf dem Oberdeck blieb ich plötzlich wie erstarrt stehen, während ich bei diesem wunderschönen Wetter die glitzernden Sterne bewunderte. Ich glaubte nicht, was ich dort sah. Ich war entsetzt, ich war schockiert, ich zitterte vor Anspannung.

Denn nicht weit von mir, in der Nähe des Fitnesscenters, lagen Maria und Michael auf einer großen Liege eng umschlungen und küssten sich leidenschaftlich. Die Besucher des Fitnesscenters oder einige Passagiere, die sich auf dem

Oberdeck aufhielten, völlig außer Acht lassend, schmiegte sich Maria so ekstatisch an Michael, als ob ihre Körper miteinander verschmelzen wollten. Sie war so berauscht und entrückt, dass sie außer Michael nichts sehen konnte oder wollte. Sofia hatte leider recht. Wenn ich den Verlauf der letzten Tage vor meinen Augen abspiele, muss ich fassungslos anerkennen, dass sich Michael nicht zufällig in unserer Nähe aufhielt.

Immer, wenn Maria dabei war, versuchte er, in unserer Nähe zu bleiben. Die Freundin, die er manchmal erwähnte, konnte nur Maria sein.

Ich bin auch der Meinung, dass das keine zufällige Begegnung und auf keinen Fall eine oberflächliche Beziehung ist; dieses Liebesverhältnis muss bereits seit längerem bestehen. Beide wohnen in bzw. in der Nähe von Rom und beide haben mit Blumenzüchten zu tun.« Sie holte tief Luft und sagte klagend weiter: »Armer Adriano, er hat keine Ahnung, dass die Frau, die er die ganze Zeit über vergöttert, einen anderen Mann liebt, einen anstandslosen Gigolo, der ihr traumhaftes Leben zerstören könnte. Das ist furchtbar, das ist eine Tragödie.«

Meine Frau schwieg eine Zeit lang traurig. Sie schüttelte ihren Kopf so enttäuscht, als ob sie die ganze Welt nicht verstehen konnte.

Eigentlich ist sie eine liebe und warmherzige Frau. Mir ist bekannt, dass sie bei ihren therapeutischen Tätigkeiten ihre Patienten immer dazu motiviert, ihre Eheprobleme friedlich und im Guten zu lösen. Sie hasst Scheidungen und kann es nicht ertragen, dass oftmals Ehen wegen Lappalien auseinandergehen und die Kinder dann jahrelang darunter leiden.

Sie hat auf diesem Schiff eine optimale Beziehung zwischen einem Mann und einer Frau erlebt. Bereits in den ersten Tagen unseres Urlaubs sagte sie mir, dass die harmonische und liebevolle Beziehung der Pertinis ihre These bestätigte, dass die Ehe bestehen bleibt, bis dass der Tod sie scheidet, wenn sich beide Partner bemühen, respektvoll und herzlich miteinander umzugehen. Jetzt betrachtete sie diese Erfahrung als einen Rückschlag, eine schmerzliche Niederlage. Dabei wusste sie nicht, dass sich auf der reinen Ehefassade der Pertinis noch mehr Flecken verbargen.

Ja, sie hatte keine blasse Ahnung von der Geschichte zwischen Adriano und Margaret.

Aus zwei wichtigen Gründen entschloss ich mich dazu, kein Wort darüber zu verlieren. Zum einen handelte es sich um ein vertrauliches Gespräch zwischen zwei Freunden und zum Zweiten wollte ich ihre Illusion nicht komplett zerstören. Während sie sprach, hörte ich ihr ruhig und aufmerksam zu. Mit einem Nicken bestätigte ich ihre Meinung und schwieg. Es gibt ein amerikanisches Sprichwort: *Deiner Frau aufmerksam zuzuhören und ihrer Meinung glaubhaft zuzustimmen, ist mehr als eine Liebeserklärung.*

Dennoch war sie mit meiner schweigenden Zustimmung nicht ganz zufrieden. Denn plötzlich warf sie mir einen scharfen Blick zu und fragte vorwurfsvoll:

»Wieso war Michael auf dem Oberdeck und nicht bei euch?«

Ich spürte eine unermessliche Wut in ihrer Stimme. Ich antwortete ruhig:

»Wir saßen kaum zusammen, als Michael sagte, dass er müde war und sich auf seine Kabine zurückziehen wollte. Ich hatte keine Ahnung, dass er mit Maria verabredet war.«

»Wie erklärst du dir dieses Desaster? Warum betrügt Maria ihren Mann, obwohl er meiner Meinung nach ein anständiger Ehemann ist?«

»Ich weiß nicht, ob man es Desaster nennen darf. Denn als erfahrene Psychotherapeutin weißt du, dass solche Beziehungen nicht ohne Grund und plötzlich zustande kommen. Solche Ereignisse sind in der Regel eine Verkettung von vielen Ursachen. Wir wissen nicht, was in Wirklichkeit hinter der Fassade der Pertinis steckt. Welche Tat war die Ursache und wer war der Täter?

Sie haben uns in den letzten Tagen viele eindrucksvolle Szenen vorgespielt und wir waren alle hellauf davon begeistert.

Du darfst nicht vergessen, dass wir uns in einer herrlichen Urlaubsstimmung befanden und diese interessante Ehebeziehung lobend wahrnahmen.

Ich denke, dass du nicht nur von Maria enttäuscht bist, sondern dass du auch mit deiner Wahrnehmung unzufrieden bist. Und jetzt bist du ratlos und verstehst deine ideale Welt nicht mehr.

Aber wie sagen die Amerikaner so salopp: *so what?* Wir haben uns geirrt und jetzt müssen wir uns einfach von unserer Illusion verabschieden.

So gesehen ist eine Enttäuschung etwas Positives. Man bekommt auf einmal die Möglichkeit, sich selbst und die anderen Menschen besser einzuschätzen.

Enttäuschungen gehören zum Leben, denn wir können nicht immer erwarten, dass alles, was uns die anderen erzählen und zeigen, der Wahrheit entspricht.« Ich stand auf, umarmte sie liebevoll und sagte weiter: »Es ist nicht selbstverständlich, dass man im Leben den richtigen Partner findet. Mindestens 50 % der Ehen gehen in die Brüche, weil man nicht die richtige Frau oder den passenden Mann geheiratet hat.

Ich gehöre allerdings zu den glücklichen Menschen, die die richtige Frau gefunden haben. Ich bin froh, dass wir beide ein einfaches und *normales* Leben führen. Unser gemeinsames Leben ist von Ehrlichkeit, Herzlichkeit, aber doch zugegeben manchmal auch von der Monotonie des Alltags geprägt.« Dann nahm ich ihre Hand und fügte hinzu: »Komm, es ist zu früh, um ins Bett zu gehen. Lass uns die letzte Nacht unseres Urlaubs in der Bar auf dem Oberdeck genießen. Wir haben in den letzten Tagen wenig voneinander gehabt.«

VII

Meine Frau und ich waren erstaunt, so viele Passagiere auf dem Oberdeck anzutreffen. Offenbar wollten sie, genau wie wir, die letzten Stunden dieser traumhaften Kreuzfahrt ausgiebig genießen. Einige versammelten sich am Swimming-Pool, mehrere saßen an der Bar und einige Paare standen am Bug des Schiffes.

Es war eine helle Nacht, die Sterne blinkten am Himmelszelt und manchmal schwebte ein Wölkchen darüber hinweg, weiß wie Watte.

Das Wetter war immer noch angenehm warm. Eine leichte Brise über dem Schwarzen Meer kräuselte das Wasser zu kleinen Wellen. Diese herrliche Atmosphäre hellte unsere betrübte Stimmung etwas auf.

Wir fanden zwei freie Liegen und legten uns ganz entspannt darauf. Es war herrlich, so viele große und glänzende Sterne am Himmel zu bestaunen.

Um meine Frau von ihrer bitteren Enttäuschung abzulenken, erzählte ich von einem interessanten Buch über Astrologie, das ich vor einem Monat gelesen hatte. Ich zeigte auf den Himmel und sagte:

»Der Autor dieses Buch schreibt, dass wir ein unendliches Firmament sehen können, das von Millionen Sternen, Galaxien und so weiter übersät ist, wenn wir in einer hellen Nacht, wie jetzt, den Himmel genau beobachten.

Wir können bei Sternen nicht nur die Helligkeit unterscheiden, sondern auch deren Farben. Einige Sterne erscheinen uns rötlich, andere bläulich, andere wiederum gelblich leuchtend. Die verschiedenen Farben sind auf die Temperatur der Sterne zurückzuführen.«

Ich merkte, dass sie mir zwar zuhörte, jedoch beherrschte die enttäuschende Erfahrung mit Maria Pertini nach wie vor ihre Gedanken. Ich gab nicht auf und fuhr fort:

»Der Autor dieses Buch behauptete, dass man in Mitteleuropa viel mehr Sterne am Himmel beobachten könnte wie zum Beispiel auf der Süd- oder der Nordhalbkugel. Nur die Sterne, die sich sehr weit im Süden befinden, könnten nicht in Mitteleuropa gesehen werden.«

Plötzlich bemerkte ich, wie jemand vor meiner Liege stand; es war Adriano. Er machte einen aufgeregten und besorgten Eindruck. Prompt stand ich auf, er entschuldigte sich für die Störung und fragte, ob wir wüssten, wo seine Frau sein konnte. Er hatte das ganze Schiff durchsucht, aber sie war nirgendwo zu finden. Ich sah meine Frau fragend an, sie schien sichtlich ruhiger geworden zu sein. Sie überlegte einen Moment, sah ihn einige Sekunden bemitleidend an und sagte:

»Es dürfte nicht schwierig sein, sie auf diesem Schiff zu finden. Mein Mann erzählte mir gerade etwas über die Sichtbarkeit von Sternen am Himmel. Er sagte: Nur die Sterne, die sich auf der Nord- bzw. Südhalbkugel befinden, können nicht in Mitteleuropa gesehen werden.

Aber ich bin mir sicher, dass sich dein Stern nicht am Himmel des Äquators befindet. Man muss nur genau hingucken, sie ist nicht weit von dir.« Als sie seinen verwirrten Gesichtsausdruck sah, sagte sie weiter: »Versuche es in der Nähe des Fitnesscenters. Ich habe sie vor einer halben Stunde dort gesehen. Ich denke, sie wollte sich ein bisschen *bewegen*.«

Er schien immer noch irritiert zu sein, bedankte sich jedoch, verließ uns eilig und ging zur anderen Seite des Oberdecks.

Das war das letzte Mal, dass ich Adriano gesehen habe. Ich schaute meine Frau verständnislos an und sagte dann besorgt:

»Du hättest es nicht sagen dürfen. Was er jetzt sehen wird, könnte schwer zu ertragen sein.«

Sie schüttelte ihren Kopf und erwiderte emotionslos:

»Ich denke, je früher er es weiß, desto besser ist es für die beiden. Du hast mir einmal gesagt:

Wer die Wahrheit nicht leiden kann, der muss sich mit der Lüge trösten.«

♣ ♣ ♣

Mein Kampel Edgar

I

Einen Block von meinem Ferienhaus in Miami Playa entfernt, an der Costa Dorada, wohnt Frau Rauschenberg. Sie zählt zu einer der zahlreichen deutschen Familien, die dort in den 70er-Jahren ein Ferienhaus kauften. Mehrere Jahre nutzte sie es hauptsächlich in den Oster- und Sommerferien. Als sie jedoch in den Ruhestand trat, verkaufte sie ihre Wohnung in Norddeutschland und zog sich in ihr wunderschönes spanisches Domizil zurück mit der Absicht, für immer dort zu leben.

Bis Ende 2000 war Miami Playa eine lebhafte deutsche Kolonie wie viele andere Ferienorte in Spanien auch. Es gab mehrere deutsche Restaurants, Bars, Discos, Metzgereien, Bäckereien und sogar wöchentlich erschien eine Zeitung in deutscher Sprache.

Aber nach und nach verkauften die deutschen Hausbesitzer aus zweierlei Gründen ihre Ferienhäuser und zogen wieder in ihre Heimat zurück. Zum einen hatten ihre Kinder kein Interesse daran, immer am gleichen Ort ihren Urlaub zu verbringen, und zum Zweiten beeinträchtigte sie die Einsamkeit, aber auch ihr Gesundheitszustand. Diese Faktoren hatten dazu geführt, dass auch deutsche Geschäfte in diesem Ort ihren Betrieb einstellen mussten.

Heutzutage leben in Miami Playa höchstens 100 deutsche Familien. Die meisten Ferienhäuser gehören inzwischen Spaniern, Russen, Ukrainern, Franzosen, Belgiern, aber auch zahlreichen Marokkanern.

Ich vermute, dass bald auch Frau Rauschenberg ihr Haus verkaufen und in ihre Heimat, Kiel, umsiedeln wird. Jedenfalls deutete dies indirekt ihre Tochter, Carola, bei einem Spaziergang an.

Carola besucht ihre Mutter ausschließlich an ihrem Geburtstag im November und bleibt dann zwei Wochen bei ihr. Nur im Jahre 2005 verbrachte sie fast sechs Monate in Miami Playa. Ein Jahr später erfuhr ich die Gründe dafür; ihr war das gleiche Schicksal wie ihrer Mutter widerfahren. Ihr Mann starb bei einem Autounfall und sie war monatelang depressiv und arbeitsunfähig.

Als sich dieses Unglück ereignete, war sie gerade 50 geworden und kinderlos. Obwohl sie sich von diesem schmerzhaften Schock einigermaßen erholt hatte, wollte sie nicht wieder heiraten.

Carola ist jetzt mit knapp 57 Jahren noch eine attraktive und begehrenswerte Frau.

Sie besitzt eine kleine Unternehmensberatung in Hamburg und hält Seminare für Führungskräfte von großen Firmen.

Im November 2013 verbrachte ich vier Wochen in diesem verschlafenen Paradies. Ich hatte vor, dort in Ruhe zu arbeiten. Mein neues Buch war fertig, jedoch musste ich, bevor ich es einem Lektorat überließ, noch einmal alles gründlich überprüfen. Außerdem hatte ich das schlechte Wetter in Deutschland satt. In Miami Playa war der Himmel beinahe jeden Tag strahlend blau, die Sonne schien mindestens acht Stunden und es herrschte eine traumhafte, absolute Ruhe.

Am 25. November, nach der Geburtstagsfeier von Frau Rauschenberg, begleitete ich gegen 14:00 Uhr Carola auf einem langen Spaziergang, wie an jedem anderen Tag der letzten Wochen. Wir gingen am Rande des Strandes bis zum nächsten Ort „Hospitalet del Infant".

Zu dieser Jahreszeit und in diesem ruhigen Ort ist ein Spaziergang die einzige Möglichkeit, sich die Beine zu vertreten und frische Luft zu schnappen.

Denn es gibt kaum Sportmöglichkeiten und das Meerwasser ist für Schwimmaktivitäten noch zu kalt.

Während unserer belanglosen Unterhaltung musste ich sie widerwillig darüber informieren, dass dies unser letzter Spaziergang in diesem Jahr war, da ich im Laufe des Tages Besuch erwartete.

»Kommt deine Frau hierher?«, fragte Carola gleichsam enttäuscht wie neugierig.

»Nein, meine Frau ist ein Stadtmensch und legt keinen Wert auf die ruhige Atmosphäre von Miami Playa zu dieser Jahreszeit. Außerdem weiß sie, dass ich jeden Tag bis spätabends arbeiten muss.

Ich erwarte meinen besten Freund, Edgar. Edgar und ich kennen uns seit knapp 35 Jahren. Ich bin sogar der Patenonkel seiner Kinder, ich bin sein Sportkamerad und vor allem ein vertrauter Freund der ganzen Familie.

Paradoxerweise habe ich ihn in den letzten zwei Jahren kaum gesehen. Ab und zu haben wir doch miteinander telefoniert oder eine SMS geschickt, aber ein Treffen wie früher, kam nicht zustande.«

»Wann kommt er?«

»Ich weiß es nicht genau. Vor zwei Tagen rief er ohne jegliche Begrüßung an und sagte, ohne einen Grund zu nennen, dass er mich am 25. November in meinem spanischen Ferienhaus besuchen will. Er bestand darauf, dass ich ihn nicht vom Bahnhof abholen soll, da er mit einem Taxi zu mir kommen will.

Eigentlich kam ich während unseres Gespräches gar nicht zu Wort. Ich spürte, dass er sehr aufgeregt war und miserable Laune hatte. Auf meine kurze Frage, ob alles in Ordnung sei, gab er mir keine Antwort und entgegnete nur, dass wir darüber reden würden, wenn er da sei. Danach legte er umgehend auf.

»Ich verstehe«, sagte sie mit einem unüberhörbaren Anflug von Enttäuschung. Sie hatte mir einmal gestanden, dass sie zu dieser Jahreszeit und in diesem menschenleeren Ort Angst hatte, alleine spazieren zu gehen. Obwohl mir in dieser Gegend kein Raubüberfall oder irgendeine Form von Belästigung bekannt ist, sorgen dennoch manchmal die herumsitzenden marokkanischen Arbeitslosen hier und da dafür, dass man sich unsicher und unwohl fühlt. Nachdem sie einen Moment geschwiegen hatte, fuhr sie fort: »Es macht nichts, ich werde während der nächsten vier Tage, die ich noch hier bin, im Garten relaxen und ein Buch lesen. Aber hoffentlich bist du nächstes Jahr hier und leistest mir wieder Gesellschaft.«

»Ich weiß nicht, ob ich im November nächsten Jahres wieder hierherkommen kann. Aber sollte ich in Miami Playa sein, werde ich dich gerne jeden Tag bei deinem Spaziergang begleiten.« Ich sah sie versöhnlich an und sprach tröstend weiter: »Als Entschädigung für mein Versäumnis werde ich dich am 29. November mit meinem Auto zum Bahnhof fahren. Wann musst du am Flughafen sein?«

»Spätestens um 12:00 Uhr.«

»Okay, ich hole dich pünktlich um 8:00 Uhr ab, damit du mit dem Regionalzug um 08:24 Uhr nach Barcelona fahren kannst.«

Sie schenkte mir ein dankbares Lächeln und erzählte dann fast eine halbe Stunde über ihre Tätigkeiten in Deutschland.

Als wir in Richtung unseres Ortes zurückgingen, blieb sie vor dem einzigen offenen Supermarkt stehen und wollte Lebensmittel einkaufen. Ich sollte nicht auf sie warten, sie würde die kleine Entfernung alleine bewältigen.

Mit einer herzlichen Umarmung verabschiedeten wir uns. Sie betrat den Supermarkt und ich ging am Rande der Promenade nach Hause zurück.

Plötzlich blieb ich in der Entfernung von ca. 200 Metern von meinem Haus wie angewurzelt stehen. Ich traute meinen Augen nicht, Edgar war schon da. Er saß auf einem kleinen Felsen am Strand neben seiner schwarzen Reisetasche, wo er in einem dicken Mantel und mit einem Wollschal vermummt auf die stürmische See hinausblickte, die von einem bitterkalten Ostwind aufgewühlt wurde.

Ach, dieser Edgar ist immer für eine Überraschung gut. Bevor ich weiterschreibe, muss ich zuerst etwas über sein bahnbrechendes Leben erzählen.

II

1978 habe ich Edgar in der Sparkasse meines Wohnortes kennengelernt. Damals war er ein einfacher Angestellter. Im Laufe der Zeit wurde er jedoch zuerst zum Gruppenleiter befördert und übernahm drei Jahre danach die Leitung der Filiale. Dort lernte er seine Frau Karin kennen und heiratete sie nach einem Jahr.

Normalerweise sehen es die Direktoren eines Geldinstituts nur ungern, wenn ein Ehepaar in der gleichen Filiale arbeitet. Daher sollte einer der beiden (in diesem Fall Karin) in eine andere Zweigstelle versetzt werden oder eine Verwaltungsaufgabe übernehmen.

Allerdings war diese Maßnahme bei Karin nicht mehr erforderlich, weil sie kurz nach ihrer Eheschließung schwanger wurde und ab dem siebten Monat zu Hause blieb.

Einige Monate nach der Geburt des ersten Kindes hatte sie einen weiteren Grund, zu Hause zu bleiben: Sie war erneut in anderen Umständen.

Während ihrer ersten acht Ehejahre war sie sechsmal schwanger und brachte fünf gesunde und hübsche Kinder (zwei Mädchen und drei Jungen) zur Welt. Bei ihrer letzten

Schwangerschaft fiel sie von einer Treppe und verlor das Kind.

Karin war mit der Erziehung ihrer fünf Kinder sowie mit dem Haushalt ihrer großen Familie vollständig ausgelastet und blieb für immer als Hausfrau und Mutter zu Hause.

Edgar machte inzwischen eine steile Karriere; zuerst war er Bereichsleiter des Kreditwesens und einige Jahre später wurde er zum Direktor für Wertpapiere und Aktiengeschäfte befördert. Soweit ich dies mitbekam, verdiente er viel Geld.

Meine Beziehung zu Edgars Familie, ganz besonders zu seinen Kindern, war beständig. Mindestens einmal im Monat aßen wir zusammen und verbrachten manchmal einen gemeinsamen Kurzurlaub. Während der ersten Jahre war meine Frau immer dabei, aber nach und nach fand sie eine Ausrede, sich zurückziehen. Edgar und ich wussten Bescheid, dass sie und Karin sich gegenseitig nicht besonders mochten. Dennoch hatte meine Frau nichts dagegen, dass ich meine Verbindung zu Edgar und seiner Familie weiterhin aufrechterhielt. Denn jeder wusste, dass Edgar und ich so unzertrennlich wie Zwillinge waren.

Es gab einen weiteren Grund, warum ich manchmal Edgar und Karin ohne meine Frau besuchen musste. Sie stritten sich fast jeden Tag, jedenfalls mehr als jede andere Familie. Manchmal waren ihre Auseinandersetzungen so heftig, dass ich wie ein Familienrichter intervenieren musste.

Die Zeitabstände zwischen ihren Streitigkeiten wurden immer kürzer, insbesondere als ihre Kinder groß geworden und von ihren Eltern unabhängig waren. Dieser natürliche Entwicklungsprozess passte Karin überhaupt nicht. Sie hatte plötzlich wenig zu tun und saß die meiste Zeit über verbittert und ziemlich aggressiv zu Hause.

Wie oft rief mich Edgar an und bat mich darum, bei ihnen vorbeizukommen, mit Karin zu sprechen und zu versuchen, sie irgendwie zu besänftigen.

Es war keine leichte Aufgabe. Es gab verschiedene grundsätzliche Probleme, die man unmöglich mit einem ein- oder zweistündigen ruhigen Gespräch bereinigen konnte.

Edgar und Karin hatten völlig unterschiedliche Charaktere, einen unterschiedlichen Geschmack, setzten unterschiedliche Prioritäten und hatten vor allem eine vollkommen gegensätzliche Auffassung vom Leben.

Edgar ist ein gut aussehender, hochintelligenter, sensibler und leidenschaftlicher Mensch.

Er ist aktiver Sportler, ein Kunst- und Literaturfanatiker, ein Mann, der gerne diskutiert und der jede Minute seines Lebens genießen möchte. Er besucht regelmäßig Theater- und Konzertaufführungen und geht ins Museum, allerdings alleine oder mit seinen Kindern. Karin hatte nie Interesse an solchen Veranstaltungen gezeigt.

Nach meiner Einschätzung ist er ein treuer, aufmerksamer Ehemann und ein guter Vater. Dadurch dass er in seinem Job und seinem Sport erfolgreich ist und sich vor allem allgemeiner Beliebtheit erfreut, ist er ein zufriedener Mensch. Seine einzigen Probleme waren Karin und ihre unaufhörliche Meckerei, Vorwürfe und negativen Äußerungen.

Karin ist eine hübsche Frau, hat sich in den letzten Jahren jedoch sehr gehen lassen. Sie ist ein häuslicher Typ, oder besser gesagt, sie ist so geworden. Am liebsten zieht sie ihren grünen Jogginganzug aus Ballonseide an, setzt sich stundenlang vor den Fernseher und schaut sich alle möglichen Serien an.

Sie hasst Kunst, jedenfalls die Kunst, die Edgar bewundert. Sie findet Theaterbesuche langweilig. Sie mag es überhaupt nicht, zwei Stunden in einem dunklen Kino zu sitzen und sich einen Film anzuschauen. Wenn sie Musik hören will, reicht es ihr, einfach den CD-Player anzuschalten. Dafür braucht sie nicht in ein Konzert zu gehen.

Mir war aufgefallen, dass sie beinahe in jedem Satz das Wort „Hass" verwendete. Sie hasste die Nachbarn, sie hasste das Wetter, sie hasste Kunst, sie hasste ihr Zuhause, sie hasste ihr Leben usw.

Ich konnte nicht richtig einschätzen, ob die Ursache dieser Bitterkeit, dieser Lethargie, vor allem der Grund für diese zerrüttete Ehe an dem Minderwertigkeitsgefühl von Karin lag oder ob sie mit der Erziehung der fünf Kinder überfordert war. Möglicherweise hatte sie wegen ihrer zu langen Tätigkeit als Hausfrau und Mutter verlernt, wie früher, als sie unter dreißig war, zu leben und den Lebensstil der anderen zu respektieren. Außerdem war es offensichtlich, dass sie sich unter dem Schatten von Edgars Erfolg vernachlässigt fühlte und anscheinend sogar neidisch war.

Ob Edgar wirklich versuchte sie zu trösten, positiv zu beeinflussen und zu einem lockeren und freundlichen Verhalten zu motivieren, weiß ich nicht. Ich bin auch nicht sicher, ob dies möglich gewesen wäre. Denn sie hatte ständig schlechte Laune und war die meiste Zeit abweisend.

Ich wusste, dass Edgar, seitdem die Kinder ihr eigenes Leben führten und Karin immer auf dem Kriegsfuß stand, jegliche Hoffnung auf ein glückliches Leben mit ihr aufgegeben hatte. Er versuchte jedoch, geduldig ihre verletzenden Vorwürfe zu ignorieren und ihr keine Gelegenheit zu geben, einen erneuten Ehekrach vom Zaun zu brechen.

Einmal lud ich Karin zum Essen in ein renommiertes Restaurant ein. Ich wollte mich als Freund der Familie nützlich machen und ihr einige gute Ratschläge geben. Obwohl ich ein deutsches Sprichwort im Hinterkopf hatte: *Gib einer Frau zehn gute Ratschläge: Sie befolgt den elften.*

Nach dem Essen schlug ich vor, dass es ihr guttun würde, wenn sie wieder arbeiten ginge. Plötzlich setzte sie eine feindselige Miene auf, schüttelte energisch ihren Kopf und fragte, ob ich verrückt geworden war. Sie sagte:

»Hätte ich damals nicht geheiratet, hätte ich inzwischen eine hohe Stellung bei meinem alten Arbeitgeber.

Ich kann unmöglich, nachdem ich so viele Jahre pausiert habe, wieder in der Sparkasse arbeiten. Ich habe mich schon bei der Arbeitsagentur erkundigt. Man sagte mir, dass ich möglicherweise eine Stelle als Kassiererin in einem Supermarkt oder als Aushilfskraft in einer kleinen Firma bekommen könnte.« Dann wiederholte sie mit hasserfüllter Stimme: »Hätte ich bloß diesen blöden Kerl nicht geheiratet, wäre ich jetzt eine erfolgreiche Führungskraft in meiner Firma.«

Dann versuchte ich es mit einer anderen Idee. Ich sagte: »Meiner Meinung nach ist es nie zu spät, etwas Neues zu lernen. Du kannst mit starkem Willen und voller Begeisterung eine Fremdsprache lernen oder eine kaufmännische Ausbildung absolvieren. Damit könntest du aus deinem trübsinnigen Alltag entfliehen. Wenn du schon einen halben Tag aus deinem bedrückenden Umfeld herauskommst, wirst du dich besser fühlen. Und wenn du die Ausbildung voller Motivation abgeschlossen hast, besteht durchaus die Möglichkeit, irgendwo wieder zu arbeiten.«

Erneut blickte sie mich vorwurfsvoll an. Sie fragte entsetzt, ob ich den Verstand verloren hätte. »Das ist doch utopisch, mit 55 Jahren quasi noch einmal die Schulbank zu drücken. Und wer würde mir in dem fortgeschrittenen Alter noch eine adäquate Stelle anbieten?«

Was konnte ich ihr noch dazu sagen? Ich kam zu dem Kernproblem: ihr nervenaufreibendes Benehmen. Ich sagte:

»Okay, wenn du nicht lernen willst, wenn du nicht arbeiten willst, ist das deine Entscheidung. Aber meiner Meinung nach kann das so mit euch nicht weitergehen.

Du und Edgar müsst euch zusammensetzen und euch über alle negativen Faktoren, die euch Tag für Tag weiter voneinander entfernen, aussprechen.

Ihr habt nicht nur die moralische Verpflichtung, euch gegenseitig glücklich zu machen, ihr müsst auch Rücksicht auf eure Kinder nehmen. Sie leiden genauso unter diesen traurigen Umständen.

Ihr müsst dankbar sein, dass ihr gesund seid, ihr habt keine finanziellen Probleme und vor allem habt ihr fünf wunderbare Kinder und zwei goldige Enkelkinder.« Ich übersah absichtlich ihre bösen Blicke und fügte hinzu: »Du weißt nicht, wie gut du es hast. Ich bin fest davon überzeugt, dass Millionen von Frauen auf der Welt dein Leben beneiden. Versuche das Beste daraus zu machen und dein Leben zu genießen.«

Sie schaute mich immer noch feindselig an und erwiderte trotzig:

»Meine Familie kann mir gestohlen bleiben. Ich bin neidisch auf die Leute, die in armen Verhältnissen leben, aber glücklich sind.«

Ich gab es auf. Ich erkannte, dass sie nicht einsehen wollte, ihr Leben in neue, positive Bahnen lenken zu müssen. Sie weigerte sich schlichtweg, mit mir konstruktiv über ihre Probleme und die Einleitung erforderlicher Maßnahmen zu sprechen. Sie brauchte sicherlich psychotherapeutische Maßnahmen eines erfahrenen Arztes, um die Hintergründe ihres Verhaltens zu erforschen und angemessen darauf reagieren zu können. Doch dazu war ich nicht ausgebildet.

Die Situation wurde noch kritischer, als Edgar wegen der Neustrukturierung seiner Firma seinen Job aufgeben musste. Er erhielt eine saftige Abfindung – mehr als zwei Jahresgehälter.

Er war überhaupt nicht unglücklich darüber, mit 63 Jahren nicht mehr arbeiten zu müssen. Er hatte ein dickes Sparbuch und brannte förmlich darauf, viele seiner Pläne, zum Beispiel eine Weltreise, die bislang immer verschoben werden musste, zu realisieren.

Aber Karin machte nicht mit. Karin hasste lange Reisen, Karin hasste Flugzeuge, Karin hasste Kreuzfahrten und Karin hasste es erst recht, mit Edgar irgendwo hinzugehen.

Sie war sowieso aufgrund seines Vorruhestandes vollkommen außer sich. Sie fürchtete, dass Edgar die ganze Zeit zu Hause bleiben und dies ihre Nerven zu sehr beanspruchen könnte.

Sie bestand sogar darauf, dass er, wie früher morgens das Haus verlassen und am Abend nach Hause kommen musste, egal, was auch immer er draußen treiben sollte.

Im Frühling 2011 befand ich mich in den USA. Eines Tages rief mich Edgar auf meinem Handy an und teilte mir mit, dass er und Karin sich einvernehmlich scheiden lassen wollten. Und als ich im Sommer wieder zurück in Deutschland war, hatten sie dieses Vorhaben bereits in die Tat umgesetzt.

Obwohl sich Karin in den letzten Jahren so kalt und abweisend gegenüber Edgar gezeigt hatte, verhielt sich mein Freund bei der Scheidung wirklich tadellos. Er überließ ihr das Haus, gab ihr die Hälfte seines flüssigen Vermögens und darüber hinaus hatte sie laut Gesetz sowieso Anspruch auf die Hälfte seiner Rente.

Ich habe Karin nach ihrer Scheidung einmal gesehen. Sie war ungewöhnlich dick geworden. Ich konnte mich zwar täuschen, aber sie wirkte dennoch völlig gelassen, ja regelrecht zufrieden.

Edgar nahm seine persönlichen Sachen und verschwand nach 35 Jahren Ehe aus ihrem Leben.

Er sagte mir, er betrachtete dieses Ereignis als neue Chance und wollte ein neues Leben beginnen. Er mietete sich eine sehr schöne Wohnung und richtete sie äußerst geschmackvoll ein.

Aber Edgar ist ein emotionaler und empfindsamer Mensch. Das erste Jahr nach der Scheidung war er oftmals melancholisch. Ich habe ihn ein paar Mal dabei beobachtet, wie er wegen der Trennung von Karin weinte. Er konnte nicht fassen, wie es dazu hatte kommen können. Er sagte des Öfteren, dass er Karin vermisste.

Ich versuchte, soweit mir möglich war, ihn nicht alleine zu lassen. Entweder kam er zu uns oder ich besuchte ihn in seiner Wohnung. Wir verbrachten auch zwei Wochen hier in der Costa Dorada in meinem Ferienhaus.

Ab Januar 2012 hatte ich kaum persönlichen Kontakt zu ihm. Denn zuerst hatte er sich seinen alten Wunsch erfüllt und fast die Hälfte der Erdkugel bereist. Ich erhielt alle zwei Wochen eine Postkarte von ihm aus irgendeinem fernen Land.

Von der Art und Weise, wie er seine Schreiben formulierte, gewann ich den Eindruck, dass er seine geistige Kraft wiedergewonnen hatte und er wieder ganz der Alte war. Offenbar hatte er seine Depression überwunden und schöpfte nun auf seinen Reisen neue Energie.

Ich hörte von seinem älteren Sohn, dass er aus Australien, Singapur und Hawaii Geschenke geschickt hatte, auch für seine Ex-Frau Karin.

Als er wieder nach Deutschland zurückgekehrt war, lernte er einige Frauen kennen, allerdings hielten die Beziehungen nicht lange an. Die eine war angeblich zu ordinär, die andere rauchte täglich zwei Schachteln Zigaretten und eine, die ich einmal in seiner Wohnung gesehen hatte, war noch schlimmer als Karin.

Sie meckerte über jede Kleinigkeit.

Eines Tages bat er mich, ihn in unserem Stammlokal zu treffen, da er mir eine interessante Neuigkeit mitteilen wollte. Als ich vor ihm saß, bemerkte ich, dass er förmlich vor Glück und Zufriedenheit strahlte.

Er erzählte voller Freude, dass er die Traumfrau seines Lebens gefunden hatte. Er berichtete ganz stolz, dass sie alle Eigenschaften, die er sich von einer neuen Partnerin wünschte, verkörperte. Sie sei sehr attraktiv, intelligent und kultiviert. Er hatte sie in einer Kunstgalerie getroffen und inzwischen hatten sie sich gegenseitig mehrere Male besucht. Sie war Holländerin, wohnte in Amsterdam und arbeitete in einer Werbeagentur.

»Wie alt ist sie?«, fragte ich neugierig. Er schwieg zuerst nachdenklich und sagte dann zögernd:

»Ach ja, du hast das Kernproblem erfasst. Sie ist jünger als ich, viel jünger; sie ist 40 Jahre alt.« Er strich sich mehrere Male unruhig über sein Gesicht und fuhr fort: »Ich weiß, ich weiß, das ist wohl ein bisschen problematisch. Aber sie meinte, da wir keine Absicht haben zu heiraten, spielt das Alter in unserer Beziehung keine Rolle.«

Ich nickte bestätigend und sagte: »Sie hat recht. Wenn es um eine freundschaftliche Beziehung geht, ist es egal, wie alt man ist.« Dennoch hatte ich den Eindruck, dass dies mehr als eine einfache freundschaftliche Beziehung war. Deshalb stellte ich eine Fangfrage: »Das heißt, dass ich dich in Zukunft in Holland besuchen muss?«

»Oh nein. Sie will nicht, dass wir zusammenleben. Sie hat nie geheiratet und vom Zusammenleben hält sie überhaupt nichts.«

»Und wie soll diese *freundschaftliche Beziehung* trotz der großen Entfernung aufrechterhalten werden?«

»Na ja, irgendwie wird es schon funktionieren. Sie kommt nach Hamburg und ich besuche sie in Amsterdam. Das ist keine große Entfernung. Mit dem Auto schaffe ich das in vier bis fünf Stunden.«

Ich ahnte, was in ihm fällte. Er sehnte sich nach Bindung, nach Nähe, nach Zärtlichkeit und doch nach einer stabilen Beziehung. Aber was tut man als guter Freund in solch einer Situation? Ich bin weder Pythia, um die Zukunft dieser Beziehung vorhersehen zu können, noch hatte ich die erforderliche Erfahrung, hierzu meine Meinung kundzutun. Obwohl ich gestehen muss, dass ich kein gutes Gefühl hatte, ob mein lebenshungriger Freund Edgar dieses Mal endlich bis an sein Lebensende mit dieser unbekannten Holländerin glücklich sein konnte.

Denn wenn man den Psychologen glauben darf, sind solche Beziehungen nicht besonders Erfolg versprechend. Eine Beziehung zwischen einem alten Mann und einer jungen Frau, oder umgekehrt, besteht aus vielen Komplexen und wenig echter Liebe. Was auch fehlt, ist eine gemeinsame Vergangenheit.

Dennoch gratulierte ich ihm ganz herzlich und wünschte alles Gute.

Vier Wochen später durfte ich sein Herzblatt, Audrey, kennenlernen. Wir trafen uns in einem Restaurant an der Alster.

Eigentlich hatte Edgar bei der Beschreibung von Audreys Eigenschaften nicht übertrieben.

Sie schien attraktiv, klug und äußerst selbstbewusst. Sie war ziemlich groß, schlank, hellblond und hatte ein ungemein verführerisches Lächeln. Sie kam mir sogar etwas jünger als vierzig vor.

Ich erinnere mich, dass wir über verschiedene Themen wie Politik, Technik, Kunst etc. diskutierten und sie war in der Lage, bei allen Themen mitzuhalten und konnte ihre eigene Meinung überzeugend vertreten.

Ab und zu, wenn ich Edgar verstohlen anblickte, bemerkte ich, wie er sie fasziniert anschaute und ihr begeistert zuhörte. Ich hatte keinerlei Zweifel, dass er von Kopf bis Fuß in sie verliebt war. Und sie? Das war schwer einzuschätzen. Sie war eine ziemlich clevere Frau, die sich nicht in ihre Karten gucken ließ.

Auch meine direkte Frage, was sie von einer Beziehung mit großem Altersunterschied hielt, umging sie charmant mit allen möglichen Themen und gab mir keine konkrete Antwort. Ich hätte natürlich weiter bohren und auf eine plausible Antwort drängen können, aber ich gab es auf. Ich sah deutlich, dass Edgar meine Frage peinlich war.

Nach dieser Begegnung habe ich Audrey nicht mehr gesehen. Offenbar hatte ich bei ihr keinen guten Eindruck hinterlassen.

Ich habe von Edgar gehört, dass sie mich für einen rücksichtslosen und neugierigen Menschen hielt. Sie mochte keine Leute, die ihre Nase in alles hineinstecken.

Aufgrund ihrer Meinung, vielleicht auch ihres Einflusses, erhielt ich danach kaum die Gelegenheit, Edgar zu treffen.

Monatelang, in einem Abstand von vier bis sechs Wochen, erhielt ich von ihm eine Mail oder SMS, hatte jedoch Schwierigkeiten, seine Texte richtig zu begreifen. Manchmal hatte ich das Gefühl, dass der Kerl überglücklich war, und einige Wochen danach bekam ich den **Eindruck**, dass er Stress hatte und ihn etwas belastete.

Er schrieb keine negative Bemerkung über Audrey, schon gar nicht über seinen eigenen Lebenszustand, sondern stellte in seinen kurzen Nachrichten immer recht merkwürdige Fragen. »Warum sind die Menschen manchmal so grausam?« In einer anderen SMS, die er mir einmal um 2:00 Uhr morgens schickte, wurde er etwas konkreter:

»Ist das nicht schrecklich, dass die Frauen alles mit uns machen, was sie wollen?« Und ich wusste nicht, was ich von seinen Mails oder SMS halten sollte.

Nachdem er sich mehrere Monate nicht mehr gemeldet hatte, passierte plötzlich etwas Merkwürdiges. Am 23. November rief er mich an und teilte mir mit, dass er mich besuchen wollte. Er hatte von meiner Frau gehört, dass ich mich seit Anfang November in meinem spanischen Ferienhaus aufhielt.

Sein letzter Anruf tat mir gut. Ich war glücklich, ihn nach 18 Monaten endlich persönlich sehen zu können.

Ich hätte ihn selbstverständlich vom Bahnhof unseres Ortes abgeholt, aber ich wusste nicht, welchen Zug er nehmen wollte.

Und jetzt erblickte ich dort, an diesem einsamen Strand, meinen Kumpel Edgar. Offenbar wartete er auf mich.

In dieser menschenleeren Umgebung war es nicht schwierig, ihn aus einer Entfernung von ca. 100 Metern zu erkennen, auch wenn er sich mit Mantel und Schal gut eingepackt hatte.

Er war mit seinen Gedanken so abwesend, dass er mein leises Erscheinen nicht bemerkte. Ich stand hinter ihm und scherzte wie früher:

»Jetzt weiß ich Bescheid, wo sich die Al-Kaida-Terroristen verstecken.« Zuerst reagierte er überhaupt nicht. Aber dann erkannte er meine Stimme, zog seinen Schal herunter und es flog ein amüsiertes Lächeln über sein Gesicht, das mir zeigte, dass ihn meine witzige Bemerkung erheitert hatte. Er stand auf und umarmte mich voller Zuneigung. Als er mich losließ, fragte ich: »Sitzt du hier schon lange?«

»Fast eine Stunde. Ich ahnte, dass du spazieren gegangen bist. Deshalb habe ich einen Zettel auf deinen Briefkasten geklebt.«

»Komm, gehen wir nach Hause, du bist fast erfroren. Ich werde gleich den Kamin anmachen. Eine Tasse Tee in einem behaglichen, warmen Raum wird dich wieder lebendig machen.«

III

Zu Hause erkannte ich bei genauerer Betrachtung verwundert, dass mein Kumpel Edgar deutlich älter geworden war. Ich wusste, dass er sich seit Beginn seiner Beziehung zu Audrey seine Haare färbte. Aber offenbar hatte er sich in den letzten Wochen oder Monaten nicht mehr bemüht, diese aus meiner Sicht unnötige kosmetische Veränderung fortzusetzen. Was er allerdings dringend benötigte, war ein Haarschnitt; seine grauen Haare waren unregelmäßig lang gewachsen, was ein wenig ungepflegt aussah.

Er kam mir auch dünner vor, sehr blass und sah zudem mitgenommen aus. Seine Augen waren müde und gerötet und verrieten seinen Leidensdruck.

»Wie lange möchtest du bei mir bleiben?«, fragte ich, als wir uns vor den Kamin setzten und begannen, Tee zu trinken.

»Vier Tage. Ich muss am 29. November wieder in Hamburg sein.«

»Warum bleibst du nicht noch ein paar Wochen hier und dann fliegen wir zusammen nach Deutschland?«

»Ich würde gerne bleiben, aber ich habe am 30. November einen wichtigen Termin in Hamburg. Ich kann ihn unmöglich verschieben.«

Dann schwieg er erneut. Gegen 19:00 Uhr konnte er nach dem Abendbrot seine Augen kaum noch offenhalten und war sichtlich erschöpft. Ich zeigte ihm sein Zimmer, er zog sich schnell aus, legte sich auf das Bett und kurz danach hörte ich sein leises Schnarchen.

Am nächsten Tag war das Wetter wie in den letzten Wochen: kalt, aber sonnig und ausnahmsweise nicht windig. Bereits um 8:00 Uhr durchfluteten die leuchtend roten Sonnenstrahlen alle Schlafräume.

Während ich mit der Vorbereitung des Frühstücks beschäftigt war, hörte ich, wie er im Badezimmer verschwand.

Ich ahnte, dass er in seiner neuen Beziehung Probleme hatte, aber ich hatte keine Ahnung, was vorgefallen war und warum er so traurig aussah.

Waren die möglichen Probleme der Liebesbeziehung auf den Altersunterschied von fast 26 Jahren zurückzuführen? Schließlich lag zwischen Edgar und Audrey eine ganze Generation. Hatte sie ihn finanziell ausgenutzt und dann am Ende fallen gelassen? Bei solchen jungen Frauen, die sich auf eine Beziehung mit einem wesentlich älteren Mann einlassen, kann man finanzielle Motive nicht ausschließen.

Ich hatte mir beinahe die ganze Nacht den Kopf darüber zerbrochen. Aber ich hatte keine blasse Ahnung, was vorgefallen war.

Während des Frühstücks sprach ich die ganze Zeit über alles Mögliche, um sein bitteres Schweigen auszugleichen. Er sah viel besser aus als am Tag zuvor. Aber immer noch nachdenklich, trübselig und nicht gesprächig. Meinen Vorschlag, an der Promenade spazieren zu gehen, akzeptierte er mit einem Kopfnicken.

Es war in der Tat ein wunderschöner Tag: blauer Himmel, türkisfarbenes Meer, heller Sonnenschein und vollkommene Windstille.

Zu dieser Jahreszeit liegen am Strand haufenweise verschiedene Muschelschalen. Ich fand eine so große wie ein Aschenbecher, überreichte sie Edgar und sagte:

»Wenn du endlich den Mund aufmachst und mir erzählst, was mit dir los ist, lade ich dich heute zu Jakobsmuscheln, gedünstet in Weißwein, ein.«

»Ich dachte, du wüsstest, dass ich gegen Muscheln allergisch bin«, sagte er ablehnend, jedoch schwang eine Spur Sanftheit in seiner Stimme mit. Ich stand vor ihm, schaute ihm direkt in seine Augen und erwiderte scharf:

»Früher musste ich dich fast erwürgen, damit du nicht so viel redest, und jetzt muss ich dich bestechen, damit du endlich den Mund aufmachst und sagst, was zum Teufel mit dir los ist.«

Er nickte, setzte sich auf die kurze Marmormauer zwischen Strand und Promenade und sagte zögernd:

»Okay, setze dich hin, ich sage dir, was geschehen ist. Aber spare dir bitte jeden Rat oder Kommentar.« Ich nahm neben ihm Platz, und nachdem er eine Weile geschwiegen hatte, sprach er weiter:

»Meine Beziehung zu Audrey ist aus, endgültig vorbei. Ich bin darüber bestürzt, sehr traurig, aber ich nahm diese Tatsache schmerzlich hin. Ja, ich bin wieder solo.«

Das hatte ich fast vermutet. Ich hoffte, dass er mehr darüber reden würde. Es vergingen fast fünf Minuten, bis er fortfuhr:

»Meine Beziehung zu Audrey war ein Fehler, eine Illusion. Ich dachte, ich könnte mir ein bisschen von meiner verlorenen Jugendzeit zurückholen. Nach so vielen schwierigen Jahren mit Karin wünschte ich mir glühend, einen Hauch von Glück zu spüren. Aber ich war wieder unglücklich, besonders in den letzten Monaten. Es gab unzählige Probleme zwischen uns, mit denen ich nicht fertig werden konnte.

Audrey und ich gehören nicht nur zu unterschiedlichen Generationen, wir haben auch eine andere Sichtweise, Lebensplanung und Denkweise. Ich konnte mich nicht gegen ihren Willen durchsetzen. Manchmal hatte ich den Eindruck, dass hinter ihrem Verhalten eine eiskalte Strategie steckte.

Denn sie versuchte, mich nach ihrer Vorstellung zu erziehen und von sich abhängig zu machen.

Sie entschied sogar, was ich essen sollte, was ich anziehen durfte, mit wem ich Kontakt habe und wo und wie lange ich mich aufhalten sollte.

Wenn ich in Hamburg war, musste ich sie jeden Abend anrufen und ganz brav ihre Fragen beantworten. Sie wollte wissen, was ich die ganze Zeit gemacht hatte, mit wem ich mich getroffen und wie viel Geld ich ausgegeben hatte usw. Sie besuchte mich alle zwei Wochen in Hamburg und versuchte jedes Mal, die Wohnung nach ihrem Geschmack umzugestalten. Einige meiner Lieblingsbilder sowie viele alte Bücher verstaute sie einfach im Keller. Sie meinte, das Wohnzimmer würde wie eine englische Bibliothek aussehen.

Ich dachte immer an ein Sprichwort, dass man bei einer Beziehung kompromissbereit sein muss. Ich sagte mir immer, sei nicht stur und versuche umzudenken, und dann tat ich alles, was sie von mir wollte.

Wenn ich sie in Amsterdam besuchte, durfte ich zwar in ihrer Wohnung eine Tasse Kaffee trinken und etwas essen, schlafen musste ich jedoch in einem Hotel; ein Hotel in der Nähe ihrer Wohnung. Sie meinte, dass ihre Wohnung für zwei Personen zu klein sei.

Sie plädierte immer für Natürlichkeit, bestand aber darauf, dass ich meine grauen Haare hellblond färbte. Sie begründete ihre Forderung folgendermaßen: Zum einen sollten wir mit unserem hellblonden Haar in der Gesellschaft als Partnerlook auftreten und zum Zweiten fühlte sie sich nicht wohl, wenn die Leute mich als ihren Vater betrachteten.

Im Hamburg trug ich immer eine Mütze, weil ich mich für meine gefärbten Haare schämte.

Den ersten kritischen Streit hatten wir vor sechs Monaten. In einem VW-Bus brachte sie mehrere Freunde aus Holland nach Hamburg. Wir sollten unsere Verlobung feiern.«

»Verlobungsparty? Warum hast du mich nicht eingeladen?« Ich unterbrach ihn etwas scherzhaft. Das war ein Fehler, denn es dauerte beinahe zwei Minuten, bis er weitersprach. Er sagte:

»Es tut mir leid. Ich wollte dich gerne bei diesem Ereignis dabeihaben. Schließlich war ich in meiner eigenen Wohnung in der Minderheit. Aber Audrey meinte, dass wir unsere Verlobung zuerst mit jungen Leuten feiern sollten und irgendwann eine Tee-Party mit älteren Leuten veranstalten könnten.

Ich hatte das Gefühl, dass mich ihre Freunde überhaupt nicht mochten. Sie unterhielten sich kaum mit mir. Sie brachten meine Wohnung absichtlich durcheinander. Die Putzfrau musste danach zehn Stunden arbeiten, um die Wohnung einigermaßen wieder in Ordnung zu bringen. Aber das war nicht der Grund unseres Streits.

Am nächsten Tag versuchte ich ganz vernünftig, ihr klarzumachen, was mich bei dieser blöden Party so geärgert hatte. Ich beanstandete, dass sie die ganze Zeit versuchte, mich vor ihren Freunden lächerlich zu machen.

Sie sagte beispielsweise: „Die Deutschen sind vielleicht fleißige Arbeitstiere, aber im Bett sind sie Versager. Es gibt nichts Schöneres, als Sex mit einem Niederländer zu haben."«

Er schwieg erneut. Ich spürte, wie in seinem tiefsten Innern Wut aufkeimte. Nach einer Weile fuhr er fort:

»Zugegeben, sie war an diesem Abend ziemlich betrunken, aber das ging zu weit. Mir gefiel ganz und gar nicht, wie taktlos sie vor diesen wildfremden Menschen über unsere intime Beziehung redete.

Zuerst lachte sie darüber, dann entschuldigte sie sich und sagte schließlich:

„Du sollst dich nicht über solche Lappalien aufregen. In meiner Generation stellt das Thema Sex kein großes Tabu dar. Außerdem hast du bereits fünf Kinder und brauchst dich nicht zu verstecken."

Offenbar verstand sie nicht, was mich an ihrer verletzenden Bemerkung gestört hatte. Ich sagte:

Eine langfristige Beziehung können wir nur dann aufrechterhalten, wenn wir uns gegenseitig respektieren. Und das ist genau, was ich bei dir vermisse.

Ich war so aufgeregt, so enttäuscht, dass ich ernsthaft überlegte, meine Beziehung zu ihr zu beenden.«

Edgar bemerkte sofort, dass ich mit meinem scharfen, fragenden Blick wissen wollte, warum er das nicht getan hatte. Er warf mir einen verzweifelten Blick zu und fuhr fort:

»Ich konnte nicht. Weißt du, in meinem Alter darf man nicht wählerisch sein. Der Preis für eine neue Beziehung ist hoch, besonders, wenn die Partnerin viele Jahre jünger ist.

Du stehst auf einmal vor einer undurchsichtigen Situation. Du fragst dich, ob du es wirklich noch einmal mit einer anderen Frau versuchen willst? Wer kann dir garantieren, dass die neue Beziehung besser sein könnte?

Mir sind einige ähnliche Fälle bekannt, bei denen die Beziehung zwischen einem älteren Mann und einer jungen Frau einigermaßen funktioniert. Bei einigen war der Altersunterschied sogar viel größer. Allerdings denke ich, dass Geld in diesen Fällen eine entscheidende Rolle spielte. Aber ich bin kein Millionär, wie du ja weißt.

Nein, lieber Freund, ich war nicht in der Lage, wieder von null zu beginnen. Denn in vier Jahren werde ich 70 sein.

Mir war bewusst, dass ich noch unglücklicher wäre, wenn ich die Beziehung beenden würde, als damals nach der Scheidung von Karin. Kurz nach unserem Streit versuchte ich, mich zu beruhigen und unserer Beziehung eine neue Chance zu geben. Ich sagte mir, mit Zeit und Geduld würden wir das schon schaffen. Wir versöhnten uns und der Vorfall war vergessen.

Aber nach einem Monat schockierte sie mich mit einem neuen Thema. Ich denke, dass sie das monatelang im Kopf hatte und sich nicht traute, offen darüber zu sprechen.

Sie wollte ein Kind. Sie sagte, dass wir nicht unbedingt heiraten müssten, aber sie wollte ihre letzten fruchtbaren Jahre nutzen und ein Kind bekommen.

Für mich war dies ein vollkommen indiskutables Thema. Es mag sein, dass es egoistisch klingt, aber ein Mann in meinem Alter kann nicht wieder die Ereignisse der letzten 40 Jahre wiederholen. Ich habe keine Nerven mehr dazu.

Ich wollte mit Audrey ein schönes, sorgenfreies Leben beginnen. Ich hatte vor, mit ihr zu reisen, Sport zu treiben, ins Theater zu gehen, unseren Freundeskreis zu uns einzuladen und einfach das Leben zu genießen. Verstehst du, einfach leben.

Aber es stellte sich heraus, dass sie es mit ihrem Plan ernst meinte. Sie sehnte sich nach einem Kind. Ich nehme es nicht übel, wenn eine Frau sich wünscht, Kinder zu bekommen.

Das ist ein natürliches und berechtigtes Verlangen. Allerdings kann ich unmöglich wieder die Rolle eines Vaters spielen.

Ihrer Vorstellung gemäß sollte ich meine Wohnung in Hamburg aufgeben und mit ihr in eine große Wohnung in Amsterdam ziehen. Denn sie wollte selbstverständlich weiterarbeiten. Das heißt, während sie arbeitet, soll ich auf das Kind aufpassen.

Stell dir vor, ich soll in meinem Alter noch Windeln wechseln und mit einem Kinderwagen durch Amsterdam oder eventuell auch in Hamburg spazieren gehen!

Ich würde von Passanten oder, noch schlimmer, von meiner eigenen Familie belächelt und nicht mehr für voll genommen. Abgesehen davon, dass ich niemals wieder in der Lage wäre, so etwas zu bewerkstelligen. Ich kenne einige Prominente, die sogar mit 70 noch Vater geworden sind. Aber es tut mir leid, das kann ich nicht, will ich nicht, ich habe keine Kraft und Nerven mehr dazu.

Ja, mit ihrer neuen Forderung wurde unsere Beziehung noch komplizierter.«

Er hielt wieder inne und stand plötzlich auf. Die Stimme schien ihm nicht mehr zu gehorchen.

Ich stand ebenfalls auf und begann, langsam mit ihm weiterzugehen. Wir waren beide still und nachdenklich. Mir war klar, dass es sich hierbei um einen fast unlösbaren Konflikt zwischen zwei Menschen mit beachtlichem Altersunterschied, mit unterschiedlichen Bedürfnissen und Wünschen handelte.

Ich kenne Edgar seit langem. Ich weiß, was er denkt und was er will. Mit seiner konservativen Denkweise wäre er tatsächlich niemals in der Lage, seinen Kopf in den Sand zu stecken und die verletzenden Bemerkungen seiner Familien und seines Freundeskreises einfach zu ignorieren.

Außerdem konnte er unmöglich, wie er selbst sagte, nochmals die Aufgabe eines verantwortlichen Vaters übernehmen.

Nachdem er beinahe zehn Minuten geschwiegen hatte, redete er weiter.

»Seit ihrer Ankündigung, dass sie ein Kind von mir haben wollte, vermied ich jeglichen körperlichen Kontakt mit ihr.

Ich hatte Angst, dass sie mich vor vollendete Tatsachen stellen würde.

Ich kenne mich gut, in solch einer Situation bin ich weich und kompromissbereit. Deshalb blieb ich die meiste Zeit in Hamburg. Aber sie war hartnäckig und ließ nicht locker. Sie versuchte mit allen Mitteln, meine Meinung zu ändern und ihren Plan zu realisieren. Für mich war das kein Thema, ich wollte definitiv kein Kind mehr haben.

Letzte Woche besuchte ich sie in Amsterdam und sprach alles offen aus, was mir auf der Seele lag. Ich sagte, wenn sie tatsächlich ein Kind bekommen möchte, soll sie das mit einem jüngeren Mann versuchen. Das wäre für alle das Beste, insbesondere auch im Hinblick auf die Zukunft des Kindes. Denn kein Kind wünscht sich einen alten, weißhaarigen Mann als Vater.

Ich setzte sie darüber in Kenntnis, dass dies unsere letzte Begegnung war. Ich wollte unter diesen Umständen nicht mehr ihr Liebhaber sein. Wir könnten weiterhin gute Freunde bleiben, wenn sie Wert daraufliegen würde.

Sie sagte nichts und war sichtlich enttäuscht. Ich war auch sehr traurig; es war eine schmerzhafte Entscheidung, aber ich bin fest davon überzeugt, dass ich richtig gehandelt habe.«

Er hielt wieder inne, umarmte mich plötzlich und sprach mit sanfter Stimme weiter:

»Ich bin dankbar, dass es jemanden wie dich in meinem Leben gibt, dem ich unbedenklich mein Herz ausschütten kann.«

Zuerst sagte ich nichts. Ich ließ ihn etwas Luft holen und sich langsam erholen. Er war tatsächlich sehr aufgeregt. Als er etwas ruhiger geworden war, sagte ich lächelnd:

»Eigentlich bin ich froh, dass die Beziehungen mit deinen Frauen relativ lange dauern. Schlimm wäre, wenn du alle zwei Tage mit solchen Geschichten zu mir kommen würdest.«

Einen Augenblick schaute er mich verwirrt an, aber dann huschte ein Lächeln über seine finstere Miene und schließlich begann er zu lachen und ich lachte mit.

IV

Die nächsten drei Tage waren wir die meiste Zeit unterwegs. Wir besuchten Saragossa, Tortosa und einige Fischerdörfer in der Umgebung.

In Tarragona begleitete ich ihn zu einem noblen Friseursalon und er bekam einen coolen George-Clooney-Hair-Style.

Er sah sehr gut aus und ich bemerkte neidisch diese prachtvolle Veränderung seines Aussehens auf der Straße, wo ihn viele Frauen begeistert anstarrten, auch einige junge Frauen.

Allmählich war mein Freund Edgar wieder wie früher: lebhaft, zu Scherzen aufgelegt und lachte voller Freude. Ich weiß nicht, ob es am spanischen Klima, an unseren witzigen Gesprächen oder doch an unserer brüderlichen Beziehung lag. Jedenfalls war er wieder so, wie ich ihn immer gekannt hatte: herzlich, fröhlich und voller positiver Energie.

Am 29. November holte ich, wie versprochen, Carola um 8:00 Uhr von ihrem Ferienhaus ab. Schon vor ihrer Haustür wunderte sie sich über meinen Beifahrer. Ich verstaute ihr Gepäck im Kofferraum und stellte ihr Edgar vor, der inzwischen aus dem Auto ausgestiegen war, um sie zu begrüßen.

Ich sagte ihr, dass die beiden zufällig dasselbe Ziel hatten; erst den Flughafen in Barcelona und dann Hamburg.

Während der Fahrt zum Bahnhof sagte Carola zu Edgar:
»Ich freue mich sehr, dass Sie mich bis Hamburg begleiten können. Für einen ungeduldigen Menschen wie mich sind die Bahnfahrt, die Wartezeit auf dem Flughafen und die ganze Flugzeit unerträglich. Wir können uns die ganze Strecke miteinander unterhalten, um diese langweilige Reisezeit nicht zu bemerken.«

Edgar lächelte ihr freundlich zu und erwiderte:
»Die Freude ist ganz meinerseits. Als ich hörte, dass ich eine bezaubernde Dame wie Sie nach Hamburg begleiten darf, war ich hellauf begeistert. Sie können sicher sein, dass ich mich bemühen werde, Sie gut zu unterhalten.«

Während der Fahrt schaute ich Edgar im Rückspiegel genauer an. Offenbar hatte er großes Interesse an Carola gefunden; seine Augen funkelten vor Vergnügen.

Im Bahnhof Hospitalet de Infant besorgte Edgar, während ich das Auto parkte, zwei Fahrkarten.

Kaum standen wir auf dem Bahnsteig, fuhr der Regionalzug nach Barcelona ein. Wir hatten wenig Zeit, um ein paar Worte miteinander zu wechseln und uns richtig zu verabschieden.

Ich habe bereits erwähnt, dass Edgar ein lieber Kerl und sehr emotional ist. Ich bemerkte schon die ganze Zeit, dass er sich für diese Tage, die er bei mir war, bedanken wollte, jedoch nicht wusste wie.

Als der Zug stehen blieb und die Türe automatisch aufging, war er auf einmal völlig durcheinander. Mit Tränen in den Augen schaute er mich hilflos an, umarmte mich kraftvoll und murmelte etwas Unverständliches. Ich habe nur „Danke Kumpel" verstanden.

»Pass gut auf dich auf, alter Junge. Wir werden uns sicherlich während der Weihnachtsfeiertage sehen«, sagte ich, klopfte ihm auf den Rücken und zog mich langsam zurück, damit er in den Zug einsteigen konnte.

Dann geschah etwas Merkwürdiges:

Er nickte mit dem Kopf, drückte mich noch einmal und stand dann vor Carola, küsste sie auf die Wange, sagte leise „Auf Wiedersehen", hob seine Reisetasche und bemerkte, als er in den Zug einsteigen wollte, seinen komischen Irrtum.

»Die Dame fährt mit dir Edgar, wenn du erlaubst«, sagte ich mit einem sarkastischen Unterton.

Er blickte sie verlegen an und sagte leise:

»Entschuldigen Sie, ich bin völlig durcheinander.« Er wartete, bis sie eingestiegen war, und folgte ihr, ohne mein spöttisches Lächeln zu beachten.

Die Türen wurden geschlossen und der Zug begann, sich langsam in Bewegung zu setzen.

Ihr Abteil war fast leer, vielleicht reisten in dem ganzen Zug nur 20 Personen.

Edgar winkte mir die ganze Zeit und ich lächelte immer noch über seine emotionale, aber auch ein wenig peinliche Zerstreutheit.

Unterwegs nach Hause fragte ich mich, ob das Resultat dieser gemeinsamen Reise mit Carola eine langfristige Beziehung sein könnte. Ich fragte mich auch, ob deren Begegnung reiner Zufall war oder ob sein Schicksal doch mit einer neuen Partie begonnen hatte.

War Carola nicht die richtige Partnerin für Edgar? Die potenzielle Beziehung zu Carola würde jedenfalls weniger Hindernisse aufweisen als bei Audrey. Sie konnte keine Kinder mehr bekommen, der Altersunterschied war nicht so groß, die beiden wohnten in der gleichen Stadt, stammten aus Norddeutschland und hatten die gleiche Mentalität.

Meine Mutter sagte mir einmal, eine gesunde und dauerhafte Beziehung ernährt sich nicht nur von Liebe, sondern Ehrlichkeit, gegenseitiger Respekt und Rücksichtnahme gehören auch dazu.

Diese Eigenschaften vermisse ich bei Edgar auf keinen Fall. Vielleicht wird dieses Mal das Resultat dieser zufälligen Begegnung doch eine langfristige Beziehung sein, vielleicht.
Jedenfalls wünschte ich mir das für meinen lebenshungrigen Freund Edgar.

♣ ♣ ♣

Der Geizhals

I

Im Sommer 2009 musste ich aufgrund einer Operation an meinem linken Bein zwei Wochen in einem Hamburger Krankenhaus verbringen.

Ich hoffte, ein Einzelzimmer für mich allein zu erhalten, koste es, was es wolle. Aber leider war dies nicht möglich. Aufgrund eines Explosionsunfalls in einer Hamburger Chemiefabrik war das Krankenhaus voll belegt. Ich musste daher mein Zimmer mit einem anderen Patienten teilen.

Gleich am nächsten Tag erfuhr ich, dass der große und unruhige deutsche Mann, der neben mir lag, ein Kriminalbeamter war. Er war zum zweiten Mal an seiner Kniescheibe operiert worden und es sah nicht so aus, als ob er bald entlassen würde, sodass ich das ganze Zimmer für mich allein hätte.

Sein Name war Klaus Schröder. Er war Anfang 50, hellblond, knapp zwei Meter groß und beobachtete stets alles mit einem lauernden Blick im Gesicht.

Den ganzen Tag über telefonierte er entweder mit seinen Leuten oder er wurde angerufen. Ich hatte regelrecht das Gefühl, mich auf einem Polizeirevier zu befinden. Jeden Tag, pünktlich um 10:00 Uhr, erhielt er Besuch von einem seiner Mitarbeiter: ein blasser junger Mann, der ihn über die Aktivitäten seiner Abteilung in Kenntnis setzte.

Eigentlich war Klaus nicht unsympathisch, im Gegenteil: Er war witzig, direkt, und wenn er sprach, verwendete er lustige Ausdrücke. Jedem seiner Mitarbeiter gab er einen Spitznamen.

Oftmals handelte es sich um die Namen der Darsteller von James-Bond-Filmen.

Er erkundigte sich am Telefon, was Roger Moore machen würde oder ob Sean Connery bereits sein Verhör beendet hatte.

Wenn Pierce Brosnan zurückkommt, soll er mich anrufen usw.

Einmal besuchten ihn die Kollegen einer anderen Abteilung, erzählten lustige Geschichten über ihren neuen Chef und steckten, bevor sie sich verabschiedeten, heimlich eine Flasche Whisky unter sein Kissen.

Bereits am dritten Tag meines Krankenhausaufenthaltes versuchte ich, mich mit der unangenehmen Situation zu arrangieren und die Vorfälle, die mich beim Lesen oder Schreiben störten, einfach zu ignorieren.

Ich bemerkte schon, dass er meinen Unmut registriert hatte und nun versuchte, nach und nach sein Benehmen zu korrigieren. Er sprach am Telefon etwas leiser und bat seine Besucher (zum großen Teil Polizeibeamte), einer nach dem anderen ins Zimmer zu kommen. Auch verhielt er sich mir gegenüber deutlich freundlicher.

Einmal, als meine Frau mich im Krankenhaus besuchen kam, bemerkte er bei einer passenden Gelegenheit, dass es für ihn eine Ehre sei, einige Tage mit einem Schriftsteller unter einem Dach zu verbringen. Auf meine Frage, woher er denn wusste, wer ich bin, antwortete er spöttisch:

»Solch eine Frage einem Kriminalbeamten zu stellen, ist fast eine Beleidigung.« Als er meinen verwirrten Gesichtsausdruck bemerkte, ergänzte er:

»Mit unseren polizeilichen Computerprogrammen können wir beinahe jeden Bürger identifizieren.«

Am gleichen Abend bat er eine Krankenschwester, für ihn zwei Flaschen Soda und eine Schale Eiswürfel zu besorgen. Nach dem Abendbrot mixte er Whisky und Soda in zwei Gläser und überreichte mir eines.

Eigentlich bin ich kein Whiskytrinker. Um seine Freundlichkeit jedoch zu honorieren, nahm ich es dankend an, hob mein Glas und sagte feierlich:

»Auf unsere Gesundheit!«

Er nahm einen großen Schluck von seinem Drink und erwiderte:

»Mögen unsere Beine uns in Zukunft nicht im Stich lassen!«

Ich nahm auch etwas von meinem Whisky-Soda und sagte:

»Mich wundert, dass Sie ständig Besuch bekommen, aber nicht von Ihrer Familie. Sind Sie verheiratet?«

»Nein, nicht mehr. Ich bin geschieden. Meine Exfrau konnte mit unserer Ehe nicht viel anfangen.

Wissen Sie, als Kriminalpolizist kann man keine ‚normale' Ehe führen. Es ist ein Job mit einer unbegrenzten Arbeitszeit.« Er dachte für einen Moment nach, so als ob er selbst seine Aussage bewerten wollte. Dann funkelten seine Augen und er sprach weiter: »Aber die Frucht unserer Ehe ist ein wunderbarer Sohn. Er studiert an einer renommierten Wirtschaftsschule in Frankfurt. Vielleicht kommt er am Wochenende hierher und dann werden Sie verstehen, warum der Junge mein großer Stolz ist.« Dann sagte er etwas verlegen: »Sie haben aber drei Töchter. Nicht wahr?«

»Stimmt. Sie haben recht, die polizeilichen Recherchen funktionieren gut.

Sie sind über meine Person und meine Familie bestens informiert. Ja, ich bin der stolze Vater von drei wunderschönen Töchtern.«

»Bitte seien Sie mir nicht böse, wenn ich mich über Sie informiert habe. Das ist eine dienstliche Angewohnheit von mir. Wenn ich eine längere Zeit mein Zimmer mit einem fremden Menschen teilen muss, möchte ich wohl wissen, mit wem ich es zu tun habe.

Ein Mann mit meinem Beruf hat nicht nur Freunde. Wenn Sie wüssten, wie viele Mafia-Bosse eine Gelegenheit suchen, um sich bei mir zu revanchieren, würden Sie mein Misstrauen verstehen.«

»Arbeiten Sie im Dezernat für Rauschgiftbekämpfung?«

»Nicht mehr. Ich bin seit zehn Jahren Chef der Mordkommission.«

»Das ist aber interessant. Sie brauchen keine Kriminalromane zu lesen, Sie stecken selbst drin.«

»Das kann man wohl sagen. Sie können sich nicht vorstellen, mit welcher kriminellen Energie, mit welcher Technik und organisatorischem Aufwand man heutzutage versucht, Kapital zu schlagen. Trotz der vielen Erfahrungen, trotz diverser polizeilicher Maßnahmen ist es sehr schwer und zeitaufwendig, die meisten Fälle zu untersuchen, zu analysieren, die Tat nachzuweisen und den Täter hinter Gitter zu befördern.« Plötzlich funkelten seine Augen und dann fragte er:

»Haben Sie von dem Fall Arash Sarabi gehört? Er ist ein Landsmann von Ihnen. Seine Geschichte stand in allen norddeutschen Zeitungen.«

»Der Name ist persisch, aber nein, ich kenne weder ihn noch seine Geschichte. War er ein Verbrecher?«

»Er war ein außergewöhnlicher Verbrecher. Ich habe in meiner beruflichen Laufbahn viele komplizierte, raffinierte Fälle erlebt, aber der Fall Sarabi war etwas Besonderes.

Stellen Sie sich vor, wir haben bei der Polizei unzählige intelligente Computerprogramme wie Profiler, Bilderkennungssysteme, Sprachen- oder Schriftanalysen. Wir dürfen auf zahlreiche nationale und internationale Datenbanken zugreifen. Hier kommen noch weitere Möglichkeiten dazu, zum Beispiel DNA-Analysen oder Methoden, um Fingerabdrücke zu identifizieren.

Trotz allem waren wir mehrere Monate lang nicht in der Lage, seine Verbrechen zu beweisen und ihn für den Mord an seiner Frau vor Gericht zu stellen. Er war ein intelligenter Mann mit einer strukturierten Denkweise und hatte sein Verhalten immer unter Kontrolle.

»Hat er wirklich seine Frau ermordet?«

»Wir hatten nicht viele Beweise auf der Hand, aber einige schwache Indizien deuteten darauf hin. Wie gesagt, er war cool, sachlich und agierte überaus überlegt.«

»Das ist aber nicht das typische Verhalten eines Mörders. Normalerweise reagiert ein Mensch, wenn er jemanden auf dem Gewissen hat, nervös. Wie haben Sie ihm zu einem Geständnis bewogen?«

»Das war nicht einfach, wir lockten ihn in eine Falle. Zugegeben, das war am Rande der Legalität.

Ich muss die Geschichte von Anfang an erzählen und dann können Sie ihn und seinen Fall besser beurteilen.«

Klaus mischte wieder etwas Whisky und Soda in unsere Gläser und begann daraufhin mit einem nachdenklichen Gesichtsausdruck, den Fall Sarabi zu schildern:

II

»Mitte Oktober 2007 meldete sich eine Frau Rauch bei der Polizei und gab eine Vermisstenanzeige auf.

Sie vermisste ihre Mitarbeiterin, eine Frau Shukufe Sarabi. Sie machte sich große Sorgen um deren Verbleib und sagte: „Ich arbeite wie Shukufe in einem Kindergarten und kann seit mehreren Wochen nichts über ihren Aufenthalt herausfinden. Ihr Mann vertritt die Ansicht, dass sie sich in ihrer ehemaligen Heimat, dem Iran, befindet. Allerdings macht er keinerlei Angaben darüber, wann sie zurückkommen will. Ich kann das absolut nicht nachvollziehen, denn für diese lange Abwesenheit liegt weder ein Urlaubsantrag noch irgendeine plausible Entschuldigung vor, wie zum Beispiel eine ärztliche Krankmeldung.«

Frau Rauch machte in ihren Ausführungen deutlich, dass Shukufe (sie war gleichzeitig ihre Freundin) niemals in den Iran zurückkehren wollte, weil beinahe alle ihre Verwandten entweder gestorben oder ins Ausland ausgewandert waren. Außerdem fürchtete sich Shukufe vor dem Mullah-Regime und traute sich nicht, in den Iran zurückzugehen.

Frau Rauch betonte, dass hinter dieser dubiosen Abwesenheit eine kriminelle Tat stecken müsste.

Der zuständige Beamte leitete diese Anzeige an meine Abteilung weiter. Als ich zum ersten Mal diesen Bericht las, konnte ich nichts Außergewöhnliches daran feststellen.

Offenbar hatte Shukufe Probleme mit ihrem Alter und wollte bei ihrer Bekanntschaft im Iran ein bisschen zur Ruhe kommen, ihre Situation überdenken und einen Ausweg aus ihrer Krise finden. Auch wenn ihre Eltern nicht mehr lebten, hatte sie bestimmt ein paar gute Freunde aus der Schulzeit oder sogar einen Verehrer, der sie trösten konnte.

Es war auch nicht auszuschließen, dass sie aufgrund einer neuen Liebe ihren Mann verlassen hatte.

Als Polizeibeamter habe ich solche Geschichten des Öfteren erlebt. Dennoch konnte ein Besuch bei ihrem Ehemann ein bisschen Licht in die Sache bringen. Denn in der Regel ist jeder Tag, der nach der Tat ohne die Vernehmung einer Auskunftsperson vergeht, für die Wahrheitsfindung ein verlorener Tag.

Ich rief Herrn Sarabi an, stellte mich vor und sagte, dass ich ihn besuchen komme. Er hatte keinerlei Einwände.

Herr Sarabi wohnte in der besten Lage von Hamburg, am Alsterufer, in einem großen, dreistöckigen Traumhaus mit mehreren Garagen und einem großen Bootshaus. Er empfing mich ganz freundlich und war weder nervös noch arrogant.

Der erste Besuch bei einem Zeugen oder Verdächtigen ist manchmal aufschlussreich. Ein erfahrener Polizist erhält einen Eindruck, mit was für einem Menschen er es zu tun hat. Wir achten auf die Körpersprache, den Blickkontakt, den Inhalt des Dialogs und vor allem darauf, wie der Verdächtige auf eine provokative Andeutung reagiert.

Entweder hatte er sich auf ein solches Gespräch gut vorbereitet oder es gab tatsächlich keinen Grund, nervös zu werden. Er wirkte ganz normal, beherrscht und sachlich. In seinem Gesicht oder Blick war keine Veränderung zu erkennen, auch wies er keinerlei Zeichen von innerer Unruhe auf. Er beantwortete meine Fragen logisch und überzeugend.

Er bestätigte, seit den letzten Jahren Probleme mit seiner Frau zu haben. Gelegentlich kam es zu Streitigkeiten und die beiden hatten des Öfteren an Trennung gedacht.

Er meinte, seit seine Frau zu arbeiten begann, hätte sie sich enorm verändert. Sie hätte Identitätsprobleme, fühlte sich weder als Deutsche noch wie eine typisch persische Frau.

Einerseits redete sie von Emanzipation und freiem Lebensstil, andererseits klammerte sie sich an iranische/islamische Traditionen.

Sie schlief sehr schlecht und hatte immer schlechte Laune.

Die Reise nach Teheran war ihr eigener Wunsch gewesen. Sie sagte, dass sie in der ehemaligen Heimat etwas Energie tanken und gute alte Freunde besuchen wollte.

Sarabi betonte, dass auch er für diese Luftveränderung plädiert hatte. Allerdings hielt er sich komplett heraus und ließ sie ihre Reise selbst organisieren.

Trotz ihrer Schwierigkeiten mit den administrativen Aufgaben erledigte sie die ganze Arbeit. Sie kümmerte sich selbst darum, ein dreimonatiges Visum für den Iran zu bekommen. Sie buchte ihr Flugticket und packte ihre Koffer. Was sie vergessen oder ganz bewusst vermieden hatte, war, ein Gespräch mit ihrem Arbeitgeber zu führen. Sie hatte über ihre Reise weder mit ihrer Chefin noch mit ihren Kollegen gesprochen. Sie wollte einfach so schnell wie möglich weg."

Sarabi wurde auf einmal ziemlich emotional. Er fuhr energisch fort:

„Während der Vorbereitung ihrer Reise habe ich einmal versucht, sie zu überreden, nicht nach Teheran zu reisen. Ich sagte, wenn sie noch ein paar Wochen warten könnte, würde ich Urlaub nehmen, gemeinsam mit ihr irgendwohin fahren, offen über unsere Probleme miteinander sprechen und möglicherweise die Störfaktoren, die unser Leben negativ beeinflusst hatten, beseitigen. Aber sie war stur und hörte mir nicht zu. Sie war sogar beleidigt, dass ich sie am 15. September bis Frankfurt begleitet hatte.

Sie checkte auf dem Frankfurter Flughafen ein, und eilte, ohne sich wie eine normale Ehefrau zu verabschieden, schnell in den Warteraum. Ich nahm die erste Maschine nach Hamburg und kam zurück.

Seit dem 15. September ist sie fort und hat sich bis heute nicht bei mir gemeldet. Ich weiß nicht, wo sie sich im Iran befindet und was sie dort treibt."

Ich zog mein Notizbuch aus der Tasche und fragte:

„Wann sind Sie genau von Hamburg nach Frankfurt geflogen und wann waren sie wieder zu Hause?"

„Um 14:30 Uhr flogen wir nach Frankfurt und um 23:00 Uhr war ich wieder zu Hause."

„Und wann flog sie nach Teheran?"

„Wann genau weiß ich nicht. Ich habe sie lediglich bis zur Passkontrolle begleitet. Das war etwa gegen 17:00 Uhr. Sie verschwand im Warteraum und ich ging in eine andere Halle, um für meinen Flug nach Hamburg einzuchecken."

„Sie sagten, dass Ihre Frau ein dreimonatiges Visum für den Iran bekam. Das bedeutet, dass sie spätestens Ende November zurück sein muss."

„Davon gehe ich aus. Ich hoffe, dass sie weiß, dass sie diesen Termin nicht überschreiten darf, sonst gibt es Ärger mit der iranischen Behörde."

Die Erklärung von Herrn Sarabi hörte sich logisch und akzeptabel an. Was ich nicht verstehen konnte und was mich stutzig machte, war das Verhalten seiner Frau. Wieso hatte sie ihre Kollegen, zumindest ihre Chefin, Frau Rauch, nicht über ihre Absicht in Kenntnis gesetzt? Sie hatte für ihre Abwesenheit sogar keinen Urlaubsantrag gestellt. Ihr hätte doch bewusst sein müssen, dass sie mit ihrem Verhalten ihren Job aufs Spiel setzte. Kein Arbeitgeber würde ein solches Versäumnis dulden.

Obwohl wir damals in unserer Abteilung einige zeitaufwendige Fälle zu bearbeiten hatten, beauftragte ich einen jungen Polizisten damit, in verschiedenen Datenbanken zu surfen und Informationen über das Ehepaar Sarabi einzuholen. Ich selbst kontaktierte die Sicherheitsbehörden der Flughäfen Hamburg und Frankfurt und bat sie unter Angabe von Datum, Zeit und Flugnummer, mir eine Kopie der Videoaufnahmen vom 15. September zur Verfügung zu stellen.

Zwei Tage später legte mir mein Mitarbeiter einen umfassenden Bericht über Herrn und Frau Sarabi vor.

1989 kamen Arash und Shukufe Sarabi als frisch verheiratetes Ehepaar nach Deutschland. Er hatte gerade sein Medizinstudium in Teheran erfolgreich absolviert und sprach recht gut Deutsch. Als Sohn einer reichen Familie begann er sich ohne finanzielle Sorgen, an der Medizinischen Hochschule weiterzubilden.

1995 promovierte er mit ausgezeichneten Abschlusszeugnissen. Er arbeitete sieben Jahre lang in einem Hamburger Krankenhaus. 2002 gründete er gemeinsam mit einem Kollegen eine Privatklinik für kosmetische Chirurgie.

Nach ein paar Jahren galt er als einer der besten Schönheitschirurgen in Norddeutschland.

Laut dem Bericht meines Mitarbeiters war seine finanzielle Lage sehr gut; er verfügte über diverse Aktien, besaß mehrere Sparbücher und hatte keinerlei Schulden.

Seine Frau hingegen hatte weder studiert noch war sie, was ich später erfahren konnte, sonderlich intelligent. Ich habe sie nicht persönlich kennengelernt, aber anhand der vorhandenen Bilder sowie der Aussage ihrer Bekanntschaft war sie immer gepflegt, damenhaft gekleidet und wirkte attraktiv.

Nach unseren Recherchen hatte sie während der ersten fünf Jahre ihres Aufenthaltes in Deutschland versucht, ein Baby zu bekommen.

Trotz mehrerer medizinischer Möglichkeiten, zum Beispiel durch eine künstliche Befruchtung, war sie jedoch nicht schwanger geworden.

Um nicht die ganze Zeit untätig zu Hause zu verbringen, absolvierte sie einen zweijährigen Kurs zur Erzieherin und arbeitete nach einem Jahr Praktikum als Aushilfskraft in einem DRK-Kindergarten.

Sie waren beide brave Bürger. Es gab keinen Streit mit Nachbarn, keinen Ärger mit den Behörden, sogar keinen einzigen Punkt in Flensburg. 1999 erhielten sie die deutsche Staatsangehörigkeit.

Die Kopie der Videoaufnahmen in Hamburg und Frankfurt wurde mir online zur Verfügung gestellt.

An einem Abend legte ich alle anderen Unterlagen beiseite und schaute mir die Videoaufnahmen an. Sie wurden aus verschiedenen Blickwinkeln aufgenommen.

Die Aufzeichnung in Hamburg war nicht sonderlich spektakulär. Man sah, wie Herr und Frau Sarabi am Schalter eincheckten und nach einer halben Stunde im Warteraum verschwanden.

Sie sprachen kaum miteinander. Frau Sarabi sah recht gut aus. Sie hatte schwarze Haare, ein rundes Gesicht, eine kleine gerade Nase und ausdrucksvolle schwarze Augen. Auffällig waren ihre unsicheren Bewegungen. Man erhielt den Eindruck, dass ihre modischen Kleider zu groß für sie waren.

Auch die Videoaufnahmen vom Frankfurter Flughafen ergaben nichts Besonderes. Die Aussage von Sarabi war korrekt gewesen. Nach einem emotionslosen Abschied begab sie sich in den Bereich der Passkontrolle und er marschierte in die andere Halle, um seinen Flug zu erreichen.

Um ganz sicher zu sein, prüfte ich die Passagierlisten des Fluges von Hamburg und nach Teheran; sie war auf beiden Listen registriert. Nichts, gar nichts deutete auf eine kriminelle Handlung hin.

Ich sagte mir, egal welche Probleme das Ehepaar Sarabi hatte, das ging die Polizei nichts an, Punkt.«

III

Klaus schwieg für einen Moment. Er schüttelte ablehnend seinen Kopf und sprach weiter: »Aber das war eine falsche Reaktion von mir gewesen. Ein Polizist kann derartig mysteriöse Ereignisse nicht einfach ignorieren.

Ich weiß noch genau, dass mich die Gedanken an die rätselhafte Reise von Shukufe Sarabi nach Teheran jeden Abend, wenn ich im Bett lag, nicht zur Ruhe kommen ließen. Ich spürte, dass etwas nicht stimmte, hatte jedoch nicht die geringste Ahnung, was dies sein konnte.

Ende Oktober lud ich Frau Rauch, die Leiterin des Kindergartens, und noch zwei ihrer Freundinnen, die auch mit Frau Sarabi bekannt waren, in mein Büro ein. (Das war die Idee von Frau Rauch, dass an dieser Sitzung auch ihre Freundinnen Karin Schmidt und Angela Bender teilnehmen sollten.) Sie kamen an einem Nachmittag auf das Revier.

Meine Kollegen waren ziemlich eifersüchtig, so viele schöne Frauen bei mir zu sehen.

Gleich zu Beginn des Gespräches waren die drei Frauen der Meinung, dass Shukufe nicht freiwillig in den Iran gereist war. Sie hatte in den letzten Jahren häufiger von ihrem schwierigen Leben mit ihrem Mann berichtet. Außerdem hatte sie immer energisch betont, dass sie niemals in den Iran zurückkehren will.

Als ich die Aufnahmen von dem Flughafengelände auf den Tisch legte, waren sie auf einmal irritiert. Karin Schmidt meinte, dass sie den Mantel, den Shukufe anhatte, zusammen in einer Boutique gekauft hätten. Sie wunderte sich allerdings darüber, dass sie auf dieser Aufnahme etwas kleiner wirkte.

Die andere Freundin, Angela Bender, war der Meinung, dass sich die Frau auf dem Bild völlig anders bewegen würde als Shukufe. Sie schien etwas verkrampft zu sein, so als ob der Mann neben ihr auf sie aufpassen würde.

Dennoch hegten sie keinerlei Zweifel daran, dass die Frau neben Herrn Sarabi ihre Freundin Shukufe sein musste.

Frau Rauch bemerkte noch etwas Merkwürdiges. Sie behauptete, dass sich Shukufe auf eigene Kosten für ein Fortbildungsseminar angemeldet hatte, um ihre Stellung im Kindergarten noch zu festigen. Das Seminar sollte vom 17. bis zum 21. September in München stattfinden. Sie hatte die Gebühr in Höhe von 1.500 Euro bereits im Voraus überwiesen.

Sie gab zu bedenken, dass sie doch genügend Zeit gehabt hätte, die Buchung zu stornieren, falls diese Reise eine spontane Entscheidung gewesen wäre. Denn sie hätte auf ihr Visum für den Iran sowieso ein bis zwei Wochen warten müssen.

Das war eine logische Bemerkung, änderte jedoch nichts an der Tatsache, dass alle vorhandenen Beweise dafür sprachen, dass Shukufe Sarabi freiwillig in den Iran gereist war.

Ein paar Tage nach diesem Gespräch, an einem Samstag, suchte ich noch einmal Herrn Sarabi in seinem Haus auf. Ich wollte wissen, ob er inzwischen etwas von seiner Frau gehört hatte. Natürlich hätte ich die Frage telefonisch stellen können, aber ich beabsichtigte, das Haus unauffällig zu inspizieren.

Wie bei meinem ersten Besuch war er freundlich, ruhig und entgegenkommend.

In einer Ecke des Wohnzimmers standen ein Staubsauger, ein Eimer, Lederlappen sowie eine Flasche Glasreiniger.

„Habe ich Sie beim Putzen gestört?", fragte ich verlegen.

„Ach nein, ich bin schon fertig. Ich wollte Sie nicht in einem Schweinestall empfangen. Die Wohnung sah ganz schlimm aus."

„Haben Sie keine Haushaltshilfe, die diese Arbeit für Sie erledigt?"

„Ich brauche keine fremde Hilfe. Heutzutage kostet eine ordentliche Putzfrau viel Geld, mindestens acht Euro pro Stunde.

Diese Arbeit hat bisher meine Frau erledigt. Aber wie Sie wissen, befindet sie sich zurzeit im Iran. Mir bleibt nichts anderes übrig, als die Arbeit selbst zu erledigen. Ich gebe zu, ich spare dabei auch Geld."

Das war schon sehr merkwürdig. Ich hätte mir nie vorstellen können, dass ein renommierter Schönheitschirurg sein Haus selber putzt, weil eine Putzfrau acht Euro pro Stunde kostet. Es roch gewaltig nach Habgier, aber das war mir egal. Ich fragte:

„Hat sich Ihre Frau inzwischen gemeldet?"

„Leider nein. Ich rief gestern einen alten Schulkameraden in Teheran an und bat ihn darum herauszufinden, wo sie sich genau aufhält."

(Seine Aussage war korrekt, wir checkten auf seiner Telefonliste, dass er ein langes Gespräch mit Teheran geführt hatte.)

„Wie hatte sie ihre Reise gebucht?", fragte ich, während ich ihn misstrauisch anblickte.

„Wie? Im Internet. Ich wusste allerdings nicht, wann sie gebucht hat. Als sie mir ihre Absicht mitgeteilt hat, hatte sie längst ihre Buchungsbestätigung."

(Wir haben auch diese Aussage überprüft. Die Recherchen meiner Mitarbeiter ergaben, dass sie die Buchung auf ihren eigenen Namen vorgenommen und von Sarabis gemeinsamem Konto bezahlt hatte.) Also gab es nichts, was man ihm hätte anlasten können.

Als ich sagte, dass er sehr schön wohnen würde, schlug er vor, mir das Haus zu zeigen.

Er führte mich durch alle Etagen, in den Wohnbereich, die Schlafräume, in einen riesigen Hobbyraum und schließlich in sein eindrucksvolles Bootshaus.

Er besaß ein relativ altes Segelboot, ca. fünf Meter lang. Er sagte, dass er manchmal in der Nordsee segeln würde, um einen Ausgleich zu seiner harten und schöpferischen Arbeit zu finden. Ich fragte ihn, ob er etwas von dem geplanten Seminar in München wusste.

„Ja, das hat sie mir erzählt. Aber ich habe zuerst nicht darauf geachtet, ob sie dies wegen ihrer Reise storniert hatte."

„Merkwürdigerweise hat sie es nicht getan. Finden Sie es nicht seltsam, dass sie die volle Summe überwiesen hat, und als sie wusste, dass sie nach Teheran reisen wird, die Buchung nicht rückgängig machen wollte oder vielleicht konnte?"

Zum ersten Mal spiegelte sich in seinem ruhigen Gesicht ein Anflug von Zorn wider. Er sagte ziemlich aufgebracht:

„Natürlich ist das merkwürdig. Aber wenn Sie meine Frau kennenlernten, würden Sie erkennen, dass sie ganz und gar nicht mit Geld umgehen kann.

Wir sind beide zugriffsberechtigt auf alle unsere Spar- und Aktienkonten. In der letzten Zeit ist sie mit unserem Vermögen äußerst leichtsinnig umgegangen. Sie macht mich mit ihrer Verschwendungssucht wahnsinnig. Sie kauft viele Dinge, die sie gar nicht benötigt." Er führte mich in ihr Schlafzimmer, öffnete einen großen Kleiderschrank und sagte weiter: „Schauen Sie hinein, Sie finden mehrere Kostüme und Kleider, die absolut das gleiche Modell sind und sogar die gleiche Farbe haben. Sie kauft immer, ohne zu wissen, ob sie die Dinge braucht oder nicht. Obwohl sie mit ihrer Tätigkeit im Kindergarten auch etwas hinzuverdient, hat Geld für sie keinerlei Bedeutung."

Er hatte recht, an einigen neuen Kleidungsstücken hingen noch die Preisetiketten.

Ich erwiderte ironisch:

„Aber damit sind Sie nicht arm geworden. Oder?"

„Es geht nicht darum, arm zu werden. Abgesehen von der beachtlichen Erbschaft, die ich aus dem Iran mitgenommen habe, verdiene ich mit meinem Beruf gutes Geld. Wir sind nicht superreich, aber auch nicht arm.

Ich rede davon, umsichtig mit Geld umzugehen, verstehen Sie, was ich meine? Ich habe mein Vermögen nicht gestohlen, sondern geerbt bzw. hart dafür gearbeitet. Ich verlange von meiner Frau, dass sie damit sparsam umgeht, aber sie macht, was sie will."

„Sie machen doch auch, was Sie wollen. Zum Beispiel pflegen Sie, wenn ich richtig gesehen habe, ein teures Hobby. Das Segelboot muss viel Geld gekostet haben."

„Ich wollte kein Segelboot, das war ihr Wunsch. Obwohl, nach einer Probefahrt auf der Nordsee wollte sie davon nichts mehr wissen. Sie hat Angst vor Wasser. Verkaufen durfte ich es auch nicht, weil sie sich vor ihrem Freundeskreis lächerlich vorkam. Deshalb segele ich manchmal alleine oder vermiete es an einige Leute, die ich kenne."

„Hat Ihre Frau eine Lebensversicherung?"

Er verstand, worauf ich hinauswollte. Er änderte seinen Ton und erwiderte ruhig:

„Nein, sie hat keine Lebensversicherung, ich bin ihre Lebensversicherung. Aber wenn Sie es genau wissen wollen, ich habe selbst eine und die Begünstigte ist meine Frau."

Ich war überrascht, denn ich muss zugeben, dass ich bei diesem Fall ein Kapitalverbrechen nicht ausschließen konnte. Wie oft hört man, dass der Ehemann seine Frau umbringt, um die Lebensversicherung einzukassieren.

Aber wie es aussah, kam Sarabi mir wie ein Opfer, jedenfalls nicht wie ein Täter vor.

Laut seiner Aussage genoss Frau Sarabi nicht nur ein überdurchschnittliches Leben, sie hatte sogar Zugriff auf all seine Bankkonten. Theoretisch konnte sie alle seine Konten plündern und dann einfach untertauchen.

Was konnte ich noch in Bezug auf das Verschwinden seiner Frau unternehmen? Nichts, gar nichts. Denn Tatsache war, dass aus welchem Grund auch immer seine Frau freiwillig und mit eigenem Reisepass in den Iran gereist war. Juristisch gesehen, handelte es sich diesbezüglich um eine Familienangelegenheit. Also entschuldigte ich mich für die Störung und verließ ihn mit einem aufrichtigen Händedruck.

Um etwas mehr über seine Frau zu erfahren, beauftragte ich einen meiner Mitarbeiter damit, ihre Lebensgewohnheiten sowie ihr Umfeld zu durchleuchten.

Kaum zu glauben, aber es stellte sich heraus, dass Shukufe seit Anfang 2007 ein Verhältnis mit einem alleinerziehenden Vater hatte, dessen vierjährige Tochter sie im Kindergarten betreute. Er war ein 30-jähriger junger Mann türkischer Abstammung und von Beruf Kunstmaler.

Ich besuchte ihn persönlich und er gab alles offen zu. Er sagte, dass seine Frau vor drei Jahren bei einem Autounfall ums Leben gekommen war. Er lebte allein mit seiner vierjährigen Tochter. Jeden Tag brachte er sie in den DRK-Kindergarten und gegen 14:00 Uhr holte er sie wieder ab. Dort hatte er Shukufe kennengelernt. Da seine Tochter nicht richtig deutsch sprechen konnte, schlug Shukufe vor, jeden Tag bei ihm vorbeizukommen und seine Tochter zu unterrichten. Er nahm das Angebot an und sie kam jeden Tag und übte mit dem Mädchen. Dann passierte etwas, womit beide nicht gerechnet hatten. Er sagte:

„Dieser tägliche Besuch hatte dazu geführt, dass meine Tochter nun gut deutsch sprechen konnte und Shukufe und ich mich ineinander verliebt hatten.

Am Anfang wollte ich diese Beziehung sofort beenden. Denn von einer Liebesbeziehung zu einer verheirateten Frau halte ich nicht viel.

Aber ich war dazu nicht mehr in der Lage, ich war nicht fähig, meine Gefühle für sie zu ignorieren, unsere Liebe war bereits zu intensiv.

Shukufe versprach, sich bald scheiden zu lassen und für immer bei mir einzuziehen.

Mir ist wohl bekannt, dass sie am 1. April ihren Mann über unsere Beziehung informierte und ihn darüber in Kenntnis setzte, sich von ihm zu trennen. Zuerst dachte er, es würde sich um einen Aprilscherz handeln. Als sie ihre Forderung jedoch wiederholte, kam es zu ständigen Auseinandersetzungen zwischen beiden, die die zwischenmenschliche Atmosphäre vergifteten.

Anfang August 2007 musste ich in die Türkei reisen, da meine Mutter verstorben war. Ich hatte vor, unmittelbar nach der Beerdigung zurückzukommen, um sie in dieser schwierigen Zeit nicht alleine zu lassen. Da ich mich jedoch um verschiedene Familienangelegenheiten kümmern musste, blieb ich beinahe sechs Wochen dort.

Während dieser Zeit haben wir des Öfteren miteinander telefoniert. Sie sagte, dass ihr Mann ständig versuchen würde, sie zu überreden, die Beziehung mit mir zu beenden. Aber sie habe dies energisch abgelehnt und darauf bestanden, sich scheiden zu lassen. Das letzte Telefongespräch führten wir am 8. September.

An ihrem Geburtstag, dem 10. September, versuchte ich, sie telefonisch zu erreichen. Aber sie war weder per Handy noch auf dem Festnetz erreichbar.

Am Mittwoch, dem 12. September, flog ich nach Deutschland zurück und am Donnerstag brachte ich meine Tochter wie immer in den DRK-Kindergarten.

Ich war maßlos enttäuscht, dass ich Shukufe nicht antraf. Keine ihrer Kolleginnen wusste, warum sie nicht an ihrem Arbeitsplatz erschienen war.

Ich rief sie auf ihrem Handy an, hatte jedoch kein Glück. Es war ausgeschaltet. Auch am nächsten Tag, in der nächsten Woche und sogar den kompletten nächsten Monat kam sie nicht zu ihrer Arbeit und war telefonisch auch nicht erreichbar. Es hieß, sie wäre in ihre ehemalige Heimat gereist. Aber ich glaubte das nicht und hielt es für ausgeschlossen.

Wie oft stand ich vor ihrem Haus, in der Hoffnung, sie zu sehen. Aber sie war spurlos verschwunden.

Ich hätte unmöglich zur Polizei gehen und eine Vermisstenanzeige aufgeben können. Deshalb habe ich Frau Rauch gebeten, die Polizei zu informieren." Der Türke, er hieß Yilmaz Guhl, sprach energisch weiter: „Sie hatte nie von einer Reise nach Teheran gesprochen. Im Gegenteil, sie wollte nach München fahren, um an einem Seminar teilzunehmen. Sie schlug vor, dass ich sie während ihres Aufenthaltes in München begleiten sollte. Sie wollte sogar eine Mutter aus dem Kindergarten darum bitten, auf meine Tochter aufzupassen."

Wir prüften sorgfältig die Aussage von Herrn Guhl und fanden keine Widersprüche. Andererseits hatten wir in der Tat keine Zweifel daran, dass Shukufe freiwillig in den Iran gereist war; die Videoaufnahmen waren eindeutige Beweise. Es gab keinen Hinweis auf irgendeine Art von Entführung oder dergleichen.

Am 12. November 2007 besuchte ich einen ehemaligen Kollegen in Kiel. Wir verabredeten uns in einem Café.

Während wir uns über einen gemeinsamen Freund unterhielten, bemerkte ich, dass jemand vor unserem Tisch stand. Es handelte sich um Frau Rauch. Sie entschuldigte sich für die Störung und fragte, ob sie ein paar Minuten mit mir unter vier Augen sprechen durfte.

„Nehmen Sie bitte Platz. Herr Steiner ist ein alter Freund von mir. Sie können ruhig offen sprechen."

„Ich wollte nur wissen, ob es in der Sache Eheleute Sarabi etwas Neues gibt."

„Nein, offenbar befindet sich die Frau in einer sogenannten Midlife-Crisis. Mir ist nicht bekannt, dass sie zurück ist."

Sie berichtete, dass die Personalabteilung des Kindergartens Frau Sarabi fristlos gekündigt hatte. Dann fügte sie in ironischem Unterton hinzu:

„Ich habe gehört, dass Herr Sarabi sein Haus verkaufen möchte. Eine meiner Freundinnen hatte eine Anzeige in der Zeitung gesehen."

„Gnädige Frau, ich weiß nicht, ob Sie sein Haus gesehen haben. Das ist ein riesiges Gebäude für eine Familie mit mehreren Kindern. Was will der arme Kerl alleine in einem so großen Haus? Ich hätte an seiner Stelle genauso gehandelt."

„Oder das ist Teil seines Plans."

„Was meinen Sie damit?"

„Letzte Woche rief mich Karin Schmidt an und erzählte mir, dass sie Herrn Sarabi mit einer blonden Frau gesehen habe. Sie gingen Hand in Hand durch eine Einkaufspassage. Sie meinte, sie habe den Eindruck gehabt, dass dies keine oberflächliche Beziehung sei."

Ich schwieg einen kurzen Augenblick. Ich dachte, wenn ich eine Frau wie Shukufe hätte, würde ich mir auch eine Neue suchen.

Der Kerl hatte so lange auf sie gewartet und bekommt nicht einmal eine Postkarte. Warum sollte er sich nicht mit einer Blondine amüsieren?

Ich sagte ihr, dass ich den Sachverhalt prüfen würde. Aber ehrlich gesagt, hatte ich weder Zeit noch Lust, mehr zu prüfen als über die Polizeiarbeit hinausging.«

IV

Klaus musste plötzlich seine spannende Geschichte unterbrechen, weil sein Handy lautlos zu vibrieren begann. Das war wieder einer seiner Mitarbeiter, der über einen Banküberfall berichtete. Er hörte ihm mit funkelnden Augen zu und gab dann alle erforderlichen Anweisungen. Er legte sein Handy auf den Nachttisch zurück und schwieg für eine Minute nachdenklich. Aber dann schaute er mich irritiert an und fragte:

»Wo waren wir? Ach ja, bei dem Klugscheißer Sarabi.

Als erfahrener Mann wissen Sie wohl, dass manchmal im Leben alles anders läuft, als man es sich wünscht oder plant. Im Fall Sarabi geschah auf einmal etwas, was man nicht für möglich gehalten hätte.

Am 14. November 2007, als ich aufs Revier kam, konnte ich durch die Glasscheibe meines Büros zwei meiner Mitarbeiter beobachten, wie sie in einem Verhörraum beharrlich auf eine Frau einredeten. Einer von ihnen, ich nenne ihn Roger Moore, sprach die ganze Zeit in einem aggressiven Ton, jedoch achtete die Frau nicht auf sein zorniges Gesicht. Sie senkte ihren Kopf und schwieg.

Irgendwie kam mir die Frau bekannt vor. Neugierig betrat ich den Raum, blieb in einer Ecke stehen und forderte Mr. Moore auf, mit seinem Verhör fortzufahren. Er sagte zu ihr:

„Als Sie in Hamburg gelandet sind, trugen sie beinahe 20 Kilo silbernes Besteck, Kerzenständer und goldenen Schmuck in Ihrem Koffer. Außerdem versteckten Sie im unteren Teil Ihrer Reisetasche mehr als 60.000 Dollar Bargeld. Dies haben Sie bei Ihrer Ankunft der Zollbehörde nicht mitgeteilt.

Wenn Sie uns nicht erzählen, woher Sie diese wertvollen Gegenstände und so viel Geld haben und vor allem, wer Sie wirklich sind, werden Sie mächtige Probleme bekommen."

Jetzt wusste ich, wo ich diese Frau zum ersten Mal gesehen hatte. Sie war die Frau auf den Videobändern, die auf den Flughäfen Hamburg und Frankfurt aufgenommen worden waren; ja, sie musste Shukufe Sarabi sein.

Sie schwieg und starrte die ganze Zeit zu Boden. Ich hatte das Gefühl, sie war sich ihrer Schuld bewusst, jedoch verstand sie Roger Moore überhaupt nicht. Denn jedes Mal, wenn sie ihn anblickte, war sie eher verwirrt als gekränkt. Ich stand ihr gegenüber und fragte in einem freundlichen Unterton:

„Sagen Sie, verstehen Sie Deutsch?"

„*Ain bizschen*", antwortete sie schüchtern.

„Sind Sie Iranerin?"

Sie nickte mit dem Kopf.

„Wollen Sie eine Tasse Tee – *Chai*?" Mit einer Hand kippte ich meine Faust zum Mund und deutete ihr so an, etwas zu trinken. Sie nickte und schaute mich dankbar an. Dann forderte ich meine Mitarbeiter auf, den Raum zu verlassen. Zuerst bat ich meine Sekretärin darum, für sie Tee zu kochen. Dann ließ ich mir von Roger Moore erklären, wo sie die junge Dame gefunden hatten.

Er berichtete, dass sie einen Tag zuvor von Teheran nach Frankfurt geflogen war und nach einem zweistündigen Aufenthalt auf dem Frankfurter Flughafen ihre Reise nach Hamburg fortgesetzt hatte. Bei ihrer Ankunft auf dem Hamburger Flughafen prüften die Zollbeamten ihre Koffer und die Reisetasche. Sie fanden jede Menge silberne Gegenstände, Schmuck und zwei Bündel Dollarscheine, umgerechnet 50.000 Euro. Das war aber kein Grund, sie zu verhaften. Die Beamten auf dem Flughafen waren sich sicher, dass diese Frau mit einem falschen Pass gereist war.

Denn trotz ihrer deutschen Staatsangehörigkeit konnte sie kaum Deutsch sprechen.

Man vermutete, dass sie den Pass, Geld und die anderen Dinge gestohlen hatte. Sie hatte auf dem Flughafen keine Frage der Beamten beantworten können.

Die Zollbehörde beschlagnahmte ihre Koffer und das Geld und die Beamten brachten sie für die Aufklärung ihrer wahren Identität hierher.

Mir war klar, dass wir einen Dolmetscher für Farsi brauchten. Ich konnte jedoch nicht darauf warten, bis wir jemanden gefunden hatten. Ich rief daher Babak, einen guten persischen Freund, an und bat ihn, so schnell wie möglich zu mir zu kommen. Er hatte ein Teppichgeschäft im Zentrum der Stadt.

Gegen Mittag kam er und sogleich begaben wir uns zu der Frau in den Verhörraum. Babak sollte jeden Satz wörtlich übersetzen.

Offenbar hatten ihr einige Tassen Tee gutgetan, sie schien etwas erholt und ruhiger. Ich schaltete das Tonband an und sagte:

„Frag sie, wie sie heißt und wo sie wohnt."

Sie antwortete mit ruhiger Stimme: „Ich heiße Shukufe Sarabi."

„Frag, wo sie wohnt?"

„Hamburg."

„Wo in Hamburg?"

Sie schwieg. Entweder wusste sie nicht, wo Sarabi wohnte, oder sie wollte es nicht sagen. Ich hakte nach.

„Sie müssen sagen, wo Sie wohnen. Ansonsten werden Sie Ihr Geld und die anderen Wertsachen nie mehr zurückerhalten."

„Pinneberg."

„Wo? Pinneberg?"

„Ja, Pinneberg, Herderstraße 46."

Laut ihrer Aussage stand fest, dass sie nicht im Haus von Sarabi wohnte.

„Sind Sie verheiratet?"

Sie schwieg erneut und schaute uns verlegen an. Etwas stimmte nicht. Ihre schwarzen melancholischen Augen wirkten unsagbar geheimnisvoll.

„Also, Sie sind nicht verheiratet, habe ich recht?" Sie nickte. Jetzt war sie deutlich erleichtert.

„Und der Reisepass gehört Ihnen auch nicht, richtig?"

Halbes Nicken.

„Sie geben zu, dass Sie nicht Shukufe Sarabi sind. Richtig? Wie heißen Sie?"

„Ich heiße Simin Parsa."

„Na also! Frau Parsa, woher kennen Sie Dr. Arash Sarabi?"

Ich bemerkte, dass sie bereit war, alles wahrheitsgetreu zu erzählen, dennoch war es ihr peinlich, darüber zu sprechen. Ich musste ihr ein wenig helfen. Ich sagte mit ruhiger Stimme:

„Sie brauchen vor mir keine Angst zu haben. Ich verspreche Ihnen, dass ich alles daransetze, dass Sie keine Unannehmlichkeiten haben werden, wenn Sie alle meine Fragen ehrlich und vollständig beantworten. Also, woher kennen Sie Dr. Sarabi?"

„Er ist ein guter Freund und mein behandelnder Arzt." Sie berührte ihr Gesicht und fügte hinzu: „Er hat einige Operationen in meinem Gesicht vorgenommen."

Allmählich begriff ich, was hier gespielt wurde. Sie war nicht Shukufe Sarabi, sondern ihr Duplikat. Sie hatte beinahe die gleiche Augenfarbe, gleiche Frisur, eine ähnliche Gesichtsform und trug die gleiche Kleidung wie Shukufe. Dann begann sie, ihre Geschichte von Anfang an zu erzählen.

Im November 2006 war sie als Asylantin über die Türkei nach Deutschland gekommen. Ihre gesamte Familie waren Mitglieder der Grünen Bewegung im Iran. Sie hatten des Öfteren gegen die iranische Regierung demonstriert.

Ihre Eltern und ihr Bruder waren verhaftet und nach kurzem Prozess hingerichtet wurden. Zuerst konnte sie sich bei ihrer reichen Tante in der Provinz Karaj verstecken. Aber bei einem Besuch einer Freundin in Teheran wurde sie erkannt und verhaftet.

Sie wurde im Gefängnis gefoltert, vergewaltigt und schwer verletzt, damit sie die Namen der anderen Mitglieder preisgab.

Sie hatten ihren ganzen Körper mit glühendem Eisen verbrannt und ihre Nase mit einem Messer zerschnitten.

Anfang Juli 2006 wurde sie aus dem Gefängnis entlassen. Dann gelang es ihr mit der finanziellen Unterstützung ihrer Tante, mit einer Schlepperorganisation das Land zu verlassen.

Zwei Wochen nach ihrem Aufenthalt in Hamburg kam Dr. Sarabi in das Asylheim. Die Ausländerbehörde hatte ihn darum gebeten, zu prüfen, ob er ihre Wunden heilen und vor allem ihre aufgeschnittene Nase operieren könnte. Sie sagte mit einem schwärmerischen Gesichtsausdruck:

„Dr. Sarabi war sehr freundlich und hilfsbereit. Ich war fast vier Monate in seiner Behandlung. Er hatte nicht nur meinen zerfleischten Körper geheilt, er operierte auch meine

Nase zweimal und machte sie noch schöner als früher. Ich hatte früher eine krumme Nase, doch jetzt ist sie klein und gerade, wie Sie sehen."

Ich unterbrach sie und ging in mein Büro. Ich holte das Bild von Shukufe Sarabi und kam wieder zurück.

Ich hielt die Fotografie neben ihr Gesicht; sie hatte tatsächlich eine Nase wie Shukufe.

„Welche Art von Beziehung pflegten Sie zu Dr. Sarabi, und zwar nach der Operation?"

„Wissen Sie, seine Bekanntschaft war für mich ein großes Glück. Nach Absprache mit der Behörde arbeitete ich in seiner Klinik als Putzfrau.

Er half mir, ein Zimmer in Pinneberg zu mieten, gab mir alte Möbelstücke und ich erhielt monatlich 600 Euro für meine Arbeit."

„Wussten Sie, dass er verheiratet ist?"

„Ja, natürlich. Jeder in der Klinik wusste, dass er verheiratet ist."

„Haben Sie seine Frau schon einmal gesehen?"

„Leider nein. Seine Sekretärin sagte mir einmal, dass sie mir ähnlich sei."

„Erzählen Sie, wie kommen Sie zu diesem Reisepass, und vor allem, warum sind Sie trotz Ihrer schrecklichen Erfahrungen mit der iranischen Regierung doch nach Teheran gereist?"

„Ich habe Dr. Sarabi erzählt, dass meine Tante im Sterben lag. Sie hatte mir einen Brief geschrieben, in dem sie mir mitteilte, dass sie Krebs hätte und nicht mehr lange leben würde.

Meine Tante wollte mir gerne ihr Vermögen überlassen, ich sollte nur einen Weg dazu finden.

Wie Sie jetzt wissen, konnte ich als Perserin und mit meiner dunklen Vergangenheit nicht mit einem iranischen Reisepass nach Teheran zurückkehren.

Anfang Juni dieses Jahres bat mich Dr. Sarabi in sein Büro und sagte, dass ich mit dem Pass seiner Frau nach Teheran reisen könnte, wenn ich mich nicht ängstlich verhalten würde. Er berichtete mir von der großen Ähnlichkeit zwischen uns.

Er würde beim iranischen Konsulat ein Visum beantragen und für mich ein Flugticket kaufen. Ich musste allerdings innerhalb von drei Monaten zurückkommen.

Zuerst war ich skeptisch. Aber er hatte recht, das Bild seiner Frau auf dem Reisepass war mir wirklich ähnlich.

Vor allem haben wir beide fast die gleiche Gesichtsform, schwarze Augen und schwarze Haare.

Das Einzige, was mich unsicher machte, war die deutsche Sprache. Aber auch dafür hatte er eine Lösung.

Er notierte auf einem Blatt Papier diverse Standardsätze in deutscher Sprache, die man bei einer Reise verwendet. Außerdem gab er mir folgenden Rat: Wenn mir jemand eine Frage auf Deutsch stellen und ich diese nicht verstehen würde, sollte ich mit Handzeichen andeuten, heiser zu sein und nicht sprechen zu können.

Ich musste das Risiko eingehen, um das mir zustehende Vermögen zu übernehmen. Das war die einzige Lösung.

Ich reiste am 15. September nach Teheran. Dr. Sarabi gab mir einen Mantel, einige Kleider und Schuhe von seiner Frau und begleitete mich bis Frankfurt. Er bat mich darum, unterwegs nicht miteinander zu sprechen. Er hatte Angst, dass jemand uns zuhören könnte und dadurch möglicherweise unerwartete Probleme entstehen könnten.

Aber Gott sei Dank lief alles perfekt. Es gab weder Probleme in Frankfurt noch in Teheran. Ich zeigte den Reisepass vor und kam unverdächtig durch. Als ich in Teheran gelandet war, fuhr ich umgehend zu meiner Tante nach Karaj. Meiner Tante ging es sehr schlecht. Trotz ihres Zustands begannen wir alles zu verkaufen, was sie in den letzten Jahren erworben hatte. Mit Ausnahme ihres Hauses, ihrer Juwelen und Silberwaren verkauften wir alles spottbillig und ich tauschte das Geld in teure Dollars um.

Dann brachte ich meine Tante in ein Heim. Ihr Haus habe ich vermietet. Die Miete sollte an das Heim überwiesen werden. Was nach ihrem Tod passiert, weiß ich nicht. Ich habe alles getan, um was sie mich gebeten hat. Die Zeit verging zu schnell und ich musste, bevor mein Visum ablaufen würde, nach Deutschland zurückreisen.

Vorgestern packte ich meinen Koffer mit dem wertvollen Silber, Gold und dem Geld und flog nach Deutschland zurück.

Während der Zollabfertigung in Teheran gab es noch große Schwierigkeiten.

Man sagte mir, dass es verboten sei, so viele Wertsachen aus Silber und Gold aus dem Iran auszuführen, ganz besonders für Ausländer. Aber schließlich konnte ich die Beamten mit 500 Dollars bestechen, mit meinem Koffer durch den Zoll gehen und schließlich das Land verlassen. Ich hatte nicht damit gerechnet, dass ich in Deutschland noch mehr Schwierigkeiten bekommen würde. Was dann passierte, wissen Sie bereits. Man hat mein Geld, Gold und die Silberwaren beschlagnahmt.

„Haben Sie während Ihres Aufenthaltes in Teheran mit Dr. Sarabi telefonisch oder per E-Mail-Kontakt aufgenommen?"

„Nein, im Iran hatte ich keine Möglichkeit dazu, und seit ich wieder in Deutschland bin, hatte ich noch keine Gelegenheit."

„Sie dürfen vorläufig weder Ihre Wohnung betreten noch mit Dr. Sarabi Kontakt aufnehmen. Heute bleiben Sie auf dem Polizeirevier. Morgen versuche ich, bis sich der Sachverhalt aufgeklärt hat, für Sie eine vorübergehende Unterkunft zu organisieren."

„Was ist mit meinem Koffer, mit dem Geld und allen meinen Sachen?"

„Machen Sie sich keine Sorgen. Ich werde dafür sorgen, dass Sie alles zurückbekommen. Ich schließe jedoch nicht aus, dass Sie dafür Zollgebühren zahlen müssen."

Ich bedankte mich bei meinem Freund Babak für seine Unterstützung und verabschiedete mich von ihm. Einer meiner Mitarbeiter brachte Frau Parsa in ein Zimmer, das für solche Fälle vorgesehen ist.

V

Am gleichen Tag, gegen 16:00 Uhr, organisierte ich eine Sitzung mit dem Staatsanwalt und einem erfahrenen Profiler vom Landeskriminalamt, Dr. Kress, in meinem Büro.

Ich berichtete ausführlich, was ich über den Fall Sarabi wusste, und am Ende wollte ich wissen, ob diese Indizien für eine Verhaftung von Dr. Sarabi wegen des Verdachts auf die Ermordung seiner Frau ausreichen würden.

„Wo ist die Leiche oder wo sind überzeugende Beweise, dass er seine Frau ermordet hat?", wollte der Staatsanwalt wissen. Er fuhr fort: „Man kann ihn wegen Täuschung und Beihilfe zum Missbrauch von amtlichen Dokumenten verklagen. Aber ich denke, er würde behaupten, dass er einer armen Frau wie Simin Parsa helfen wollte.

Für seine Täuschung der Polizei und Missbrauch des Reisepasses seiner Frau bekommt er höchstens zwei Jahre Gefängnis auf Bewährung.

Die Buchung und Zahlung des Tickets im Namen seiner Frau fallen unter die Kategorie Familienangelegenheit. Seine Frau kann ihn anzeigen, wenn sie noch am Leben ist.

Dass seine Frau seit mehreren Monaten verschwunden ist, kann man ihm nicht direkt anlasten. Jedes Jahr verschwinden viele Ehemänner und Frauen in Deutschland spurlos.

Ich gebe zu, dieser Fall ist kompliziert und wahrscheinlich steckt jede Menge kriminelle Energie dahinter.

Aber die Indizien für eine Mordanklage reichen nicht aus. Die Polizei muss intensiv an die Arbeit gehen und Beweise beschaffen."

Dr. Kress stimmte den Ausführungen des Staatsanwaltes zu. Er sagte:

„Ihrer Darstellung nach muss Dr. Sarabi äußerst intelligent und clever sein. Wenn er tatsächlich seine Frau ermordet hat, hatte er seine Tat perfekt geplant und ohne Zeitdruck durchgezogen.

Die geschickte Operation an der Nase von Simin Parsa war möglicherweise Bestandteil seines Plans.

Denn bei der Passkontrolle auf dem Flughafen musste Simin genau wie seine Frau aussehen.

Er wusste auch, dass deren Anwesenheit auf dem Flughafen von mehreren Kameras aufgenommen wurde. Dies wird bei einer Vermisstenanzeige von der Polizei stets überprüft.

Er ließ sie daher ein auffälliges Kleid und Mantel seiner Frau anziehen, damit jeder sehen konnte, dass sie nach Teheran reiste.

Die Videoaufnahmen sollen dokumentieren, dass er unschuldig ist. Besser kann man seine Unschuld nicht beweisen.

Wenn Simin im Iran geblieben oder unauffällig nach Deutschland zurückgekommen wäre, hätte dieser Fall für immer ungelöst bleiben können.

Während der letzten Monate hatte er genügend Zeit gehabt, um alle verräterischen Spuren des Mordes – vorausgesetzt, dass er tatsächlich seine Frau ermordet hat – zu beseitigen.

Ich glaube nicht, dass er freiwillig seine Tat zugeben wird. Wir müssen sein Haus und sein Büro auf den Kopf stellen und nach Beweisen suchen."

Wir waren alle der Meinung, dass Sarabi nicht wissen durfte, dass sich Simin Parsa wieder in Deutschland befand. Im Gegenteil, die Ausländerbehörde müsste ihn fragen, wo seine Hilfskraft geblieben war. Man müsste ihn unter permanenten Druck setzen und ihn nervös machen.

Wir vereinbarten, Simin Parsa ab sofort unter strenger polizeilicher Aufsicht in Untersuchungshaft zu nehmen. Wir wollten sie bei einer passenden Gelegenheit als Joker einsetzen.

Am Ende der Sitzung erhielt ich von dem Staatsanwalt eine Genehmigung, das Haus von Sarabi zu durchsuchen.

Ich gebe zu, bis zu dieser Sitzung den Fall Sarabi nur halbherzig behandelt zu haben. Aber als Simin Parsa plötzlich in Erscheinung trat, war mir klar, dass wir es mit einem raffinierten Verbrecher zu tun hatten, einer harten Nuss, die nur schwer zu knacken war.

Ich bildete ein sechsköpfiges Team und erteilte den Ermittlern verschiedene Aufgaben. Zwei Polizisten sollten sich ausschließlich mit dem Umfeld der Eheleute Sarabi beschäftigen: mit ihren Tätigkeiten, ihrem Freundeskreis, ihren Hobbys usw. Einer sollte unauffällig über den Tagesablauf von Herrn Sarabi, insbesondere innerhalb der letzten sechs Monate, recherchieren. Und zwei erfahrene Polizisten sollten mich beim Verhör von Herrn Sarabi und der Hausdurchsuchung unterstützen.

Ich will nicht über Einzelheiten unserer Aufgaben berichten. Wir arbeiteten jeden Tag zwölf Stunden und innerhalb von drei Tagen hatten wir aufschlussreiche Informationen über diesen rätselhaften Vorfall.

Nach unseren intensiven Recherchen erfuhren wir, dass Herr Sarabi tatsächlich einen Makler damit beauftragt hatte, sein Haus zu verkaufen. Das Gerücht über seine Beziehung mit einer blonden Frau stimmte ebenfalls. Weiterhin stellte sich heraus, dass er die Absicht hatte, seinen Anteil an der Klinik an seinen Partner zu verkaufen. Offenbar hatte er vor, mit seiner Freundin Deutschland zu verlassen. Wir mussten uns daher beeilen und für seine Verbrechen stichhaltige Beweise beschaffen.

Am 16. November 2007, um 6:00 Uhr morgens, stürmten wir sein Haus, rissen ihn aus dem Schlaf und zeigten ihm den amtlichen Hausdurchsuchungsbefehl. Er war wie immer ruhig, höflich und kooperativ.

Innerhalb von vier Stunden hatten wir das gesamte Haus, die Garagen sowie das Bootshaus auf den Kopf gestellt. Wir durchwühlten sorgfältig alle seine Ordner sowie sämtliche Dateien auf seinem Computer.

Aber leider haben wir keine Indizien gefunden, die auf ein Verbrechen hindeuteten. Die einzige Gesetzeswidrigkeit, die man ihm hätte zur Last legen können, war die Täuschung auf den Flughäfen und der Missbrauch des deutschen Reisepasses seiner Frau. Aber dies reichte nicht für eine Mordanklage aus; es fehlte immer noch eine Leiche.

In mehreren Sitzungen und kontroversen Diskussionen mit meinen Kollegen sowie dem LKA-Profiler, Dr. Kress, beschlossen wir, Arash Sarabi in eine Falle zu locken.

Eigentlich wird gegen die gesetzlich vorgeschriebene Vernehmungsstrategie in der Praxis auffallend häufig verstoßen. Ich muss zugeben, dass unser Vorhaben, juristisch gesehen, auch nicht ganz sauber, ja nicht rechtmäßig war. Aber das war unsere letzte Chance, mit einem psychologischen Schock seine eiserne Fassade zu durchbrechen und ihn zu einem Geständnis zu bewegen.

Hierfür hatte Dr. Kress auf Basis seiner kriminalistischen Erfahrungen jede Menge Vorarbeit geleistet. Er versuchte anhand vorhandener Indizien zu analysieren, was seine

Motive hätten sein können, falls Herr Sarabi seine Frau tatsächlich ermordet hatte.

Er kam zu folgendem Schluss: Geiz und Eifersucht. Wobei er meinte, dass die erste Triebfeder ausschlaggebend sein musste. Denn jedes Mal, wenn wir mit Herrn Sarabi Kontakt aufgenommen hatten, stellten wir fest, dass er trotz seiner Behauptung, seiner Frau gegenüber stets großzügig gewesen zu sein, eher die Mentalität eines Pfennigfuchsers besaß. Er war durch und durch ein geiziger Typ. Er putzte selbst sein Haus, er beschäftigte relativ wenig Personal in seiner Klinik und sparte Geld, wo immer er konnte. Ja, er hing sehr stark an seinem Vermögen und redete permanent über Geld.

Einmal erzählte er, dass er jeden Abend bis Mitternacht aufbleiben würde, um den Kurs der internationalen Börsen in Erfahrung zu bringen. Dann versuchte er, online mit dem Kauf oder Verkauf seiner Aktien Geld zu verdienen. Er meinte, dass er in den letzten Jahren mit seinen Börsenspekulationen erfolgreich gewesen sei.

Allein in 2007 hatte er mit seinen Geschäftsabschlüssen mehr Geld verdient als mit der Schönheitschirurgie in seiner Klinik. Geld, er liebte nur Geld und offenbar konnte er davon nie genug bekommen.

Als wir ihn auf die Beziehung seiner Frau mit Yilmaz ansprachen, bemühte er sich zwar, ruhig und sachlich zu bleiben, allerdings schwang ein deutlicher Anflug von Hass in seiner Stimme mit:

„Der Türke war nur scharf auf mein Geld."

Dass seine Frau noch immer verschwunden blieb, war für ihn nicht mehr relevant, es schien sogar bereits vergessen. Er nahm unsere Anwesenheit in seinem Haus oder unsere provokanten Bemerkungen gelassen und emotionslos entgegen. Er zeigte nicht ein bisschen Schwäche, Sorge oder Ängste. Dr. Kress war der Meinung, dass er aufgrund seines

Vorsprungs in dieser Partie stets beherrscht und überlegen agierte.

Es blieb uns nur eines übrig, ihn mit einer trickreichen Strategie, einem psychologischen Schock, zu entlarven. Wir mussten ihn für eine kurze Zeit so verwirren, dass er sein beherrschtes Gleichgewicht verlieren und eine unüberlegte Äußerung tätigen würde, auf die wir fieberhaft warteten.

Konkret gesagt, wir hatten vor, das Spiel, das er für uns am 15. September initiiert hatte, noch einmal zu wiederholen: Simin Parsa sollte nochmals die Rolle seiner Frau spielen.

Dieses Mal noch perfekter und noch eindrucksvoller und vor allem noch glaubwürdiger. Dazu hatte der Profiler ein raffiniertes Szenario geschrieben.

Für die Durchführung seines Plans benötigten wir die Hilfe aller Beteiligten:

Simin Parsa, Yilmaz Guhl, die Freundinnen von Shukufe, jemand, der die persische Sprache (Farsi) beherrschte, und jede Menge andere Sachen.

Bei der zweiten Hausdurchsuchung entwendeten wir unauffällig einen schicken Mantel, ein Kleid und einen Hut, die seine Frau im Winter häufiger trug, aus ihrem Kleiderschrank sowie einen Ring, der auf mehreren Fotografien zu sehen war, und versteckten alles in unserem Auto.

Da Simin Parsa ca. zehn Zentimeter kleiner war als seine Frau, mussten wir ihre Größe künstlich korrigieren.

Wir besorgten für sie Winterstiefel mit fünf Zentimetern Gummiabsatz, in die fünf Zentimeter dicke Sohlen hineingelegt wurden, damit sie optisch genauso groß wirkte wie seine Frau.

Unter Aufsicht einer Gefängniswärterin musste Frau Parsa mehrmals das Kleid, Hut, Mantel und die Stiefel anziehen und einige Minuten üben, darin zu laufen.

Als ich sie zusammen mit meinem Freund Babak in der Untersuchungshaft besuchte, wusste ich nicht, wie ich ihre Rolle in unserem Drehbuch erklären sollte.

Trotz der guten Behandlung in der Untersuchungshaft war sie völlig verwirrt und verzweifelt. Sie konnte nicht verstehen, warum sie dort eingesperrt war, und vor allem, warum sie jeden Tag mehrere Male die neue Kleidung anziehen und wie ein Model in den unbequemen Stiefeln üben musste zu laufen.

Ich habe es mir einfach gemacht und bin auf ihre Beschwerden nicht eingegangen.

Babak übersetzte für sie und sagte, dass sie spätestens in einer Woche nach Hause gehen dürfe. Ich versprach ihr, alles daranzusetzen, dass sie ihr Geld und den Koffer mit dem gesamten Inhalt mit nach Hause nehmen könnte, wenn sie mit uns kooperieren würde.

„Was muss ich tun?", wollte sie ungeduldig wissen.

„Wir wollen Sie in diesem Outfit mit einigen anderen Leuten an zwei verschiedenen Orten fotografieren.

Der erste Ort ist ein Café. Dort warten auf Sie zwei Frauen und ein Mann. Die Frauen heißen Angela und Karin und der Mann heißt Yilmaz Guhl. Sie müssen ganz locker zwischen diesen Leuten sitzen, Kaffee oder Tee trinken und sich freundlich miteinander unterhalten. Der zweite Ort befindet sich im Zentrum von Hamburg. Wir wollen Sie und Herrn Guhl vor einem Gebäude fotografieren. Das ist eine polizeiliche Aktion. Das ist alles, was Sie für uns tun müssen."

„Warum? Was wollen Sie mir anhängen?"

„Ihnen gar nichts. Unser Vorhaben hat mit Ihnen überhaupt nichts zu tun. Ich verspreche Ihnen, dass Sie durch Ihre Unterstützung der Polizei keinerlei Nachteile erfahren werden. Im Gegenteil, da Sie der Polizei bei der Aufklärung eines komplizierten Falls behilflich sind, werden Sie nicht nur vom Missbrauch eines fremden Reisepasses freigesprochen, sondern sie können auch, nachdem unsere Aktion beendet ist, ihre Wertsachen aus dem Iran ohne Strafe mit nach Hause nehmen."

Babak musste überzeugende Argumente liefern, bis sie endlich zustimmte.

Es gehörte zu unserem Plan, Herrn Sarabi in dem Glauben zu wiegen, Simin Parsa würde für eine lange Zeit im Iran verweilen. Diese Information musste überzeugend und authentisch übermittelt werden. Hierzu benötigte ich erneut die Hilfe meines Freundes Babak.

Ich bat ihn, einen Brief mit folgendem Text in persischer Sprache zu schreiben:

„Lieber Herr Dr. Sarabi,
danke für Ihre große Hilfe. Ich bin problemlos in Teheran angekommen. Leider muss ich aufgrund des kritischen Gesundheitszustands meiner Tante länger in Teheran bleiben, als ich geplant hatte. Da sich meine Tante nicht in ein Krankenhaus begeben will, muss ich sie Tag und Nacht betreuen. Wie Sie wissen, bin ich ihre einzige lebende Verwandte und möchte sie in diesem Zustand nicht im Stich lassen.

Um Ihnen keine Schwierigkeiten zu bereiten, sende ich mit diesem Brief den Reisepass Ihrer Frau zurück. Sobald ich eine praktikable Lösung für meine Tante gefunden habe, werde ich versuchen, mit einer Schlepperorganisation das Land zu verlassen und nach Deutschland zurückzukehren. Ich werde Sie hierüber rechtzeitig informieren.

Noch einmal herzlichen Dank für Ihre Unterstützung.
Ihre
Simin Parsa"

Babak erhielt wöchentlich mehrere geschäftliche sowie private Sendungen aus dem Iran. Ich bat ihn, mir einige gestempelte iranische Briefmarken im Wert von ca. drei Euro zur Verfügung zu stellen.

Ein Spezialist auf unserem Revier klebte die Briefmarken auf einen Umschlag, malte den fehlenden Reststempel und notierte dann die Anschrift von Dr. Sarabi darauf. Er steckte den Reisepass und den Brief in den Umschlag.

Während seiner Abwesenheit warf einer meiner Mitarbeiter den Brief in seinen Briefkasten.

Als weitere Vorbereitung für diese Aktion suchte ich Herrn Yilmaz Guhl in seiner Wohnung auf.

Er schien über den ungewissen Zustand seiner Geliebten äußerst besorgt zu sein. Er war felsenfest davon überzeugt, dass Sarabi seine Frau ermordet und ihre Leiche irgendwo im Garten seines Hauses vergraben hatte.

Ohne ihn über Einzelheiten unseres Plans zu informieren, bat ich ihn, am Nachmittag des 27. Novembers seinen besten Anzug anzuziehen und sich uns für ein Fotoshooting im Café Schwanen am Harvestehuder Weg zur Verfügung zu stellen.

Als er erfuhr, dass die Polizei mit seiner Hilfe den Mord an Shukufe aufklären wollte, war er höchst motiviert und sagte ohne Bedenken seine Mitarbeit zu.

Als Nächstes suchte ich Frau Karin Schmidt auf. Ich teilte ihr mit, dass wir im Rahmen einer polizeilichen Aktion in einem Café die besten Freundinnen sowie den Freund von Shukufe fotografieren wollten.

„Wir kennen noch eine persische Frau, die eine gewisse Ähnlichkeit mit Frau Sarabi hat und bei diesem Fotoshooting ebenfalls anwesend sein wird.

Sie und Frau Angela Bender sollen ebenfalls am 27. November um 14:00 Uhr im Café Schwanen erscheinen."

Zuerst war sie nicht bereit, bei dieser merkwürdigen Show dabei zu sein.

Aber als ich ihr versicherte, dass sie uns mit ihrer Teilnahme dabei unterstützen würde, das dubiose

Verschwinden ihrer besten Freundin aufklären zu können, stimmte sie zu.

Um jede unerwartete Panne zu vermeiden, bat ich den Geschäftsführer des Café Schwanen, mit einem Schild „Geschlossene Gesellschaft" dafür zu sorgen, dass zwischen 13:30 und 15:00 Uhr keine fremden Gäste sein Café betraten.

Jetzt mussten wir Herrn Arash Sarabi für einige Tage aus dem Verkehr ziehen und ihn in einem geschlossenen Raum einsperren.

Am Sonntag, den 25. November 2007, gegen 6:00 Uhr morgens standen wir erneut vor seiner Haustür.

Er sah müde aus. Sein Gesichtsausdruck war grimmig, seine Augen gerötet und er schien ungewöhnlich nervös. Man bekam den Eindruck, dass er die ganze Nacht nicht hatte schlafen können oder wie immer mit dem Kauf oder Verkauf seiner Aktien beschäftigt gewesen war.

Ich zeigte ihm einen Haftbefehl und bat ihn, sich warm anzuziehen und mitzukommen.

„Was wollen Sie von mir? Was habe ich getan?"

„Ihnen wird zur Last gelegt, Ihre Frau ermordet zu haben. Sie können jederzeit einen Anwalt in Anspruch nehmen."

„Meine Frau lebt, sie befindet sich im Iran. Ich brauche keinen Anwalt, um meine Unschuld zu beweisen."

„Wie Sie wollen. Aber Sie müssen vorläufig in Untersuchungshaft bleiben."

Widerstandslos zog er seine Sachen an und kam mit uns auf das Revier. Dort wiesen wir ihn noch einmal auf seine Rechte hin und dann nahmen ihn zwei Beamte in Untersuchungshaft.

Was in unserem Drehbuch noch fehlte, war der aktuelle Kontostand von Herrn Sarabi.

Mit der Zustimmung des Staatsanwalts besuchten wir einen Herrn Alfred Peschel – er war Sarabis Anlageberater bei der Commerzbank. Ich bat ihn darum, mir eine Kopie von allen seinen Konten zur Verfügung zu stellen.

Der Staatsanwalt unterstützte uns nur unter der Bedingung, dass ich Sarabis Schuld an der Ermordung seiner Frau innerhalb der nächsten fünf Tage beweisen musste. Andernfalls sollte man sich ausschließlich mit der Täuschung auf dem Flughafen und dem Missbrauch des Reisepasses seiner Frau befassen.

Ich war erstaunt, dass die Summe der Spar- und Aktienkonten der Eheleute Sarabi über 2,2 Millionen Euro betrug.

Ich fragte Herrn Peschel, ob ich richtig verstanden hatte, dass Shukufe Sarabi jederzeit über diese Gelder verfügen konnte? Mit deutlicher Zurückhaltung erwiderte er:

„Ja, aber nur seit den letzten vier Monaten. Ende August dieses Jahres kam Dr. Sarabi mit seiner Frau hierher und gab unserer Bank eine schriftliche Anweisung, seine Frau als gleichberechtigte Partnerin behandeln zu müssen. Theoretisch könnte sie jederzeit so viel Geld abheben, wie sie will, oder auch alle Konten auflösen."

„Warum theoretisch?"

Herr Peschel überlegte eine Weile und dann sagte verlegen:

„Ich kann mich täuschen, aber diese Anweisung schien mir eher halbherzig zu sein. Denn Herr Dr. Sarabi rief mich danach an und bat mich, ihn sofort darüber in Kenntnis zu setzen, falls seine Frau in die Bank käme, um Geld abzuheben. Ich denke, er hatte Angst, dass Frau Sarabi mit seinem Vermögen unvorsichtig umgehen könnte."

„War sie seit August in der Bank?"

„Nein. Seit ihrem gemeinsamen Besuch in meiner Abteilung habe ich weder Dr. Sarabi noch seine Frau wiedergesehen."

Offensichtlich war das Erteilen einer Vollmacht für seine Frau ebenfalls Bestandteil seines Plans. Er wollte gegenüber der Polizei den Eindruck vermitteln, dass seine Frau alles haben konnte, was sie wollte.

VI

Die Vorbereitungen zum ersten Teil unseres Drehbuches liefen perfekt. Wir mussten uns allerdings gewaltig anstrengen, den zweiten Teil des geplanten Szenarios authentisch und eindrucksvoll zu realisieren.

Am Dienstag, den 27.11.2007 gegen 13:45 Uhr, betrat ich mit Babak und zwei meiner Kollegen das Café Schwanen am Harvestehuder Weg. Ich war erleichtert, dass die beiden Damen und Herr Guhl bereits auf uns warteten. Ich begrüßte meine Gäste und versicherte ihnen noch einmal, dass die Fotografien nirgendwo veröffentlicht würden und sie sich darum keine Sorgen machen müssten.

Ich bat sie, sich ganz normal zu verhalten, Kaffee zu trinken, Kuchen zu essen und sich wie gute Freunde miteinander zu unterhalten.

Pünktlich um 14:00 Uhr betrat Simin Parsa, begleitet von zwei Polizisten in Zivil, das Café Schwanen.

Simin sah fantastisch aus. Gemäß unserer Anweisung hatte man sie sehr schön geschminkt und ihre Haare genau wie auf dem jüngsten Bild von Shukufe gestylt. Sie trug die Kleidung von Shukufe, die wir aus ihrem Schrank entwendet hatten. Außerdem hatte sie die Stiefel mit dem erhöhten Absatz an und trug den Diamantring.

Auf den ersten Blick war sie von Shukufe kaum zu unterscheiden. Als sie den Raum betrat, waren die beiden Damen, insbesondere Yilmaz Guhl, sprachlos.

Alle starrten sie mit funkelnden Augen an und wussten nicht, ob sie wirklich Shukufe war.

Frau Schmidt meinte, dass man Simin für ihre Zwillingsschwester halten konnte. Auch Yilmaz war außer sich, er hatte Tränen in den Augen und konnte seinen Blick nicht eine Sekunde von ihr abwenden.

Nur Simin selbst war etwas durcheinander. Sie wusste nicht, wozu diese Maskerade dienen sollte und warum sie alle so verblüfft anstarrten. Um sie noch einmal zu motivieren, sagte ich:

„Denken Sie an Ihre ganzen Wertsachen, die derzeit bei der Zollbehörde eingelagert sind. Wenn Sie sich hier eine Viertelstunde ruhig und kooperativ verhalten und danach noch einige Minuten in der Stadtmitte, sind Sie alle Ihre Probleme los. Spätestens in vier Tagen können Sie ungestraft nach Hause gehen."

„Das habe ich verstanden", sagte sie deutlich genervt. „Was muss ich tun?"

„Setzen Sie sich ruhig zwischen Herrn Yilmaz und die anderen Damen und tun Sie, als ob Sie sich freuen, mit Ihren Freunden zusammen zu sein. Sie sollen lächeln und sich ganz locker benehmen."

Um keine Zeit zu verlieren, begann mein Kollege mit dem Fotoshooting. Sie sollten während des Kaffeetrinkens oder Kuchenessens miteinander reden, jedoch nicht in die Kamera blicken.

Nach einer fünfminütigen Probe begann mein Kollege zu fotografieren. Innerhalb von 30 Minuten knipste er pausenlos Hunderte von Bildern. Ein anderer Kollege setzte sich mit dem Rücken zu Karin Schmidt und hielt die Tageszeitung so hoch, dass man im Hintergrund auch deutlich das Tagesdatum sehen konnte.

Um 14:30 Uhr waren wir mit dem ersten Fotoshooting des ersten Szenarios fertig.

Frau Schmidt und Frau Bender konnten nach Hause gehen. Für das nächste Szenario benötigten wir ausschließlich Simin und Yilmaz.

Wir fuhren mit den beiden ins Stadtzentrum und parkten das Auto gegenüber der Commerzbank. Hier mussten Simin und Yilmaz Hand in Hand in die Bank gehen und dann wieder zurückkommen. Yilmaz musste die ganze Zeit über einen großen schwarzen Koffer tragen.

Ungeachtet einiger neugieriger Bankkunden und Passanten knipste mein Kollege beim Betreten und Verlassen der Bank von dem „Schein-Pärchen" mehrere Fotos. Sie mussten den Vorgang mehrere Male wiederholen, bis er mit der Qualität der Bilder zufrieden war.

Im Anschluss daran musste Simin in Begleitung eines Beamten wieder auf das Revier in die Untersuchungshaft zurück.

Ich bedankte mich bei Yilmaz für seine Mitarbeit und bat ihn darum, mit niemandem über dieses Ereignis zu sprechen. Ich sagte ihm, falls Herr Sarabi seine Frau tatsächlich ermordet hatte, wären wir jetzt in der Lage, ihn zu einem Geständnis zu bewegen.

Wir hatten in der Tat Glück, dass Herr Sarabi keinen Anwalt in Anspruch nehmen wollte. Denn juristisch gesehen, war die Anklage nicht aussagekräftig und überzeugend genug, um ihn mehrere Tage in Untersuchungshaft zu nehmen.

Es war die Idee von Dr. Kress, dass man Sarabi zuerst aus seinem behaglichen und sicheren Umfeld herausholen musste.

Es gehörte auch zu seinem Plan, dass er während unserer Vorbereitungen keine Möglichkeit finden sollte, mit jemandem zu telefonieren oder per Internet zu kommunizieren.

Selbstverständlich erlaubten wir ihm, am ersten Tag der Verhaftung mit seiner Sekretärin zu telefonieren und ihr

Bescheid zu geben, dass er die ganze Woche über nicht in die Klinik kommen konnte. Seine Termine mussten daher für diese Zeit storniert werden. Einer seiner Wachleute berichtete, dass er sich in seiner Zelle die ganze Zeit über unruhig verhalten hatte. Er fluchte, schrie laut herum und wollte wissen, wann man mit ihm reden wollte.«

VII

Klaus schwieg auf einmal nachdenklich. Man erhielt den Eindruck, dass er die Szenen dieser spektakulären Geschichte klar vor Augen hatte. Nachdem er eine Minute überlegt hatte, überflog ein triumphierendes Lächeln sein Gesicht und er fuhr mit energischer Stimme fort:

»Am 29. November waren wir so weit; es kam die Stunde der Wahrheit. Das war in der Tat eine große Herausforderung in meiner Karriere. Zum ersten Mal während meiner beruflichen Laufbahn wollte ich am Rande der Legalität mit einem psychologischen Trick einen Verdächtigen zum Geständnis zwingen.

Ich erinnere mich daran, dass ich die ganze Nacht über aufgeregt und unruhig war. Mir war klar, dass ich die Mordanklage fallen lassen musste und ihn nur wegen Täuschung und Missbrauch des Reisepasses seiner Frau vor Gericht stellen konnte, wenn am nächsten Tag das Verhör ergebnislos verlaufen würde. Aber dafür hatte ich nicht so viel Arbeit investiert. Ich musste versuchen, seinen Damm zu durchbrechen.

Wir hatten tatsächlich alles gut vorbereitet. Die aufgenommenen Bilder waren authentisch und eindrucksvoll. Auf jemanden, der möglicherweise seine Frau ermordet hatte, mussten sie eine schockierende Wirkung haben.

Bevor wir ihn in den Verhörraum bringen ließen, ging ich den Verlauf und die Formulierung jeder Frage mit meinem Team noch einmal kritisch durch.

Es war geplant, dass ich mit ihm reden, Roger Moore das Protokoll führen und Dr. Kress und ein anderer Mitarbeiter unsichtbar hinter dem Fenster des Verhörraums sitzen und uns bei Bedarf per Funk unterstützen sollten.

Ich steckte mir einen funkgesteuerten Mikrolautsprecher ins rechte Ohr, um auf die Bemerkung oder die Anweisung von Dr. Kress reagieren zu können.

Um 10:00 Uhr brachten ihn zwei Polizisten in den Verhörraum. Sein lang gezogenes Gesicht, seine unsichere Haltung und eisige Blicke verrieten seinen schwermütigen Zustand.

Offenbar hatte er sich während der letzten Tage weder rasiert noch geduscht. Er schien deutlich ungepflegt, jedenfalls war er nicht so selbstsicher, so beherrscht, wie wir ihn in der letzten Zeit kennengelernt hatten. Seine erste Frage war:

„Warum haben Sie mich ohne Grund mehrere Tage lang eingesperrt? Was für Beweise haben Sie für den Mord an meiner Frau?"

Ich lächelte ihn freundlich an und erwiderte ganz ruhig:

„Gar keine. Ihre Frau lebt. Ich glaube, Sie wussten die ganze Zeit über Bescheid, dass sie im Haus von Herrn Yilmaz Guhl wohnt." Er schaute mich mit aufgerissenen Augen an, sagte aber nichts. Ich fuhr fort: „Mit Ihrem Schweigen und arroganten Verhalten haben Sie uns gegen die Wand laufen lassen. Es ist nicht das erste Mal, dass eine Frau ihren Mann verlässt, um mit ihrem Liebhaber zu leben.

Ich weiß nicht, was Sie sich dabei gedacht und warum Sie uns an der Nase herumgeführt haben.

Bei Ihrer Verhaftung haben Sie noch einmal betont, dass Ihre Frau in den Iran gereist sei. Mit Ihrer Täuschung bzw.

Falschaussage haben Sie die ganze über Zeit versucht, uns in die Irre zu führen. Allerdings verstehe ich nicht warum? Haben Sie sich geschämt, dass Ihre Frau mit einem Mann türkischer Abstammung eine Liebesbeziehung eingegangen ist?

Ihre Frau hat uns erzählt, dass sie sich scheiden lassen wollte, aber Sie waren dagegen.

Ich möchte jetzt gerne wissen, warum Sie die Geschichte mit der Reise in den Iran erfunden haben? Eine Scheidung ist keine Schande. Jeder soll seinen Weg gehen und ein neues Leben beginnen dürfen.

Das ist nicht nur vernünftig, sondern auch, wenn ich es so salopp sagen darf, für Sie erheblich billiger. Auf diese Weise könnten Sie mindestens die Hälfte Ihres bei der Commerzbank geparkten Geldes rechtzeitig retten." Er hörte mir aufmerksam zu, ohne mit der Wimper zu zucken – wie ein lauerndes Tier.

Ich könnte mir vorstellen, dass meine Worte ihn aufwühlten. Er versuchte, ruhig zu wirken, dennoch verrieten seine nervösen Gesichtszüge seine innere Unruhe. Er fragte mit kaum hörbarer Stimme:

„Was erzählen Sie die ganze Zeit? Wo haben Sie meine Frau gesehen?"

„Hier in Hamburg. Sie dürfen die polizeilichen Ermittlungsmethoden nicht unterschätzen.

Im Zusammenhang mit der Vermisstenanzeige von Frau Rauch mussten wir mehrere Personen aus ihrem Freundeskreis überwachen. Ich nehme an, Sie kennen ihre Freundin Karin Schmidt.

Uns ist aufgefallen, dass sie häufiger eine Wohnung in der Kieler Straße 25 aufsuchte.

Wie Sie wissen, gehört die Wohnung einem türkischen Künstler Yilmaz Guhl.

Vorgestern waren meine Leute wieder dort und wurden Zeuge eines unglaublichen Ereignisses.

Um 13:30 Uhr erschien Frau Schmidt erneut in der Kieler Straße, parkte ihr Auto gegenüber der Hausnummer 25 und hupte dreimal.

Kurz danach verließen Ihre Frau und ihr Liebhaber Yilmaz Guhl das Haus, stiegen in ihr Auto und fuhren zum Café Schwanen am Harvestehuder Weg.

Dort wartete noch eine andere Frau, sie heißt Angela Bender. Sie plauderten beinahe eine Stunde lang bei Kaffee und Kuchen fröhlich und ungezwungen miteinander.

Einer meiner Mitarbeiter setzte sich unauffällig hinter Frau Schmidt und tat so, als ob er nur Zeitung lesen würde, und lauschte, was sie miteinander besprachen. Er hörte, dass Ihre Frau und Herr Guhl nächste Woche in die Türkei fliegen wollten."

Plötzlich unterbrach mich Sarabi ungeduldig und sagte:

„Das ist Unsinn, was Sie erzählen. Ich glaube Ihnen kein Wort."

Natürlich konnte er mir nicht glauben. Wenn er seine Frau getötet hatte und ihr Duplikat, Simin Parsa, im Iran geblieben war, wer könnte Shukufe Sarabi sein?

Ich musste jetzt meinen ersten Joker auf den Tisch legen. Wir hatten uns bei der Auswahl der Fotografien im Café Schwanen nur für acht Aufnahmen entschieden. Auf diesen Bildern wies das Gesicht von Simin Parsa eine verblüffende Ähnlichkeit mit seiner Frau auf. Allerdings haben wir darauf geachtet, dass die anderen Frauen und Yilmaz Guhl dominanter wirkten.

Außerdem bewies das sichtbare Tagesdatum auf dem oberen Teil der Zeitung, die mein Mitarbeiter hinter Karin Schmidt hochhielt, die Aktualität der Fotos.

Ich nahm die Bilder aus einem Ordner und legte sie nebeneinander auf den Tisch.

Mit deutlicher Zurückhaltung warf er zuerst nur einen flüchtigen Blick auf die Bilder. Ich hörte durch meinen Mikrolautsprecher:

„Achte auf seine Hände."

Der LKA-Profiler hatte recht, seine Hände zitterten, aber nicht nur die Hände, auch sein Kinn. Prompt leuchteten Schweißperlen auf seiner blassen Stirn. Je länger er die Bilder betrachtete, desto erstaunter schien er, ja, er wirkte regelrecht erschüttert. Um seine Fassungslosigkeit zu überspielen, kratzte er ständig sein unrasiertes Gesicht.

Er kannte wohl Yilmaz Guhl, die Gesichter von Frau Schmidt und Bender waren ihm auch vertraut; einer war sein Rivale und die beiden Damen waren die besten Freundinnen seiner Frau.

Und die Dame in der Mitte, mit modischem Kleid elegantem Hut und dem unverwechselbaren Diamantring, sah absolut wie seine Frau aus, eine Frau, die er ermordet hatte.

Er starrte mit funkelnden Augen beinahe eine Minute lang auf die Bilder. Plötzlich schob er sie unbeherrscht beiseite und sagte leise, aber mit trotziger Stimme:

„Ich glaube Ihnen nicht."

„Was glauben Sie nicht?"

Offenbar war er nicht in der Lage, seine Meinung richtig zu artikulieren. Er hatte Angst, etwas Unüberlegtes zu sagen.

Das heißt, dass er trotz dieser seelischen Verwirrtheit sichtlich bemüht war, seine Aussage zu kontrollieren.

Ich hörte durch den Mikrolautsprecher: „Der Ofen ist heiß genug, mach weiter."

Ja, das war die Zeit, um ihn endgültig aus der Fassung zu bringen. Mal sehen, ob er sich nach der zweiten und wichtigsten Neuigkeit immer noch ruhig verhalten würde. Ich sagte:

„Was ich Ihnen erzählt habe, ist eigentlich zu Ihrem Vorteil. Denn da Ihre Frau lebt, müssen wir die Anklage wegen Mordes fallen lassen."

Ich hatte den Eindruck, dass er meine tröstliche Bemerkung gar nicht wahrnahm. Schweigend und immer noch schockiert zog er wieder die Bilder zu sich und fixierte sie mit funkelnden Augen. Offenbar war er von ihnen doch deutlich beeindruckt.

Ich legte weitere sechs Bilder von den Szenen aus der Commerzbank auf den Tisch und sagte:

„Wie gesagt, was ich Ihnen erzählte, waren die guten Nachrichten. Ihre Frau lebt und Sie haben mit ihrem Verschwinden nichts zu tun. Aber leider habe ich auch eine schlechte Nachricht für Sie."

Ohne seinen ängstlichen Blick von den Fotos abzuwenden, erwiderte er gedankenverloren: „Was für eine schlechte Nachricht?"

„Im Zuge der Verfolgung Ihrer Frau und ihres Liebhabers stellten wir fest, dass sie ihren eigenen Plan geschmiedet hatten. Wir wussten inzwischen, dass sich Ihre Frau nicht nur scheiden lassen und mit ihrem Liebhaber Deutschland verlassen wollte, sondern sie plante, jede Menge bares Geld von Ihren gemeinsamen Konten mitzunehmen.

Sie waren mehrere Male in der Commerzbank, und wenn ich Ihren Anlageberater, Herrn Peschel, richtig verstanden habe, hat Ihre Frau bereits alle Ihre gemeinsamen Konten aufgelöst und das Geld mitgenommen. Nach unseren Recherchen fliegen sie am zweiten Dezember in die Türkei."

Als er meine Worte vernommen hatte, bemerkte ich, wie sein ganzer Körper zitterte. Seine Augen weiteten sich entsetzt, ja, sie traten ihm fast aus dem Kopf. Misstrauisch, aber auch neugierig wanderten seine Augen zu der rechten Seite, wo die neuen Bilder lagen.

Im Verhörraum herrschte auf einmal Totenstille, sodass man sein Herz schlagen hören konnte.

Niedergeschmettert schwieg er eine geraume Weile und sagte dann etwas, was ich nicht verstand. Er hatte zu stottern begonnen, sodass seine Aussprache nicht mehr klar und deutlich war. Ich fragte nach:

„Was haben Sie gesagt?"

„Sie haben mit Herrn Peschel gesprochen?"

„Ja, natürlich. Ich wollte wissen, mit welcher Absicht Ihre Frau die Bank aufgesucht hat. Herr Peschel sagte, dass Shukufe Sarabi ihn am 26. November gebeten hatte, alle ihre gemeinsamen Konten aufzulösen und das Geld bereitzustellen. Sie wollte das Geld am nächsten Tag in einem Koffer mitnehmen.

Obwohl sie bei allen Ihren Konten gleichberechtigt ist, hatte Herr Peschel dennoch mehrere Male versucht, Sie zu informieren. Aber er konnte Sie nicht erreichen, weil Sie sich leider in Untersuchungshaft befanden.

Wie Sie sehen, suchten Ihre Frau und Herr Yilmaz Guhl am 27. November, gegen 15:30 Uhr, die Commerzbank auf und in diesem Koffer, den Herr Guhl trägt, befinden sich über 2,2 Millionen Euro. Laut der Aussage von Herrn Peschel handelt es sich dabei um die Gesamtsumme Ihres Festgeldes, Wertpapiere und von drei Sparbücher."

Jetzt war er wie gelähmt. Während seine Augen wie im Fieber glänzten, waren seine Lippen trocken und er atmete unregelmäßig.

Dieses Mal dauerte das Schweigen länger. Er schien noch immer angestrengt nachzudenken, und plötzlich sprach er zögerlich:

„Diese Person ist nicht Shukufe."

„Das ist absurd. Sehen Sie sich die Bilder genau an. Das ist doch Ihre Frau. Wir haben festgestellt, dass alle Ihre Frau erkannt haben; ihre Freundinnen, ihr Liebhaber und schließlich Herr Peschel, Ihr Anlageberater. Sogar ihre Unterschrift war authentisch.

Schauen Sie sich noch einmal die Bilder an, diese Dame kann nur Ihre Frau Shukufe Sarabi sein."

„Verdammt noch mal! Sie ist nicht meine Frau. Das ist unmöglich!", schrie er laut.

„Bitte bleiben Sie ruhig. Wenn das nicht Ihre Frau ist, wer könnte sie sonst sein?"

„Ich weiß nicht, jedenfalls ist sie nicht Shukufe. Das ist ein Geist, das ist der Teufel!"

„Mag sein, aber sie ist eindeutig Ihre Frau. Ich kenne sie nicht, aber alle ihre Bekannten, ihr Liebhaber und nicht zu vergessen Herr Peschel von der Commerzbank haben sie erkannt und freundlich empfangen."

„Nein, das kann nicht sein, das darf nicht sein. Sie müssen alle blind geworden sein. Dieses Weib ist nicht Shukufe."

„Warum nicht?"

„Es geht einfach nicht."

„Warum nicht?"

„Weil, Shukufe ist …" Er hielt plötzlich inne.

„Schauen Sie sich die Bilder noch einmal an. Die Frau in der Mitte, die so lebhaft lacht, ist eindeutig Shukufe Sarabi. Das hat mir Herr Peschel bestätigt. Ob Sie wollen oder nicht, diese Frau ist jetzt die Besitzerin von über 2,2 Millionen Euro in bar."

„Warum verstehen Sie nicht? Diese Frau ist nicht Shukufe."

„Sie wollen doch nicht wieder behaupten, dass sie sich im Iran befindet."

„Nein, sie ist nicht im Iran. Ich habe gelogen. Ich vermute, dass Shukufe nicht mehr lebt."

Ich hörte in meinem rechten Ohr: „Du bist am Ziel, gib mehr Gas!"

„Sie lebt nicht mehr, weil Sie sie getötet haben."

„Jedenfalls lebt sie nicht mehr."
„Sie haben Ihre Frau getötet."
„Sie existiert nicht mehr!"
„Weil Sie Ihre Frau umgebracht haben."
„Egal, wer sie umgebracht hat. Sie war genauso böse wie diese Hexe auf dem Bild."
„Okay, ich habe verstanden. Ihre Frau ist tot. Wenn Sie die Wahrheit sagen, besteht durchaus die Möglichkeit, Ihr hart verdientes Geld rechtzeitig zu retten."
„Was meinen Sie mit retten? Sie haben gerade gesagt, dass sie meine Konten geplündert hat."
„Sie ist immer noch in Deutschland. Sie müssen beweisen, dass Ihre Frau tot ist. Wo ist die Leiche?"
„Welche Leiche?"
„Die Leiche Ihrer Frau."
„Sie ist tot."
„Wo ist die Leiche Ihrer Frau?"
„Irgendwo …"
„Ich habe nicht verstanden. Wo ist die Leiche Ihrer Frau?"
Ich hörte im rechten Ohr: „Du solltest einen anderen Begriff für ‚Ihre Frau' verwenden."
„Wo ist die Leiche der Frau, die hinter Ihrem Geld her war?"
„Sie befindet sich irgendwo in der Nordsee."
Bingo, er hatte zugegeben, dass die Leiche in der Nordsee war. Ich schaute besorgt auf die Kamera in dem Verhörraum, ob sie noch funktionierte. Das Aufnahmelicht war an, sie hat alles aufgenommen. Ich fragte:
„Sie haben Shukufe getötet und ihre Leiche in die Nordsee geworfen, richtig?"
Er nickte, ohne etwas zu sagen. Ich glaube, er nickte nur, weil er seiner Stimme nicht traute. Ich zog meinen Stuhl ganz nah zu ihm und sagte mit solidarischer Stimme:
„Wann haben Sie sie getötet?"

Sein Gesicht war jetzt so hell weiß wie Mehl. Die Augen leicht umrändert und um die Nasenflügel jenes nervöse Zucken, das so verräterisch für seine Erregung war.

„Wann und wie haben Sie Shukufe getötet?"

Er schaute mich mit leerem Blick an und sagte:

„Am 10. September. Das war ihr Geburtstag." Mit der Spitze seines Zeigefingers klopfte er auf eines der Fotos und sagte weiter: „Dieser Ring, den sie trägt, den habe ich ihr 2004 als Geburtstagsgeschenk gekauft. Er hat über 500 Euro gekostet.

Stellen Sie sich vor, 500 Euro für einen Ring. Kein Mann würde seiner Frau ein solch teures Geschenk machen. Aber sie war immer ein undankbares Weib. Seitdem hat sie von mir nichts mehr bekommen. Sie verdiente keine Aufmerksamkeit mehr. Denn ich war für sie einfach nur heiße Luft." Jetzt hatte sich weißer Schaum am Rande seines Mundes gebildet. Er fuhr wutentbrannt fort: „Seit Anfang dieses Jahres setzte sie sich in den Kopf, sich scheiden zu lassen. Sie sagte, dass ihr gemäß dem deutschen Gesetz die Hälfte unseres Vermögens gehören würde. Sie war einfach verrückt geworden. Als wir in Teheran heirateten, verzichtete ich auf die Mitgift. Wir vereinbarten gemäß der islamischen Tradition, dass sie bei einer Scheidung umgerechnet 5.500 Euro als Abfindung erhalten sollte. 5.500 Euro sind jede Menge Geld, aber auf einmal wollte sie die Hälfte meines Vermögens haben. Es ist unglaublich, dass sie nicht verstanden hatte, dass unsere Ehe im Iran geschlossen worden war und nicht in Deutschland.

Diese verdammte Schlampe und ihr hässlicher Freund waren die ganze Zeit hinter meinem Geld her. Sie wollten nur mein hart verdientes Geld.

An ihrem letzten Geburtstag blieb ich zu Hause. Ich habe sie zum letzten Mal gebeten, ihre Entscheidung zu überdenken und unser gemeinsames Leben weiterlaufen zu lassen.

Aber sie lachte mich aus und sagte, dass sie mich hassen würde. Sie wollte ihren Anteil haben und mit dem Türken irgendwohin verschwinden.

Meine Familie hatte für das Geld, das ich aus dem Iran mitgebracht habe, hart gearbeitet. Ich habe selbst jeden Tag mehr als zwölf Stunden in der Klinik geschuftet und zudem noch jeden Abend stundenlang am Bildschirm verbracht, um meine Aktien zu verwalten und so noch mehr Geld zu verdienen. Das Geld gehört mir, alles gehört mir, mir allein.

Ich sagte ihr, wenn sie sich weiterhin so blöd benehmen würde, bekäme sie von mir nicht einen Euro, nicht einen Cent. Sie hätte meinetwegen mit dem Türken verschwinden können, jedoch ohne jeglichen finanziellen Anspruch."

„Sie lehnte Ihre Forderung ab und deshalb haben Sie sie getötet?"

„Ich sagte, nicht einen Cent, mein Geld gehört mir."

„Wie haben Sie Ihre Frau getötet?"

„Das ganze Vermögen gehört mir, ich musste verhindern, dass sie auch nur einen einzigen Cent erhielt."

Erneut hörte ich die Anweisung im rechten Ohr: „Wir brauchen ein Geständnis. Du solltest nicht wieder den Begriff ‚Ihre Frau' verwenden."

„Wie haben Sie die Geliebte des Türken umgebracht?"

„Erwürgt. Abends, als sie schlief, beugte ich mich über sie, legte meine Arme um ihren Hals und drückte zu. Ich drückte so fest ... ich drückte mit all meiner Kraft so lange zu, bis sie sich nicht mehr rührte." Jetzt atmete er schwer, als ob er eine schwere Last tragen würde.

„Dann haben Sie ihre Leiche in Ihr Boot gelegt, sind aufs offene Meer hinausgefahren und haben sie irgendwo über Bord geworfen. Richtig?"

Mit gesenktem Kopf nickte er bestätigend.

„Sind Sie bereit, ein Geständnis zu unterschreiben?" Er nickte unkontrolliert weiter.

„Sie müssen ein Geständnis unterzeichnen."

Plötzlich blickte er mir direkt in die Augen und fragte:

„Was ist mit meinem Geld?"

„Wenn Sie schriftlich bestätigen, dass Sie Shukufe, die Geliebte von Yilmaz Guhl, getötet haben, kann kein Mensch Ihr Geld in Anspruch nehmen.

Ich muss allerdings betonen, dass ich nicht sicher bin, ob der iranische Ehevertrag nach Ihrer Einbürgerung in Deutschland noch seine Gültigkeit besitzt. Das deutsche Gesetz geht davon aus, dass grundsätzlich beide Ehepartner je zur Hälfte an dem Vermögenszuwachs während der Ehe partizipieren sollen. Der Zugewinnausgleich besteht darin, dass derjenige Ehegatte, der während der Ehe mehr Vermögen hinzuerworben hat, die Hälfte der Differenz zum Vermögenszuwachs des anderen Ehegatten an diesen auszugleichen hat. Aber das ist jetzt egal, Shukufe lebt nicht mehr und das gesamte Vermögen gehört Ihnen allein."

In der Zwischenzeit beauftragte Dr. Kress meine Sekretärin damit, schnell ein kurzes Geständnis mit allen wichtigen Daten wie Datum, Tatort, Todesursache usw. zu verfassen und dieses in den Verhörraum zu bringen. Ich legte das Statement auf den Tisch und sagte:

„Lesen Sie sich diese Erklärung aufmerksam durch. Wenn der Inhalt mit Ihren Angaben übereinstimmt, unterschreiben Sie bitte darunter."

„Was passiert mit meinem Geld? Wo wollen Sie diese Hexe finden, die glaubt, Shukufe Sarabi zu sein?"

„Diese Hexe befindet sich in diesem Gebäude, eine Etage unter uns. Wir haben sie vorsichtshalber in Gewahrsam genommen, um den Sachverhalt zu klären.

Also noch einmal, wenn Sie tatsächlich Shukufe getötet haben, kann diese Person unmöglich Ihre Frau sein.

In diesem Fall gehört das gesamte Vermögen Ihnen ganz allein. Sie kann keinen Cent Ihres Reichtums für sich beanspruchen. Darauf gebe ich Ihnen mein Wort. Aber zuerst müssen Sie mit einer Unterschrift Ihre Aussage bestätigen."

Zu meinem Erstaunen schnappte er sich den Kugelschreiber und setzte seine Unterschrift darunter. Ich nahm das Dokument an mich und war erleichtert. Ich sagte:

„Mit Ihrer Unterschrift sind Sie jetzt alleiniger Besitzer Ihres Vermögens, jedoch gleichzeitig auch der Mörder Ihrer Frau. Ich rate Ihnen, sich so schnell wie möglich einen guten Rechtsanwalt zu Ihrer Verteidigung zu nehmen, wenn Sie irgendwann in den Genuss Ihres hart verdienten Geldes kommen wollen. Denn die Strafe für den Mord an Ihrer Frau könnte lebenslänglich sein."

„Ich brauche keinen Anwalt. Anwälte kosten nur Geld."

Unsere Blicke kreuzten sich, jedoch vermittelte er nicht eine Sekunde lang einen ängstlichen Eindruck. Offensichtlich war er jetzt beruhigt, dass sein Vermögen gesichert war. Kein Schuldgefühl, keine Reue waren in seinem Gesicht zu erkennen.

Ich war zufrieden, nach so viel Aufwand endlich am Ziel angekommen zu sein. Unsere harte Arbeit hatte Früchte getragen, wir hatten sein Geständnis.«

VIII

Klaus schwieg. Er machte einen zufriedenen Eindruck. Wieder mixte er Whisky und Soda in unsere Gläser und sprach voller Stolz weiter:

»Lassen Sie uns jetzt auf das Wohl der Polizei trinken. Die Männer und Frauen in diesem Beruf haben es nicht leicht.«

Ich hob das Glas, nahm einen Schluck und blieb mehrere Minuten nachdenklich.

Seine Geschichte war in der Tat sehr spannend, dramatisch, dennoch ein bisschen verwirrend. Ich blickte ihn für eine Weile an und sagte:

»Etwas an Ihrer außergewöhnlichen Geschichte ist mir unbegreiflich. Laut Ihrer bildhaften Beschreibung müsste Herr Sarabi ein intelligenter, scharfsinniger Mann sein. Er ist immerhin ein promovierter Arzt und kein Dummkopf. Er hatte den Mord an seiner Frau perfekt geplant und ausgeführt.

Ich denke, die Gesichtsoperation von Simin Parsa, die vorgetäuschte Reise seiner Frau in den Iran und schließlich die heimliche Entsorgung ihrer Leiche in der Nordsee waren Bestandteil seines phänomenalen Plans. Er hatte sogar einige Monate vor ihrer Ermordung sämtliche Bankkonten auf Eheleute Sarabi umschreiben lassen, um den Eindruck zu erwecken, dass er sie liebte und ihr uneingeschränkt vertraute. Damit die Polizei nie auf die Idee kommen würde, dass ihr Eheproblem auf finanziellen Gründen basierte.

Jedoch frage ich mich, woher diese plötzliche Schwäche und Hilflosigkeit während des Verhörs rührten?

Theoretisch hätte er einfach den Mund halten und nichts sagen können. Oder er hätte alles kategorisch abstreiten können. Da es keine Leiche gab, hatte eine Mordanklage keine Aussicht auf Erfolg.«

»Sie haben recht, Dr. Sarabi ist ein äußerst intelligenter Bursche. Ich muss zugeben, dass ich aufgrund seiner Scharfsinnigkeit und seines geschickten Verhaltens nicht mit seinem Geständnis gerechnet habe. Diesen plötzlichen Erfolg verdanke ich Dr. Kress, dem LKA-Profiler. Obwohl er mir einige Monate später anvertraute, dass wir mit diesem Experiment ein bisschen Glück gehabt hatten.

Dennoch war er sich ziemlich sicher, dass die eindrucksvollen Fotos im Café Schwanen sowie die Szene vor der Commerzbank Sarabi verwirren würden und er seinen

Verstand nicht mehr kontrollieren konnte, jedenfalls für eine kurze Zeit.

Denn unter der Berücksichtigung, dass er selbst wusste, dass seine Frau nicht mehr lebte, und er das Duplikat seiner Frau, Simin Parsa, noch im Iran wähnte – sie hatte sogar den Reisepass zurückgeschickt –, wurden ihm plötzlich mehrere aktuelle und authentische Fotos von seiner Frau und ihren Bekannten vorgelegt.

Ich habe deutlich gespürt, dass dieser große Schock eine mächtige Auswirkung hatte: Er legte nicht nur seine Nerven, sondern auch seinen Verstand lahm. Er war plötzlich nicht mehr der gleiche Mann, den ich in seinem Haus kennengelernt hatte. Seine kontrollierte Fassade fiel Stück für Stück in sich zusammen: Er war nicht mehr in der Lage, sich wohl überlegt zu artikulieren, verlor sein Pokergesicht sowie seine gesamte Selbstkontrolle.

In dem ersten Teil unserer Vernehmung wollten wir Shukufe in seiner realen Wahrnehmung wieder lebendig machen. Und das hat wunderbar funktioniert.

Er sah auf den verschiedenen Fotografien einige bekannte Personen, die sich in einem Café mit seiner Frau unterhielten. Die Frau in der Mitte war tatsächlich genau wie Shukufe.

Sie trug sogar den Diamantring, von dem er stolz erzählte, ihn für 500 Euro gekauft zu haben.

Die Manipulation war perfekt. Sie hätten ihn sehen müssen: Er war vollkommen fertig, schockiert, sein Blick wanderte die ganze Zeit über hin und her, die Pupillen waren weit geöffnet, er zitterte, schwitzte und war völlig verwirrt.

Mit dem zweiten und entscheidenden Teil unserer Aktion wollten wir seinen Geiz intensiv anstacheln.

Wir wussten, dass ihm das Geld wichtiger war als irgendjemand oder irgendetwas. Das Geld war der Hauptgrund, warum er seine Frau ermordet hatte: Wie er selbst erwähnte, hatte Shukufe die Absicht, sich scheiden zu lassen und die Hälfte seines Vermögens mitzunehmen.

Ja, Arash Sarabi war habsüchtig. Der Geiz war sein hervorstechender Charakterzug und gerade diese Eigenschaft war das beste Mittel, um ihn dahin zu provozieren, wo wir ihn haben wollten.

Die Bilder vor dem Gebäude der Commerzbank, auf denen sein verhasster Rivale Yilmaz, mit einem Koffer mit angeblich über 2,2 Millionen Euro zu sehen war, versetzten ihn erheblich in Angst und Panik.

Weiterhin hatten ihn die Erwähnung seines Anlageberaters, Herr Peschel und der Versuch, ihn vor der Ausplünderung seines Geldes zu warnen, vollständig konsterniert. Er saß direkt vor mir, und ich sah deutlich, wie wütend und ohnmächtig er war. Ab dieser Stelle hatte er keine Kontrolle mehr über seinen Verstand.

Stellen Sie sich vor, ein Mann, der Tag und Nacht für sein Geld schuftet, erfährt plötzlich, dass irgendeine fremde Frau gemeinsam mit dem Liebhaber seiner ermordeten Frau ihn um sein gesamtes Vermögen, um alles, was er in den letzten Jahren geerbt oder gespart hatte, beraubt haben.

Arash Sarabi war kaputt, ja, er war erledigt.

In diesem Moment dachte er nicht mehr an seine mörderische Tat und die ihn erwartende Strafe. Er wollte nur wissen, wie er es bewerkstelligen konnte, wieder in den Besitz seines Geldes zu kommen.« Klaus schwieg für einen Moment, kippte seinen Drink in einem Zug hinunter und sagte leise und gedankenverloren weiter: »Ich weiß, es ist schwierig herauszufinden, was in den Köpfen solcher geldgierigen Menschen vorgeht. Es gibt ein deutsches Sprichwort:

Der Geizhals verschwendet nichts – außer sein Leben.«

♣ ♣ ♣

Begegnung mit meinem Rivalen

I

1994 verpflichtete mich mein Verlag, da mein neues Buch in den USA veröffentlicht werden sollte, bei der Book-Expo in New York zu erscheinen, um die unzähligen Fragen von Besuchern und Journalisten zu beantworten. Das war auch deshalb notwendig, weil das Interesse der US-Medien an ausländischen Publikationen, verglichen mit europäischen Buchmessen, weitaus größer ist. Es werden alle möglichen Fragen zu den persönlichen Lebensverhältnissen, dem Motiv des Buches, dem Hintergrund und vor allem dazu, welche Botschaft das Buch übermitteln soll, gestellt.

Am zweiter Tag, gegen 13:00 Uhr war ich von den diversen Fragen und Diskussionen zunehmend erschöpft. Ich verspürte das Bedürfnis, meine steifen Beine zu bewegen und in den Messehallen spazieren zu gehen.

Ziellos lief ich durch verschiedene Hallen und bemerkte, dass der physische Zustand der anderen Autoren nicht besser war als meiner; alle schienen abgespannt, unterhielten sich jedoch immer noch mit einem gezwungenen Lächeln mit ihrem Publikum.

Im Bereich Sachbücher waren weniger Besucher anzutreffen, außer an einem Stand. Neugierig schloss ich mich einer Gruppe von Menschen an, die sich vor diesem Stand um einen Autor versammelt hatten.

Er stellte sein Buch vor, einen Organisations-Ratgeber mit dem Titel „Es gibt keine unlösbaren Probleme". Dabei handelte es sich um ein dickes Buch, das, wie er betonte, auf seiner langjährigen Erfahrung als Management-Berater basierte.

Während er einige Passagen aus seinem Buch vorlas, unterbrach ihn sein Publikum mit kritischen Fragen, die er ganz ruhig und überzeugend beantwortete.

Seine exzellente englische Aussprache und imposante Rhetorik waren beeindruckend. Ich war mir absolut sicher, dass seine Nationalität weder britisch noch amerikanisch war; es handelte sich um meinen Landsmann, einen Iraner. Allein sein Name, Dr. Parwiz Taban, war ein echter persischer Name.

Er war ein großer, schlanker Mann, Mitte 60, mit zurückgekämmtem, schwarz-weißem Haar und trug eine rahmenlose Brille.

Gegen 17:00 Uhr besuchte ich seinen Stand noch einmal. Ehrlich gesagt, war ich weder an seinem Buch noch an seinem Vortrag interessiert. Ich war mir sicher, dass ich ihn aus meiner Jugendzeit in Teheran kannte.

Aufgrund seines fortgeschrittenen Alters hatte er sich stark verändert. Er wirkte merklich seriöser, selbstbewusster und aufmerksamer im Gegensatz zu damals, als er wie ein echter Sonnyboy nur unbeschwerte Fröhlichkeit ausstrahlte.

Ich stand unentschlossen und nachdenklich in einer Entfernung von zehn Metern zu ihm und konnte mich nicht entscheiden, ob ich ihn ansprechen sollte. Er saß auf einem Stuhl und las die Tageszeitung.

Die bittere Erinnerung an die Zeiten, als ich ihn wie die Pest hasste, wurde in mir nach und nach lebendig. Dieser Dr. Taban war einmal mein erbitterter Rivale gewesen. Er war mit einem Mädchen befreundet gewesen, das ich von ganzem Herzen geliebt hatte.

Das Mädchen hieß Dana, Dana Chawosh. Wenn ich heute versuche, mir ihr Gesicht vorzustellen, wird mir wieder bewusst, dass sie mit großem Abstand die schönste Frau war, die ich jemals in meiner Heimat gesehen hatte.

Sie hatte große, schwarze, leuchtende Augen, die mit einem Blick, ja, nur einem kurzen Blick das Herz schmelzen ließen und zugleich die Seele lähmten. Sie war für persische Verhältnisse groß: mindestens 1,75 Meter. Sie hatte dichte schwarze Haare, einen karamellfarbigen glatten Teint, eine kleine Nase und weiche rote Lippen.

Ich wünschte mir damals sehnlichst, diese fantastische Frau zu heiraten.

Dana war meine Kollegin und arbeitete als Dolmetscherin im Wirtschaftsministerium. Sie sprach fließend spanisch und französisch und besuchte jeden Abend das British Council (BC), eine renommierte Sprachschule in Teheran. Ich bin mir absolut sicher, dass gerade ihre Teilnahme an diesem Sprachkurs die Ursache meines Unglücks war. Denn dort hatte sie Parwiz Taban kennengelernt und nach relativ kurzer Zeit hatten sie sich ineinander verliebt.

Oh, was war das für ein Drama! Wie oft stand ich in einer dunklen Ecke gegenüber dem BC-Gebäude und hoffte inständig, sie dort einmal alleine anzutreffen. Ich wollte so tun, als ob diese Begegnung auf reinem Zufall basierte. Ich wollte endlich Mut fassen, sie zu einem Kaffee einzuladen, und ihr gestehen, dass ich in sie verliebt war. Während der schier endlosen Zeit, die ich vor dem BC-Gebäude auf sie wartete, übte ich, das süffisante Lächeln einiger Passanten ignorierend, wie ein geistig Verwirrter den Text meiner Einladung.

Aber meine Bemühungen waren immer umsonst, leider waren die beiden unzertrennlich. Sie verließen das BC-Gebäude Hand in Hand und suchten häufig ein italienisches Café in der Ferdowsi-Straße auf.

Ich versuchte zweimal, sie in der Kantine unserer Firma anzusprechen.

Sie war mir gegenüber höflich, freundlich, aber sobald ich eine nicht dienstbezogene Bemerkung machte, war sie auf einmal passiv, ja regelrecht abweisend.

Ich erinnere mich daran, dass meine Stimmung zu Hause unerträglich war. Bis einmal meine Mutter fragte, was mich denn so quälen würde. Zuerst wollte ich nicht darüber sprechen. Ich schämte mich, meine Gefühle nach außen zu tragen.

Aber dann schüttete ich doch mein Herz aus, während ich mit Mühe meine Tränen zurückzuhalten versuchte.

»Warum hast du nicht früher darüber gesprochen?«, wollte meine Mutter wissen. »Wenn du das Mädchen heiraten willst, sehe ich gar kein Problem. Finde heraus, wo sie wohnt. Ich werde ihre Mutter aufsuchen und sie um die Hand ihrer Tochter bitten. Das ist eine alte iranische Tradition und funktioniert immer.«

Obwohl ich mir ganz sicher war, dass sie enttäuscht und mit einem langen Gesicht zurückkommen würde, besuchte ich einen guten Freund in der Personalabteilung und erhielt von ihm ihre Adresse.

Der Besuch meiner Mutter bei Familie Chawosh dauerte nur zehn Minuten. Sie erfuhr, dass ihre Eltern nicht mehr lebten. Dana wohnte daher bei ihrer Tante und war laut deren Aussage bereits verlobt.

Irgendwann kündigte sie ihre Stellung beim Wirtschaftsministerium und dann verlor ich sie aus den Augen. Das war eine unvergessliche Tragödie in meinem Leben. Sie war einfach verschwunden und ich wusste nicht, was aus dieser traumhaften Frau geworden war.

Es war schwer, diese Niederlage zu verkraften, aber das Leben ging weiter. Ich kündigte auch meine Stellung beim Wirtschaftsministerium, studierte Literaturwissenschaft, arbeitete als Journalist, veröffentlichte mehrere Bücher, heiratete eine bezaubernde Frau und bin inzwischen stolzer

Vater von drei Kindern. Trotzdem muss ich gestehen, dass ich diese außergewöhnliche Frau nie vergessen habe.

Jetzt, weniger als zehn Meter entfernt, saß mein einstiger Rivale und ich hatte die Möglichkeit herauszufinden, was aus Dana geworden war.

Ziemlich unsicher und schüchtern näherte ich mich ihm und grüßte auf persisch. Er sah mich überrascht an, lächelte mir freundlich zu und grüßte auf persisch zurück. Ich stellte mich vor und berichtete von meinem Besuch während der Mittagspause auf seinem Stand und behauptete, dass ich neugierig war zu wissen, wer er war.

Eigentlich sind die Iraner ein merkwürdiges Volk. Die meisten von ihnen schauen, wenn sie im Ausland auf einen Landsmann treffen, einfach weg und tun so, als ob sie weder Iraner seien noch die Sprache verstünden. Dennoch lassen sie, wenn man die Initiative ergreift und sie mit einer gewissen Herzlichkeit auf persisch anspricht, auf einmal ihre steinerne Maske fallen und zeigen sich aufgeschlossen und freundlich.

Nach einem fünfminütigen Gespräch erhält ein Beobachter den Eindruck, dass sie seit Jahren befreundet sein müssen.

Bei Dr. Taban und mir verhielt es sich beinahe ebenso. Erst war er etwas zurückhaltend, änderte dann jedoch schnell seine Haltung, zeigte sich verständnisvoll und freundlich. Nach ein paar Minuten duzten wir uns sogar.

Er schlug vor, dass wir uns gegen 20:00 Uhr in der Bar seines Hotels treffen und mehr voneinander erfahren sollten. Das war mir absolut recht, denn das war der Grund meines Besuches.

Nachdem wir uns verabschiedet hatten, musste ich wieder zu meinem Stand zurückkehren, um keinen Ärger mit dem Verlagschef zu bekommen.

II

Sein Hotel befand sich unweit von meinem. Ich zog etwas Legeres an und suchte ihn im Hayatt Palace Hotel im Midtown-South von Manhattan auf.

Er erwartete mich bereits in der Hotellobby und empfing mich mit einer herzlichen Umarmung. Wir begaben uns in eine sehr schön eingerichtete Bar, wo er einen ruhigen und bequemen Platz reserviert hatte.

Nachdem wir den ersten Drink bestellt hatten, begann ich, einiges von meinem Leben und meiner Tätigkeit in Europa zu erzählen.

Auch er zeigte sich sehr offen und kommunikativ. Er berichtete, dass er in London BWL studiert und mehrere Fachbücher geschrieben hatte. Und eines seiner Werke war seit Monaten ein Bestseller. Irgendwann stellte ich ungeduldig die Frage, die mir auf den Lippen brannte:

»Bist du verheiratet?«

Ich weiß nicht, ob meine ungeduldige Art und Weise, wie ich ihn unterbrochen hatte, oder meine innere Unruhe dazu führte, dass er plötzlich verstummte und mich verwirrt anstarrte. Nachdem er kurz innegehalten hatte, antwortete er lächelnd:

»Oh ja. Ich bin seit knapp 30 Jahren mit einer außergewöhnlichen Frau verheiratet. Sie begleitet mich auf dieser Reise. Seit heute Nachmittag befindet sie sich in der Stadt und geht shoppen. Du kennst die Frauen, sie sind davon überzeugt, dass die Schuhe in anderen Ländern viel schöner sind als dort, wo sie wohnen.«

Also doch, der Glückspilz hatte sie geheiratet. Dann stellte ich die nächste ungeduldige Frage:

»Und wo wohnt ihr?«

»Wir wohnen seit einer Ewigkeit in England. Wir haben inzwischen die britische Staatsangehörigkeit.«

»Du hast gesagt, dass du in England studiert hast. Ich denke, dass man über große finanzielle Mittel verfügen muss, um in diesem teuren Land leben und studieren zu können. Ich nehme an, du hast reiche Eltern, die dich finanziell unterstützen konnten.«

(Mit meiner provozierenden Bemerkung wollte ich herausfinden, ob sich Danas Wahl auf monetäre Gründe zurückführen ließ.) Er lachte und erwiderte kopfschüttelnd:

»Schön wäre dieser Gedanke. Nein, ich habe keine reichen Eltern. Ich musste im Iran bereits ein paar Jahre arbeiten, um für das Studium und das Leben im Ausland Geld anzusparen.

Die Idee, im Ausland studieren zu wollen, begleitet mich seit meinem zwölften Lebensjahr.«

Also hatte ihn Dana nicht wegen des Geldes geheiratet. Ich musste weiter bohren:

»Offenbar ist der Titel deines neuen Buches deine Lebensphilosophie. Du bist zielstrebig und bekommst alles, was du willst. Richtig?«

Er lachte erfreut über meine schmeichelhafte Bemerkung und erwiderte:

»Stimmt, ich lasse mein Ziel nie aus den Augen. Aber der Titel meines neuen Buches ist ein Zitat von der Tante meiner Frau. Sie war eine außergewöhnlich starke Persönlichkeit. Für sie war jedes Problem eine kribbelnde Herausforderung.« Er nahm einen Schluck von seinem Cocktail und sagte weiter:

»Zurück zu meiner Zielsetzung: Damals, als ich im Iran wohnte, träumte ich von einem besonderen Leben. Ich wollte im Ausland studieren und danach die große Karriere machen. Aber es fehlte mir einfach an finanziellen Mitteln.

Ich musste mich daher anstrengen, einen gut bezahlten Job zu finden und ausreichend Geld für mein fast unerreichbares Ziel anzusparen.

Einen gut bezahlten Job ohne die erforderliche Erfahrung zu finden, war damals sowieso nicht einfach. Dennoch war ich erfolgreich; zwar nicht auf eigene Initiative hin, sondern mit der Unterstützung meines Schwagers. Er war mit wichtigen Leuten aus den Bereichen Wirtschaft und Politik befreundet und konnte seine Beziehungen spielen lassen.

Mein Job war keine besondere Tätigkeit, auch das Gehalt war nicht berauschend.

Aber immerhin handelte es sich um eine anständige Tätigkeit in der namhaften Omran Bank.

Du weißt doch, das war eine von den Hunderten Firmen der Pahlawistiftung. Die Omran Bank galt als eines der wichtigsten Unternehmen des Schahs.

Nach einer Woche Training on the Job arbeitete ich an einer von drei Kassen der Hauptfiliale. Meine Aufgabe beschränkte sich ausschließlich darauf, bei Sparbüchern unserer Kunden Einzahlungen sowie Auszahlungen vorzunehmen und gelegentlich ein Sparbuch auszutauschen, wenn es keine freie Seite mehr gab.

Damals, Anfang der 60er-Jahre, existierten in iranischen Geldinstituten weder Computer noch irgendeine Registermaschine.

Die Ein- bzw. Auszahlung musste manuell in das Sparbuch, in eine Kundenkartei sowie in ein Umsatzbuch eingetragen werden.

Nach Beendigung der Arbeitszeit kam ein Revisor, überprüfte den Inhalt der Kasse, verglich das Ergebnis mit dem Umsatzbuch und der Kundenkarteikarte, übernahm das gesamte Geld und dann konnte ich nach Hause gehen.« Plötzlich hielt er inne und fragte verlegen:

»Bist du überhaupt an meiner Lebensgeschichte im Iran interessiert? Oder sollen wir über ein anderes Thema reden?«

Offenbar hatte er an meinem ungeduldigen Gesichtsausdruck bemerkt, dass ich an den uralten Arbeitsabläufen in der Omran Bank nicht wirklich interessiert war. Ein Geldinstitut, das unmittelbar nach der Revolution von Khomeini und Co. enteignet worden war.

Eigentlich wollte ich nur etwas über seine Beziehung mit Dana erfahren, sein eigener Lebenslauf war für mich wenig spannend. Aber ich konnte ihn unmöglich auffordern: »Erzähl mir bitte nur, wie du in aller Welt das Herz dieser wunderschönen Frau erobern konntest?« Ich log:

»Aber selbstverständlich bin ich daran interessiert zu wissen, wie du so erfolgreich geworden bist.«

Geschmeichelt formte er die Lippen zu einem Lächeln und nickte zufrieden. Ich weiß nicht, ob es an meinen ständigen Komplimenten lag, dass er offensichtlich darauf brannte, mir seine Lebensgeschichte zu erzählen. Oder er wollte unbedingt seine Zielstrebigkeit hervorheben. Er sagte:

»Meine Aufgabe in der Bank war einfach und stressfrei, weil wir nicht so viele private Kunden wie große staatliche Banken hatten. Das Kerngeschäft unserer Bank beinhaltete Kredite für den Import oder Export ins Ausland. Fast alle Ministerien hatten bei uns ein Konto und dafür gab es dort gut ausgebildete Bankkaufleute. Im Vergleich mit meiner Tätigkeit waren diese Kollegen die ganze Zeit rund um die Uhr beschäftigt. Ich dagegen hatte sogar oftmals Zeit, heimlich meine Hausaufgaben am Arbeitsplatz zu erledigen.«

»Was für Hausaufgaben? Ich dachte, dass du dein Abitur abgeschlossen hattest, als du begannst, in der Omran Bank zu arbeiten.«

»Das schon. Aber mein Plan erforderte perfekte Englischkenntnisse. Ich setzte nach dem Abitur meine Ausbildung beim British Council fort.

Ich hatte bereits kurz nach dem Abitur mein Diplom „Lower Cambridge" mit gutem Ergebnis abgeschlossen und versuchte, mein Diplom „Proficiency" zu absolvieren.

Ich sagte bereits, ich hatte vor, genügend Geld zu sparen, um ins Ausland – England oder USA – zu reisen und an einer renommierten Universität wie Cambridge oder Harvard BWL zu studieren. Ich musste daher meine Englischkenntnisse optimieren, um mich dort ausschließlich auf das Fachgebiet konzentrieren zu können.

Damals hatte ich ein bescheidenes Leben; mein Tagesablauf bestand aus acht Stunden Arbeit, zwei Stunden Sprachschule und ein paar Stunden Sport mit meinen Freunden. Sonst versuchte ich, jeden verdienten Cent für mein Studium zu sparen.

Ich brauchte nur noch zwei Jahre zu arbeiten, Geld zu sparen, die englische Ausbildung zu Ende zu führen und würde dann mit dem Auslandsstudium beginnen können. Das war mein Ziel und nichts auf der Welt konnte mein Vorhaben verhindern.

Die Ausbildung beim BC lief für mich hervorragend. Meine Entschlossenheit und tatkräftige Vorbereitung zahlten sich immer aus; bei der ersten Prüfung erreichte ich das beste Ergebnis. Wochenlang nutzte ich jede Gelegenheit und übte am Arbeitsplatz, zu Hause bis mitten in die Nacht und sogar während einer Busfahrt.

Viele Teilnehmer hatten die erste Prüfung nicht geschafft und mussten die Ausbildung unterbrechen oder den Kurs wiederholen, wenn sie noch die Lust und Kraft dazu hatten.

Ab der zweiten Hälfte dieses Lehrganges legte man die Teilnehmer aus drei Klassen mit den gleichen Sprachkenntnissen zusammen.

Vielleicht war die Zusammenlegung mehrerer Klassen aus organisatorischer, aber auch ökonomischer Sicht notwendig, weil inzwischen von 30 Teilnehmern in jeder Klasse nur noch

25-30 % übrig geblieben waren. Aber aus heutiger Perspektive gesehen war diese Aktion für mich schicksalhaft und nahm entscheidenden Einfluss auf mein Leben: Es geschah etwas Außergewöhnliches.«

Plötzlich verstummte er. Beinahe eine Minute schaute ich ihn fragend an, er war jedoch mit seinen Gedanken woanders. Als sich unsere Blicke kreuzten, fragte er geheimnisvoll:

»Glaubst du, dass das Leben vorbestimmt ist?«

Ich fand keinen Zusammenhang mit dem, was er bislang erzählt hatte, und daher erschloss sich mir der Sinn seiner Frage nicht. Ich antwortete etwas reserviert:

»Ich weiß nicht, ob die Ereignisse in unserem Leben vorbestimmt sind. Menschen verschiedener Religionen oder Kulturen haben unterschiedliche Auffassungen von dem Begriff Schicksal. Sadi, unser großer Dichter meint: *Jede Seele wurde mit einer bestimmten Absicht geboren und das Licht dieser Absicht strahlt in der Seele.*

Es gibt auch ein jüdisches Sprichwort: *Nimm dein Schicksal an – es ist der Weg zu deiner Seele.*

Die meisten religiösen Menschen in den islamischen Ländern glauben, dass der Verlauf unseres gesamten Lebens vorbestimmt ist und unsichtbar auf unserer Stirn geschrieben steht.

Aber warum fragst du so etwas? Was hatte deine englische Ausbildung oder die Zusammenlegung der drei Klassen im British Council mit deinem Schicksal zu tun?«

Einen Moment lang sah er mich nachdenklich an. Ich bemerkte, dass er unschlüssig war, ob er seinen Standpunkt logisch darlegen sollte. Er erwiderte zögernd:

»Lass mich zuerst etwas erklären, dann werde ich deine Frage beantworten.

Während meiner gesamten Ausbildung im Iran versuchte ich, in einem Unterrichtsraum – ob in einer Grundschule, Gymnasium oder in einer Sprachschule – immer in der ersten

Reihe zu sitzen. Es hatte auch immer funktioniert. Ich konnte mich dadurch besser auf den Inhalt des Kurses konzentrieren. Deshalb war ich am ersten Unterrichtstag immer der Erste, der das Klassenzimmer betrat.

Aber an dem Tag, als der zweite Teil von Englisch Proficiency begann, stellten sich mir alle möglichen Hindernisse in den Weg.

Aufgrund einer Unstimmigkeit in meiner Buchführung musste ich meinen Arbeitsplatz eine Stunde später als sonst verlassen. Dann verpasste ich meinen Bus und musste die ganze Strecke zu Fuß gehen. Als ich das BC-Gebäude betrat, wusste ich nicht, dass sich der neue Raum für die restlichen Kursteilnehmer im dritten Stock befand. Deshalb dauerte es zu lange, bis ich endlich im Unterrichtsraum erschien. Ich war daher der letzte Teilnehmer, der den Klassenraum betrat.

Verlegen entschuldigte ich mich bei dem Referatsleiter und nahm in der letzten Reihe auf dem einzigen freien Stuhl zwischen zwei Damen Platz.

Ich war maßlos verärgert und brauchte eine Viertelstunde, bis ich mich einigermaßen beruhigen konnte. Denn die letzte Reihe gefiel mir überhaupt nicht.

Irgendwann traute ich mich, einen flüchtigen Blick auf meine Nachbarin zu werfen. Die Frau zu meiner linken Seite war mindestens 40 Jahre alt.

Sie war klein und blickte streng. Zu meiner rechten Seite dagegen saß ein junges, hübsches Mädchen. Beide Frauen waren Teilnehmerinnen aus anderen aufgelösten Klassen.«

Oh mein Gott, jetzt ahnte ich, dass er endlich von Dana sprach. Ich hatte plötzlich Herzklopfen. Er sprach weiter:

»Während der Pause erfuhr ich, dass die junge Dame Dana Chawosh hieß. Sie war eine sehr fröhliche, herzliche, aber auch mutige Frau. Trotz der vielen gesellschaftlichen Restriktionen im Iran scheute sie sich nicht davor, sich zu schminken, einen kurzen Rock anzuziehen und sich ohne Schüchternheit mit fremden Männern zu unterhalten. Sie war unglaublich selbstbewusst und intelligent. Nur im Fach Englisch war ich etwas besser als sie und gerade diese Eigenschaft war mein Privileg, dass sie sich während einer Pause zu mir gesellte. Sie hatte immer jede Menge Fragen und ich war glücklich, sie fast alle beantworten zu können. Nach einer Woche wussten wir vieles voneinander. Sie kam aus Shiraz und lebte mit ihrer Tante im Norden von Teheran. Ihre Eltern waren bei einem schrecklichen Erdbeben gestorben.

Nach dem Abitur arbeitete sie als Dolmetscherin im Wirtschaftsministerium.

Trotz ihrer außergewöhnlichen Schönheit und hinreißenden Aura versuchte ich, mich unauffällig von ihr fernzuhalten, insbesondere außerhalb des Britisch Council.«

Der letzte Satz erschütterte mich. Ich fragte impulsiv:

»Warum? Ich verstehe dich nicht. Ich dachte, du mochtest sie.«

»Gemocht? Du fragst, ob ich sie gemocht habe? Von der ersten Sekunde unserer Begegnung habe ich sie geliebt, dennoch wollte ich das nicht wahrhaben. Denn plötzlich stieß ich auf ein beängstigendes Hindernis. In meinem Plan war eine Liebesbeziehung nicht vorgesehen.

Ich wollte lediglich Geld sparen, meine englische Ausbildung absolvieren und dann im Ausland studieren, Punkt. Selbstverständlich wollte ich irgendwann eine eigene Familie gründen, aber später, viel später, nach dem Abschluss meines Auslandsstudiums, vielleicht noch später.

Aber auf einmal begegnete ich einer Frau, deren Gesicht, Gestalt und Charakter die Traumfrau verkörperten, die ich mir immer in meiner Fantasie ausgemalt hatte. Jedoch war der Zeitpunkt, zu dem sie in mein Leben trat, zu früh. Verstehst du? Die Reihenfolge stimmte nicht.

Ich hatte Angst, mich in sie zu verlieben, ihretwegen in Teheran zu bleiben und den Plan von der Ausbildung im Ausland einfach über den Haufen zu werfen.

Ich fragte mich die ganze Zeit: War diese Begebenheit ein Zufall oder vorbestimmt? Wenn ich am ersten Tag des neuen Lehrgangs früher im Unterrichtsraum erschienen wäre und wie immer in der ersten Reihe Platz genommen hätte, wäre wahrscheinlich diese Liebesbeziehung niemals zustande gekommen. Denn ich war während der ganzen Semester von der Durchführung meines Plans so besessen, dass ich mich ausschließlich auf den Lehrstoff konzentrierte und kaum mit jemandem in unserer Klasse privat befreundet war. Es hatte mich nicht sonderlich interessiert, dass unter den Teilnehmern einige attraktive Frauen waren.

Mein Motto lautete: erst die Ausbildung, dann die Familienplanung. Dennoch musste ich im Laufe der Zeit feststellen, dass ich nicht mehr Herr meines Willens war. Innerhalb kurzer Zeit hatte diese wunderschöne Frau meine Seele und mein Herz vollkommen erobert. Ja, ich war durch und durch in Dana verliebt. Zum Glück beruhte diese leidenschaftliche Zuneigung auf Gegenseitigkeit.

Sie liebte mich auch, das hatte sie mehrfach betont.«

Er hielt einen Augenblick inne, schaute mir direkt in die Augen und fuhr fort: »Jetzt möchte ich deine vorherige Frage beantworten. Mit allem Respekt gegenüber der Wissenschaft bin ich der Meinung, dass es unerwartete Ereignisse in unserem Leben gibt, die wir nicht beeinflussen oder verhindern können. Ich hatte an diesem Tag keine Chance, meinen Platz auszuwählen, wie immer in der ersten Reihe zu sitzen und mich ausschließlich auf den Lehrgang zu konzentrieren; irgendwie war dieses Hindernis vorbestimmt.

Dana wusste wohl von meinem Ziel und bemerkte, dass ich ihretwegen alles aufgeben wollte. Dieses Wissen stellte für sie eine große Belastung dar.

Sie sagte bei jeder Gelegenheit, dass sie keine Aufopferung von mir erwarten würde, und bestand darauf, dass ich das tun sollte, was ich längst geplant hatte. Dies war leichter gesagt als getan. Ich war nicht stark genug, um meine Gefühle einfach zu ignorieren und diese große Liebe so oberflächlich zu behandeln. Das Schlimmste waren die schlaflosen Nächte. Kaum lag ich in meinem Bett, plagten mich verwirrende Gedanken. Einerseits wünschte ich mir, bei meinem festgelegten Plan zu bleiben: erst im Ausland zu studieren, nach Abschluss meines Studiums zurückzukommen und sie zu heiraten. Andererseits war ich absolut sicher, nicht einen einzigen Tag ohne sie leben zu können. Ich fühlte mich unbeschreiblich glücklich, wenn ich sie beim Unterricht traf. Ich liebte sie sehr, sie war einfach großartig: schön, sehr schön, herzlich und vor allem aufrichtig – die ideale Frau für das ganze Leben. Ich fragte mich des Öfteren, wie in aller Welt ich die Kraft aufbringen könnte, sie zu verlassen. Das war ausgeschlossen, das wäre mein Ende. Ja, wir waren fast jeden Tag zusammen.

Nach dem Englischunterricht gingen wir in ein Café oder ein Kino und genossen unser Zusammensein.

Bereits nachdem wir drei Monate zusammen waren, wusste jeder in unserer Klasse, wie stark wir uns liebten. Die Frau zu meiner linken Seite (an ihren Namen kann ich mich nicht erinnern) sagte einmal spaßeshalber: *»So, wie es aussieht, haben Sie bald ein Diplom Proficiency und eine Heiratsurkunde!«*

Dieser Eindruck verstärkte sich noch, als plötzlich ihr Platz drei Tage lang leer blieb.

Ich war so nervös und verstört, dass alle Kursteilnehmer meine Unkonzentriertheit bemerkten. In der Pause fragte jeder, wo meine Freundin geblieben war, und ich hatte keine blasse Ahnung. Ich wusste nicht einmal, wo sie wohnte.

Eines Tages rief ich das Wirtschaftsministerium an und bat die Telefonistin, mich mit Frau Chawosh zu verbinden. Man sagte, dass sie Urlaub hatte. Davon hatte sie mir gegenüber kein Wort erwähnt.

Ich erinnere mich, dass mich dieser unerträgliche Zustand regelrecht wahnsinnig machte. Ich konnte nicht schlafen, hatte ständig schlechte Laune und noch schlimmer, im BC konnte ich mich nicht mehr auf den Unterricht konzentrieren. Ja, sie war nur einige Tage weg, und ich war völlig außer mir. Ich fragte mich, wie sollte ich ohne sie im Ausland leben und ihre Abwesenheit verkraften können? Ich hatte keinerlei Zweifel daran, dass ich ohne sie nicht leben konnte.«

III

»Endlich war sie wieder da. Ich habe diese unvergessliche Szene noch vor meinen Augen. Sie trug ein wunderschönes blaues Kleid und hatte eine neue Frisur; noch schöner, noch attraktiver, einfach traumhaft. Als sie neben mir saß, hatte ich das Gefühl, als ob ich nach einer überstandenen Krankheit endlich wieder genesen war; mein Herz schlug immer noch kräftig, aber ich atmete wieder regelmäßig, ich war wieder der glücklichste Mann auf der Welt. Auch meine Schulkameraden waren erleichtert. Ich denke, meine Aufregung der letzten Zeit hatte sie angesteckt. In der ersten Pause fragte ich Dana, wo sie gewesen war.

„Ich musste kurz nach Shiraz reisen, um einige Formalitäten zu erledigen", sagte sie mit ernster Stimme.

„Warum nach Shiraz?"

„Dort besitzt meine Tante ein altes Haus. Seit Monaten versuchen wir es zu verkaufen, aber offenbar war der Preis zu hoch. Ich musste im Auftrag meiner Tante dorthin fahren und einen Makler bitten, das Haus so schnell wie möglich zu verkaufen.

Ich habe den Preis um 10.000 Tuman[1] herabgesetzt. Ich hoffe, dass es ihm innerhalb der nächsten beiden Wochen gelingt, einen Käufer zu finden. Sonst werden meine Tante und ich ein großes Problem bekommen."

„Was für ein Problem?"

„Meine Tante musste für unser Haus in Teheran einen Kredit von 30.000 Tuman aufnehmen. Dieser ist in zwei Wochen fällig und wird nicht verlängert. Durch den Verkauf des Hauses in Shiraz besteht die Möglichkeit, unsere Schuld zu begleichen und diesen nervenaufreibenden Zustand endlich zu beenden. Andernfalls verlieren wir unser Haus in Teheran. Man hat uns bereits angedroht, es zwangsversteigern zu lassen."

Der Verkauf des Hauses in Shiraz und die mögliche Zwangsversteigerung des Hauses in Teheran schweißten uns nur noch mehr zusammen.

Im Auftrag von Dana rief ich jeden Tag von meinem Büro in Shiraz an und fragte den Makler, ob er schon einen Kunden für das alte Haus gefunden hatte.

(Unsere Firma verfügte damals über die beste Telefonverbindung mit allen iranischen Städten.)

Eines Tages erhielt ich eine positive Antwort. Er hatte einen Kunden an der Hand, der das Haus für 35.000 Tuman kaufen wollte.

Am Nachmittag vor dem Unterricht umarmte sie mich stürmisch und küsste meine Wange, als ich ihr diese Nachricht übermittelte. Sie war überglücklich. Sie bat mich darum, den Makler am nächsten Tag noch einmal anzurufen und mich zu erkundigen, wann der Kaufvertrag und die

---

[1] Tuman: iranische Währung. In den 60er-Jahren war ein Tuman ca. 0,9 Deutsche Mark bzw. ein Tuman 12 US-Cent wert.

Geldübergabe stattfinden konnten. Sie sagte besorgt, dass in einer Woche die Auszahlung des Kredits fällig wäre und bei einem Zahlungsversäumnis mit erheblichen Kosten oder einer möglichen Zwangsversteigerung zu rechnen war.

Ich nahm erneut mit dem Makler Kontakt auf. Er sagte, dass der Käufer bereits den Vorvertrag unterzeichnet habe. Jedoch würden der endgültige Vertrag und die Geldübergabe erst in vier Wochen stattfinden können. Das war verdammt zu spät.

Ich rief Dana an und empfahl ihr, zu ihrer Bausparkasse zu gehen und zu versuchen, die Auszahlung um einen Monat zu verlängern.

Das Gespräch mit der Bausparkasse verlief enttäuschend. Sie musste entweder den ganzen Betrag zurückzahlen oder den Kreditvertrag um drei Jahre mit 15 % Zinsen verlängern. Offenbar nutzten sie schamlos ihre Hilflosigkeit aus.

Am Abend, nach dem Unterricht, gingen wir in ein Café. Sie war sichtlich deprimiert. Sie sagte, dass sie sich maßlos ärgerte, dass sie sich sehr spät mit diesem Problem befasst hatte. Sie und ihre Tante konnten maximal 10.000 Tuman auftreiben, es fehlten jedoch noch 20.000 Tuman.

Zum ersten Mal in meinem Leben fühlte ich mich nutzlos. Ich hatte nicht genügend Geld, um sie unterstützen zu können. Obwohl meine 2.500 Tuman von dem Sparbuch dieses Problem nicht lösen konnten, bot ich ihr das Geld an.

Ich erinnere mich, wie fasziniert sie mich ansah. Plötzlich stand sie auf und umarmte mich, die vielen Menschen in dem Café außer Acht lassend, voller Zuneigung. Als sie wieder auf ihrem Platz saß, sagte sie lobend:

„Vielen Dank, ich bin stolz auf dich. Aber leider kann ich dein Geld nicht annehmen. Zum einen muss ich der Sparkasse den vollen Betrag zahlen und zum anderen will ich dich auf keinen Fall in diese Sache mit hineinziehen."

„Warum nicht? Ich bin dein Freund. Wir müssen zusammen versuchen, von allen Bekannten, Verwandten und Freunden Geld zu leihen und eure Schulden zu begleichen. Ich kenne diese Bausparkasse sehr gut. Sie ist bekannt für ihre unmoralischen und brutalen Geschäfte. Ich glaube zwar nicht, dass sie euch sofort aus dem Haus rauswerfen und das Objekt versteigern wird.

Aber ich habe gehört, dass sie viele unnötige Kosten veranschlagen wird, wie zum Beispiel Verwaltungsgebühren, Rechtsanwalt, Gerichtskosten, Makler etc. etc.

Das heißt, dass ihr bei der Auflösung des Kreditvertrages noch 3.000 - bis 5.000 Tuman für anfallende Kosten zahlen und bei einer Vertragsverlängerung eine lange Laufzeit und einen hohen Zinssatz akzeptieren müsst."

Sie dachte einen Moment nach. Zum ersten Mal seit unserer Bekanntschaft sah ich sie so tieftraurig und verzweifelt. Ich konnte dieses Schweigen, dieses ängstliche Gesicht nicht ertragen und mein Herz zog sich schmerzlich zusammen. Ich musste ihr irgendwie helfen und sie aus dieser aussichtslosen Situation befreien. Ich wusste aber nicht wie.

Plötzlich blitzte eine seltsame Idee in meinem Kopf auf. Eine Idee, die nur im Kopf eines unerfahrenen, verliebten jungen Mannes Platz findet. Eine schwache Erleuchtung, die nur die Oberfläche eines Problems erhellt. Ein Einfall, der mir aus heutiger Sicht unmoralisch, sogar eindeutig kriminell erscheint. Ich sagte geheimnisvoll:

„Ich glaube, ich habe eine gute Lösung gefunden, wie ihr gleich morgen eure Schuld bei der Bausparkasse begleichen könnt." Sie sah mich erstaunt an, traute sich jedoch nicht, hierzu eine Frage zu stellen. Ich half ihr:

„Du weißt doch, wo ich arbeite. Täglich handle ich mit fast einer Million Tuman. Man bringt häufiger Geld in die Bank, als dass man welches mitnimmt. Die meisten unserer Kunden bekleiden hohe Positionen, sind Geschäftsleute oder reiche

Damen. Ich kenne sogar einige ältere Damen, die wöchentlich an meinen Schalter kommen und nur einzahlen.

Ich weiß nicht, ob sie beruflich tätig sind oder woher das Geld stammt, aber sie zahlen nur auf ihre Konten ein. Bis heute habe ich kaum gesehen, dass sie Geld abheben.

Normalerweise übernehme ich das Geld, lege es in die Kasse, trage es manuell in ihr Sparbuch, in die Kundenkartei und dann in unser Umsatzbuch ein. In der letzten Zeit ist diese Arbeit für mich fast Routine geworden.

Ich dachte …" Plötzlich blickte sie mich mit funkelnden Augen an. Die Gedanken mussten mir vom Gesicht abzulesen gewesen sein. Sie schüttelte widerwillig ihren Kopf, ich ließ mich davon jedoch nicht beirren und fuhr fort:

„Ich dachte, was könnte passieren, wenn ich 20.000 Tuman aus der Kasse unserer Bank nehme und dir leihe?

Ich denke, es passiert gar nichts. Denn ich werde die Einzahlung ganz korrekt in das Sparbuch des Kunden eintragen, erledige jedoch die erforderliche Buchführung in dem Umsatzbuch und in der entsprechenden Kundenkartei erst später, vielleicht vier Wochen später, wenn du mir das Geld zurückgezahlt hast.

Ich gebe dir das Geld, du begleichst eure Schulden und befreist euch von diesem unerträglichen Druck. In einigen Wochen ist das Haus in Shiraz verkauft, du gibst mir das Geld zurück, ich lege es wieder in die Kasse und erledige die verspätete Buchhaltung." Sie schüttelte immer noch pessimistisch ihren Kopf und ich fuhr fort: „Zugegeben, der Kunde erhält ein paar Tuman weniger Zinsen, aber im Prinzip wird die Welt nicht zusammenbrechen."

„Stopp!!! Bist du verrückt geworden?" Sie schien fassungslos zu sein. Sie sprach mit stockender Stimme weiter: „Weißt du, was du da sagst? Du würdest dein Leben ruinieren.

Wenn man dich bei dieser Unterschlagung erwischen sollte, landest du im Gefängnis."

„Aber wie wollen sie mich bei dieser – ich wollte den Begriff *Unterschlagung* nicht in den Mund nehmen – bei dieser Aktion erwischen? Außerdem passiert doch nichts Wesentliches. Der Kunde ist zufrieden, dass die Einzahlung ordnungsgemäß auf seinem Sparbuch eingetragen wurde. Die Firma erhält das Geld einige Wochen ohne Verlust zurück. Wie gesagt, nur der Kunde hat ein paar Tuman Zinsverlust.

Aber unter der Berücksichtigung, dass die meisten von ihnen fast eine halbe Million auf ihren Konten haben, macht ihnen der Verlust dieses Kleingelds nichts aus. Wenn du willst, werde ich bei ihrem nächsten Besuch fünf Tuman in ihre Hand drücken und behaupten, dass sie es vor dem Schalter verloren hat. Jetzt sag du mir, wo das Problem ist?"

Sie schaute mich mit vor Aufregung geröteten Wangen und funkelnden Augen an, aber sie sagte nichts. Auch ich schwieg nun. Ich stellte mir diese Szene vor, die sie als *Unterschlagung* bezeichnete.

Ich dachte, es würde nicht stimmen, was sie meinte. Ich wollte kein Geld unterschlagen, sondern es mir nur für einen Monat leihen.

Ich hatte bestimmte Kunden im Kopf, die immer am Samstagvormittag mit einem Koffer oder einer Reisetasche in der Bank erschienen, warteten, bis der Schalter frei war, und dann ohne Begrüßung oder irgendeine Erklärung die Koffer oder die Tasche auf die Theke legten.

Damals gab es keine Geldzählmaschine. Ich musste schnell alles mit der Hand zählen und je nach Wert die Scheine in verschiedene Bündel einwickeln.

Nach meiner Einschätzung war diese Idee durchaus realisierbar. Ich müsste allerdings dafür sorgen, dass niemand die Aktion bemerkte, wenn ich das Geld in den

Taschen meines Anzugs oder im Schulkoffer versteckte. Sonst würde ich, wie sie sagte, mächtige Probleme bekommen.

„Du hast das nicht wirklich ernst gemeint. Oder?" Mit ihrer besorgten Stimme riss sie mich aus meinen Gedanken. Ich blickte sie kurz an und erwiderte dann ruhig:

„Natürlich meine ich es ernst. Warum begreifst du es nicht? Du und deine Tante habt ein riesiges Problem.

Bis nächste Woche müsst ihr noch 20.000 Tuman bares Geld beschaffen.

Wie du weißt, wird das Haus in Shiraz frühestens in drei Wochen verkauft. Euch fehlt einfach die Zeit.

Ich denke, wenn wir uns besonnen und klug verhalten, werden wir dieses Hindernis leicht beseitigen. Mit euren 10.000 Tuman und 20.000 *geliehenem Geld* von der Bank werden wir einen großen Schritt weiterkommen. Sobald euch das Geld vom Hausverkauf in Shiraz zur Verfügung steht, zahlt ihr mir 20.000 Tuman zurück. Wie gesagt, ich bringe dann das Geld zur Bank und führe die erforderliche Buchhaltung durch. Ich bin überzeugt, dass niemand diese Aktion bemerken wird."

„Bist du wirklich sicher, dass kein Kollege oder der Prüfer diese schreckliche Mauschelei bemerkt?"

„Wie soll jemand wissen, was ich gemacht habe? Der Betrag wird zuerst weder in der Kundenkartei noch im Umsatzbuch erscheinen. In diesem Fall stimmt der Inhalt meiner Kasse zu 100 % mit der Summe meines Umsatzbuches überein. Und wenn ich das Geld wiederhabe, tue ich so, als ob der Kunde das Geld gerade eingezahlt hat. Der einzige Schönheitsfehler ist, dass das Einzahlungsdatum in dem Sparbuch und in unseren Unterlagen unterschiedlich sein wird. Aber wer möchte diese Daten miteinander vergleichen?

Im Endeffekt werden alle zufrieden sein: Der Kunde hat das Geld auf seinem Sparbuch, die Bank verzeichnet keinen Verlust und ihr seid den Blutsauger von der Sparkasse los."

Sie schwieg erneut. Ich sah, dass sie immer noch unsicher, ja verzweifelt war.

Einerseits gefiel ihr mein Plan überhaupt nicht und andererseits wurde ihr schmerzlich bewusst, dass sie keine Alternative hatte.

Dann blickte sie mich herausfordernd an und sagte mit fester Stimme:

„Ich werde mich heute Abend über deinen Vorschlag mit meiner Tante beraten.

Wenn sie einverstanden ist, werden wir dir einen Schuldschein in Höhe von 20.000 Tuman geben. Man kann nie wissen, was in den nächsten Tagen passieren wird. Mit diesem Dokument kannst du jederzeit von mir oder meiner Tante dein Geld zurückverlangen."

„Darüber reden wir, wenn ich das Geld habe."

Ich glaube, an diesem Abend konnte niemand von uns richtig schlafen. Am nächsten Tag rief sie mich in der Bank an.

Sie sagte, dass ihre Tante mein Angebot entschieden ablehnte. Sie hatte vor, noch einmal mit der Bausparkasse zu verhandeln.

„Euch läuft die Zeit davon. Ihr habt nur wenige Tage, um das Problem zu lösen", sagte ich mahnend.

„Darüber reden wir heute nach dem Unterricht", erwiderte sie mit unüberhörbar trauriger Stimme.

Obwohl an diesem Tag meine Idee nicht in die Tat umgesetzt werden musste, wollte ich doch wissen, ob mein Plan tatsächlich so einfach wäre, wie ich mir das leichtfertig vorgestellt hatte.

Als eine Kundin 10.000 Tuman auf ihr Sparbuch einzahlte, trug ich den Betrag in ihr Sparbuch ein, jedoch nicht in die dazugehörige Karteikarte und ebenfalls nicht in das Umsatzbuch.

Bei der ersten Gelegenheit steckte ich das Geld in die Tasche meines Jacketts und suchte die Toilette auf. Ich blieb dort ca. zehn Minuten.

Als ich wieder das Geld in die Kasse zurückgelegt und die erforderliche Buchführung durchgeführt hatte, war ich erheblich erleichtert. Die Idee war zwar realisierbar, jedoch handelte es sich zweifellos um eine kriminelle Handlung.

Am Abend, kurz vor dem Unterricht, sagte mir Dana, dass die Verhandlung mit der Bausparkasse erfolglos gewesen war.

Dennoch lehnte ihre Tante meine Unterstützung nach wie vor ab. Sie wollte mich auf keinen Fall in diese Sache mit hineinziehen. Sie hatte vor, am nächste Morgen den Vorstand der Sparkasse aufzusuchen und mit ihm eine vernünftige Lösung zu erarbeiten.

„Glaubst du, dass sie so kurzfristig einen Termin bekommen wird?"

„Ich weiß nicht. Man kann es nicht ausschließen", sagte sie resigniert.

„Ich bin fest davon überzeugt, dass ihr dieses Problem ohne fremde Hilfe einfach nicht lösen könnt."

„Das ist mir klar. Aber du kennst meine Tante nicht. Sie ist wohl eine alte, aber immer noch eine willensstarke und zielstrebige Frau. Sie sagte, dass sie morgen den Leuten in der Bank zeigen will, wer in diesem Fall seine Forderung durchsetzen kann. Sie sagte, dass sie solange in der Bank bleiben wird, bis für dieses Problem eine angemessene Lösung gefunden wurde. Ob sie wirklich erreicht, was sie will, kann ich nicht einschätzen."

„Ich halte es für klug, wenn wir einen Plan B vorbereiten. Gehen wir davon aus, dass deine Tante mit ihrer Forderung nicht durchkommt.

Um die Zwangsversteigerung eures Hauses oder eine langfristige Verlängerung des Kreditvertrages zu verhindern, sollten wir morgen den ganzen Auszahlungsbetrag zusammenstellen.

Du hast gesagt, dass ihr auf eurem Sparbuch 10.000 Tuman habt. Wer hat Zugriff auf das Geld? Du oder deine Tante?"

„Wir können beide über das Geld verfügen."

„Das ist wunderbar. Morgen früh gehst du zu eurer Bank, nimmst 10.000 Tuman und wartest auf mich im Café Alborz. Das befindet sich genau gegenüber der Bausparkasse.

Gegen 11:00 Uhr komme ich dorthin und bringe, wie besprochen, weitere 20.000 Tuman. Wir gehen zusammen in die Bausparkasse.

Falls deine Tante mit ihren Bemühungen keinen Erfolg hatte, zahlen wir den gesamten Kredit ab.

Dann gehst du nach Hause und sagst deiner Tante, dass der Sachverhalt erledigt ist. Vielleicht wird sie sauer sein oder dich beschimpfen, aber im Prinzip ist das egal. Ihr seid das Problem mit der Bausparkasse los. In ein paar Wochen wird das Haus in Shiraz verkauft, du gibst mir das geliehene Geld zurück, ich bringe es zur Kasse und erledige die erforderliche Buchhaltung. Ich bin sicher, dass alles gut wird."

Ich spürte, dass sie immer noch nicht mit meinem Plan einverstanden war. Sie nickte nachdenklich mit dem Kopf, sagte jedoch nichts. Nachdem sie eine Minute geschwiegen hatte, fragte sie stockend:

„Bist du wirklich sicher, dass niemand deine ... deine unmoralische Tat bemerken würde?" Dieses Mal vermied sie es absichtlich, den Begriff *Unterschlagung* in den Mund zu nehmen.

„Ja, ich bin sicher. Diese Aktion bleibt solange unbemerkt, bis man eines Tages das Einzahlungsdatum des Sparbuchs mit der entsprechenden Kunden-Karteikarte vergleicht. Aber meiner Einschätzung nach ist das sehr unwahrscheinlich." Als sie gehen wollte, drückte ich ihre zarte Hand und sagte vertrauensvoll: „Mach dir keine Sorgen, wir schaffen das."

IV

Am nächsten Tag war ich fürchterlich aufgeregt. Eigentlich hatte ich die ganze Nacht nicht schlafen können. Irgendwie hatte ich doch Zweifel, ob mein Vorhaben problemlos verlaufen würde.

Der Gedanke, dass ich auf dem besten Weg war, meine vielversprechende Zukunft zu ruinieren, ließ mir keine Ruhe. Andererseits war ich davon besessen, mein Versprechen einzulösen. Ich musste ihr helfen, weil ich sie liebte und keine Sekunde ihre Sorgen ertragen konnte.

Ich erinnere mich daran, dass ich nervös war, als ich das Büro betrat. Ich hatte das Gefühl, dass jeder Kollege bereits zu wissen schien, was ich vorhatte.

Ich nahm mich zusammen und wartete auf einen Kunden, der eine Einzahlung in Höhe von 20.000 Tuman tätigen würde. Allerdings wurden ausschließlich höhere oder niedrigere Summen eingezahlt. Ab 9:00 Uhr änderte ich meine Absicht und entschied mich dazu, die Einzahlungen mehrerer Kunden zusammenzustellen.

Innerhalb der nächsten halben Stunde hatte ich das gesamte Geld beisammen, und zwar von fünf verschiedenen Kundensparbüchern.

Ich notierte auf einem Extrablatt Namen, Kontonummern sowie den Betrag dieser Kunden, um ihn in die entsprechende Karteikarte und schließlich in das Umsatzbuch einzutragen, wenn Dana mir das Geld zurückgegeben hatte.

Ab 10:00 Uhr suchte ich in einem Abstand von zehn Minuten die Toilette auf und verteilte das Geld zwischen meiner Unterwäsche und Hemd sowie in allen Taschen meines Anzugs.

Ich fühlte mich nicht wohl. Ich glaubte, Fieber zu haben. So mochte es wohl sein, denn mein Puls trommelte mir hart in den Schläfen. Manchmal versuchte ich, unauffällig einen Blick auf meine Kollegen zu werfen, um herauszufinden, ob sie mein ungewöhnliches Verhalten bemerken könnten. Aber Gott sei Dank kamen an diesem Tag viele Kunden und so war jeder mit seiner Aufgabe beschäftigt.

Um 10:30 Uhr schloss ich meine Kasse und suchte meinen Vorgesetzten auf. Ich sagte ihm, dass ich mich sehr schlecht fühlte und einen Arzt konsultieren wollte.

Eigentlich war meine Entschuldigung überflüssig, denn ich sah wirklich nicht gut aus. Mein Gesicht war blass und die Schweißperlen glänzten auf meiner Stirn.

„Gehen Sie, gehen Sie! Sie sehen furchtbar aus. Haben Sie Ihre Kasse abgeschlossen?"

„Ja. Aber nach dem Arztbesuch komme ich wieder, damit der Revisor meine Buchführung bestätigen kann."

„Wenn es Ihnen schlecht geht, gehen Sie direkt nach Hause. Wir werden ohne Sie die Prüfung durchführen."

Wie ein Seilkünstler, der ständig versucht, sein Gleichgewicht zu beherrschen, bemühte ich mich, meine schwankende Haltung zu verbergen und unauffällig die Bank zu verlassen. Mein Körper fühlte sich an wie Blei und dennoch zitterte ich nervös. Mir war bewusst, dass ich mich auf dünnem Eis bewegte.

Wenn mich jemand bei dieser Aktion erwischen würde, musste ich alle meine Träume von einem Auslandsstudium und dem gemeinsamen Leben mit Dana begraben: Ich musste mit mindestens fünf Jahren Gefängnis rechnen. Das war ein unumstößlicher Diebstahl, gleichgültig, welche Erklärung ich als Entschuldigung hatte.

Als ich endlich das Bankgelände verlassen hatte und mich in der Istanbulstraße befand, atmete ich etwas ruhiger, war jedoch vollkommen schweißgebadet.

Es war kurz vor 11:00 Uhr, als ich das Café Alborz betrat. Mein ungeduldiger Blick wanderte zwischen den zahlreichen Gästen hin und her. Am Ende des Saals sah ich Dana. Aber sie war nicht allein; eine kleine, weißhaarige Frau saß neben ihr. Meine Vermutung war richtig, es handelte sich um ihre Tante. Im Gegensatz zu mir schienen sie bester Laune zu sein. Sie unterhielten sich munter miteinander und dabei lachten sie herzhaft zusammen. Ich näherte mich ihrem Tisch, grüßte die beiden Damen und sagte ganz stolz:

„Ich habe es getan. Euer Haus ist gerettet."

Die alte Dame warf mir einen freundlichen Blick zu und sagte:

„Dana wollte Sie hier allein treffen. Aber ich bestand darauf, mitzukommen und Sie kennenzulernen. Sie hat in den letzten Monaten nur von Ihnen erzählt; keine Angst, nur Positives. Ich muss sagen, dass sie nicht übertrieben hat. Bitte setzen Sie sich!"

Ich wunderte mich über ihre Gelassenheit. Ich wusste, dass am Donnerstag die Banken um zwölf Uhr schlossen und wir daher nur wenig Zeit hatten. Ich sagte mit ungeduldigem Unterton:

„Wollen wir nicht lieber zuerst zur Bausparkasse gehen, den Sachverhalt erledigen und dann wieder zurückkommen?"

„Bitte, setzen Sie sich", wiederholte sie ihre Aufforderung. Ich saß ihr gegenüber, immer noch irritiert, und sie sprach weiter:

„Gestern Abend hat Dana mich noch einmal über Ihren Unterstützungsplan informiert."

Sie lächelte leicht sarkastisch und fügte hinzu: „Eine Robin Hood-ähnliche Aktion, nicht wahr?"

Sie schien mir sympathisch, dennoch behagte es mir nicht, wie sie mich anschaute, und erst recht missfiel mir ihre höhnische Bemerkung der *„Robin Hood-ähnlichen Aktion"*.

Zum ersten Mal betrachtete ich sie etwas genauer. Sie hatte ungewöhnlich schöne grüne Augen. Wenn sie sprach, färbten sich ihre Wangen hellrosa unter ihrer dünnen, hellen, zarten Haut. Ihr weißes, seidiges Haar hatte sie zusammengeflochten und es bedeckte ihren Rücken. Ich erfuhr später, dass sie vor einer Woche 75 Jahre alt geworden war.

Ich spürte, dass etwas nicht stimmte; es sah nicht so aus, als ob sie auf mein Geld gewartet hatten. Die alte Dame blickte mir direkt in die Augen und fuhr mit einem süßen Lächeln fort: „Haben Sie das wirklich getan? Ich meine, haben Sie tatsächlich Geld aus der Kasse Ihres Arbeitgebers mitgenommen? Und wo ist das Geld, wenn ich fragen darf?"

„Ja, das habe ich getan. Das Geld habe ich unter meinem Hemd sowie in allen Taschen meines Anzugs verteilt. Ich denke, es ist besser, wenn wir jetzt gemeinsam zu Ihrer Bank gehen und alles hinter uns bringen."

„Ich hätte gern gewusst, warum Sie das getan haben? Das Haus gehört mir und Sie kennen mich überhaupt nicht."

„Ich tat es nicht für Sie, ich tat es für Dana. Ich konnte ihr Leid nicht eine Sekunde ertragen. Wir waren beide der Auffassung, dass Sie unter Zeitdruck stehen und dass es für dieses Problem keine andere Alternative gibt." Jetzt blickte ich Dana an und versuchte, meine Tat zu rechtfertigen: „Außerdem ist das, was ich getan habe, kein Diebstahl oder Ähnliches. Ich gehe davon aus, dass spätestens in einem Monat das Haus in Shiraz verkauft wird und Sie mir dann das Geld zurückzahlen.

Dann bringe ich das Geld zur Bank zurück und die ganze Welt wird wieder in Ordnung sein." Dana sah mich die ganze Zeit über mit Bewunderung an, dagegen betrachtete mich die alte Dame kritisch, ja deutlich befremdet. Ich fragte ungeduldig: „Was ist los? Wo ist jetzt das Problem?"

„Sie fragen, wo das Problem ist?", erwiderte ihre Tante mit scharfem Unterton: „Das Problem ist, dass Sie den schlimmsten Fehler Ihres Lebens begangen haben. Es mag sein, dass Sie Glück haben und niemand diesen unverzeihlichen Vertrauensbruch bemerken wird. Aber wenn doch ein Kollege registrieren sollte, was Sie getan haben, und diese Information an Ihren Vorgesetzten weitergibt, sind Sie erledigt. Man wird Sie wegen Untreue und Unterschlagung verurteilen und mehrere Jahre ins Gefängnis stecken. Bereits während der ersten Monate Ihrer Verhaftung würden Sie hilflos erkennen, dass Sie Ihr Leben leichtsinnig zerstört haben.

Und wofür? Für das Haus einer unbekannten alten Frau? Sie sagten, wir haben keine Alternative. Woher wollen Sie wissen, dass für dieses Problem keine andere, legale Lösung existiert? Sie haben mit Ihrer unentschuldbaren Lösung ein neues Problem erzeugt, das noch schlimmer ist, als das meine.

Selbstverständlich sind Dana und ich Ihnen dankbar, dass Sie uns helfen wollen. Es mag sein, dass Sie tatsächlich dieses Mädchen lieben und ihre Sorgen nicht ertragen können. Aber junger Mann, der Weg, den Sie beschritten haben, führt zu einem Desaster.

Sie müssen langsam lernen, jeden Sachverhalt richtig zu analysieren und für solche Geldprobleme eine clevere Lösung zu finden. Eine Lösung mit minimalem Risiko."

„Ich habe Dana so verstanden, dass das Haus versteigert wird, wenn Sie Ihre Schuld bis Ende dieser Woche nicht begleichen können", unterbrach ich sie ziemlich scharf.

„Ja, das stimmt. Das hat mir der Sachbearbeiter in der Bausparkasse mehrfach angedroht. Aber so herzlos und unmoralisch können sie nicht mit ihren Kunden umgehen. Und wenn sie es tun, muss man sich wehren. Man muss verhandeln, man muss kämpfen, ja, man muss eine machbare Lösung finden, aber niemals aufgeben.

Dana und ich waren heute bei dem Vorstandsvorsitzenden der Bausparkasse. Er war eine unangenehme Person: arrogant, gefühllos und unhöflich. Trotzdem versuchte ich hartnäckig, jedoch ruhig und besonnen, ihn dazu zu bewegen, den bestehenden Kreditvertrag um weitere zwei Monate verlängern zu lassen.

Für diesen Zeitraum muss ich allerdings 15 % Zinsen zahlen, aber im Vergleich mit Ihrer abenteuerlichen Rettungsaktion ist das unerheblich. In anderen Worten: Es gab doch eine weitere Alternative. Seit einer Stunde ist dieses Problem ohne weitere Schwierigkeiten erledigt."

Sie senkte die Stimme und sprach in vertraulichem Ton weiter: „Das ist, was ich mit einer cleveren Lösung meinte.

Mein Junge, merken Sie sich dies: Es muss für jedes Problem mindestens ein paar vernünftige Lösungen geben. Wo kommen wir hin, wenn wir uns mit dem Argument *keine Alternative* zufriedengeben? Man darf in solch einer Situation nicht den Kopf verlieren.

Natürlich weiß man immer erst hinterher, was in einer Situation zu tun gewesen wäre. Aber es wäre schön, wenn man rechtzeitig seine Intelligenz optimal nutzt, was ich bei Ihrer Entscheidungsfindung vermisse.

Sie und Dana sind jung und völlig unerfahren. Aber ihr seid keine Kinder mehr und müsst lernen, dass es besser ist, Probleme zu haben, als eine schlechte und risikoreiche Lösung zu finden." Dann lächelte sie mir aufmunternd zu und fuhr fort: „Schauen Sie mich nicht so böse an, das waren nur die mahnenden Worte einer alten Frau. Jetzt möchte ich als Tante Ihrer Freundin etwas lobend erwähnen:

Wenn ich eine junge Frau wäre wie Dana, und ein hübscher Mann wie Sie würde sein Leben, seine Existenz so gedankenlos, ja, so risikoreich für mich in Gefahr bringen, dann würde ich ihm für immer mein Herz schenken.

Was Sie getan haben, ist mehr als eine Liebeserklärung." Sie schaute Dana verträumt an und sprach weiter: „Zu meiner Zeit gab es solche Helden nicht. Ich beneide dich."
Endlich kam Dana zu Wort:
„Es tut mir leid, dass ich dich doch in diese Sache hineingezogen habe. Ich gebe zu, ich hatte unsagbare Panik und habe dich damit angesteckt.

Aber Gott sei Dank, es ist vorbei, wir haben jetzt genügend Zeit, das Haus in Shiraz zu verkaufen und unsere Schuld bei der Bank zu begleichen. Und du solltest, bevor es zu spät ist, schleunigst das Geld in die Bank zurückbringen."

V

»Ich kam mir richtig dämlich vor. Einerseits wurde mir langsam meine unmoralische und risikoreiche Tat bewusst und andererseits war ich zufrieden, dass endlich dieses Problem mit einer cleveren Lösung beseitigt worden war und somit meine Dana wieder herzlich lachen konnte.

Eigentlich hatte sich ihr Problem bereits erledigt, meines konnte dagegen möglicherweise jetzt erst beginnen. Die Bündel von Scheinen unter meinem Hemd stachen meinen verschwitzten Körper wie ein Haufen durstiger Mücken.

Es war in der Tat schwieriger, das Geld wieder in die Bank zurückbringen, als es vor einer Stunde hinausgetragen zu haben. Aber aus heutiger Sicht gesehen ist es doch gut gegangen.

Auf dem Weg zur Bank kam ich auf eine neue Idee.

Damit in Zukunft keiner meiner Kollegen auf eine solche gefährliche Überlegung kommen konnte, sollte ich diese Möglichkeit ein für alle Mal beseitigen.

Als ich in die Bank zurückging, suchte ich meinen Vorgesetzten in seinem Büro auf.

„Was? Sie sind schon hier?" Er schaute mich erstaunt und vorwurfsvoll zugleich an und sprach weiter: „Was machen Sie hier? Sie wollten einen Arzt konsultieren."

Ich zog die versteckten, teilweise verschwitzten Bündel von Scheinen aus meinen Taschen und der Unterwäsche heraus und legte sie alle auf den Tisch. Er starrte mich mit weit aufgerissenen Augen und offenem Mund an und hatte keine Ahnung, was hier vor sich ging.

„Das System Zahlungsverkehr im Bereich Sparbücher ist, meiner Meinung nach, unsicher und diebstahlgefährdet", sagte ich, als ich das letzte Bündel mit 1.000 Tuman auf den Tisch legte.

Natürlich habe ich meine kriminelle Absicht mit keinem Wort erwähnt. Denn nachdem ich das Geld vollständig zurückgebracht hatte, gab es keinen Anlass dazu. Aber ich erklärte ihm, wie leicht es für einen Kassierer wäre, das Geld zu entwenden, ohne sich verdächtig zu machen; jedenfalls nicht so schnell. Ich sagte ihm, dass ich mit dieser Aktion auf das mangelhafte System an den Kassen hinweisen wollte.

Zuerst war er fassungslos, dann etwas verstimmt, verhielt sich jedoch im Laufe des restlichen Tages deutlich entgegenkommend, ja sogar dankbar. Wahrscheinlich hatte er erkannt, wie schnell er seinen Job verloren hätte, wenn ich mit dem Geld verschwunden wäre. Als Chef des Hauses hätte er längst diese Lücke im System schließen müssen.

Bereits am selben Tag nahm er die erforderliche Änderung vor. Der gesamte Geldverkehr sollte ab sofort auf Basis des „Vieraugenprinzips" erfolgen.

Das heißt, die Einzahlung des Kunden musste grundsätzlich von zwei Personen bearbeitet werden. Ein Kassierer tätigt die Einzahlung, erstellt eine Quittung und der andere Mitarbeiter trägt anhand dieser Quittung den Betrag in das Sparbuch, die Karteikarte und das Umsatzbuch ein.

Der Revisor hatte auf diese Weise zwar jeden Abend etwas mehr Arbeit, aber es herrschte mehr Sicherheit in unserer Bank.«

VI

Parwiz hielt inne und schwieg für einen Moment. Ich war auch sprachlos. Seine Geschichte hatte mich erstaunt und tief berührt. Ein junger Mann begeht einen Diebstahl, nimmt in Kauf, seine vielversprechende Zukunft zu ruinieren, weil er den Kummer seiner Geliebten nicht ertragen kann.

Natürlich war seine leichtsinnige Aktion, mit dem Verstand eines logisch denkenden Menschen beurteilt, dumm und unverzeihlich gewesen.

Aber man muss Dana Chawosh gesehen haben, man muss diese außergewöhnliche Frau geliebt haben und vor allem von ihr geliebt werden, um eine solche Opferbereitschaft verstehen und auch würdigen zu können.

Ich schaute ihn freundlich an und fragte, ob Dana, wie ihre Tante meinte, ihm sein ganzes Leben lang ihr Herz geschenkt hätte?

»Oh, ja. Seit 30 Jahren steht sie zu mir wie ein Fels in der Brandung.

Ein Jahr nach diesem schrecklichen Ereignis, kurz nachdem wir beide unser Diplom Proficiency beim BC erfolgreich abgeschlossen hatten, heirateten wir und einen Monat danach verließen wir den Iran. Ich begann, wie geplant, mit meinem Studium und Dana arbeitete in einer englischen Grundschule als Lehrerin.

Ich habe nach dem Studium meine eigene Firma gegründet und seitdem leben wir gut und sorgenfrei zusammen.«

Während er seine ungewöhnliche Geschichte so ungehemmt und vertrauensvoll erzählte, empfand ich nach und nach, wie meine tief verwurzelte Feindseligkeit verschwand, und er kam mir ungemein sympathisch vor.

Ich hatte jede Menge Fragen an ihn, aber ich fand keine Gelegenheit mehr, sie zu stellen.

Denn plötzlich erfüllte der berauschende Duft eines sehr guten Parfüms den Raum und gleich darauf bemerkte ich, dass eine modisch elegant gekleidete Frau vor unserem Tisch stand. Meine Vermutung war richtig, es war Dana, die Frau, die ich liebte. Ich hatte plötzlich Herzklopfen.

Schüchtern warf ich einen kurzen Blick auf ihr Gesicht, wie man die Sonne sieht, ohne zu ihr aufzublicken.

Als Parwiz voller Freude aufstand, umarmte sie ihn zärtlich, als ob sie ihn eine lange Zeit nicht gesehen hatte. Sie sagte mit ihrer verführerischen Stimme:

»Hier bin ich wieder, mein Liebling. Den ganzen Tag über war ich in unzähligen Boutiquen und Kunstgalerien von Manhattan unterwegs. Ich bin total erschöpft.

Für mich habe ich gar nichts gefunden. Alles, was ich mitgebracht habe, gehört dir: Schuhe, Krawatten, Hemden und noch andere Sachen. Und wie war dein Tag?«

»Sehr anstrengend, aber es ist gut gelaufen. Das Interesse des Publikums, besonders der Presse, war groß. Wie es aussieht, wird auch dieses Buch ein Bestseller.« Dann stellte er mich mit gewissem Stolz als guten Freund und bekannten Buchautor vor.

Jetzt musste ich doch Mut fassen und ihr in die Augen blicken. Altersbedingt hatte sie sich ein bisschen verändert, jedoch sah sie immer noch fantastisch aus.

Sie trug mehrere extravagante Tüten von bekannten Modeschöpfern und wirkte etwas abgespannt.

Ich stand auf, grüßte sie höflich und drückte zum ersten Mal ihre zarte Hand.

Sie sah mich eine Zeit lang unvermittelt mit ihren klaren schwarzen Augen an. Schon fürchtete ich, dass sie mich doch erkannt hatte, und bereitete mich auf eine peinliche Erklärung vor. Aber Gott sei Dank war das ein Irrtum. Ich hatte mich auch erheblich verändert und mein Gesicht war für sie nicht mehr wiederzuerkennen.

Sie lächelte mich strahlend an und sagte:

»Es ist mir eine Ehre, Ihre Bekanntschaft zu machen. Ich kenne Sie; ich habe bereits zwei von Ihren Romanen gelesen, sie sind umwerfend, sehr spannend.«

Oh mein Gott, ich war doch erleichtert, dass sie mich nicht als ihren ehemaligen Kollegen erkannt hatte. Es wäre mir sehr peinlich gewesen, wenn sie sich noch an die Zeiten zurückerinnert hätte, wo ich sie jeden Tag in der Kantine unserer Firma so schwärmerisch angestarrt hatte.

Ich musste wohl neidlos anerkennen, dass sich die beiden immer noch mit dem gleichen Enthusiasmus liebten.

Ihre Einladung zum gemeinsamen Abendessen hatte ich wahrscheinlich deshalb abgelehnt, weil ich befürchtete, dass in einer geselligen Atmosphäre die alte Wunde möglicherweise wieder aufreißen könnte.

Das Drama um meinen Liebeskummer war längst verschmerzt und ich hatte keine Lust, das enttäuschende Kapitel meines Lebens noch einmal aufzuschlagen. Zumal ich ein zufriedener Ehemann bin, ein hervorragendes Leben führe und mit einer glücklichen Familie gesegnet bin.

Dr. Taban begleitete mich bis in die Hotellobby. Als ich mich verabschieden wollte, drückte ich seine Hand und sagte:

»Während du deine Geschichte erzählt hast, fragtest du, ob das Leben eines Menschen vorbestimmt ist. Allmählich verstehe ich deine Frage besser. Ich habe selbst nie ernsthaft über das Phänomen Schicksal nachgedacht.

Dennoch, wenn ich sehe, was du in den letzten 30 Jahren erreicht hast, zum Beispiel die Heirat mit einer wunderbaren Frau, ein abgeschlossenes Studium, einen angesehenen Beruf, bedeutenden gesellschaftlichen Erfolg, fällt mir gerade ein zutreffendes altes japanisches Sprichwort ein:

Das Schicksal ist, was das Leben dir gibt. Bestimmung ist, was du daraus machst.«

♣ ♣ ♣

Silberner Hochzeitstag

I

Wie sagt man so schön: *Freunde kann man sich aussuchen, Nachbarn nicht.*
Als Familie Van Damm den Bungalow neben meinem Haus kaufte und nach gründlicher Renovierung endlich eingezogen war, zeigten sich die gesamten Anwohner in unserer Siedlung erfreut, ja richtiggehend erleichtert. Denn wir waren alle 100-prozentig davon überzeugt, dass die neuen Nachbarn nicht schlimmer sein könnten als Herr Kant, der Vorbesitzer.

Jahrelang litten wir unter seinen launischen, aggressiven und streitsüchtigen Provokationen, durch die er das Leben für jeden Anwohner in unserer Siedlung, aber auch für seine Frau unerträglich machte.

Wenn Herr Kant von seiner Arbeit zurückkam, beklagte er sich über parkende Autos auf der Straße und beschimpfte die spielenden Kinder von Nachbarn.

Es war beschämend und peinlich, wie überaus taktlos er sich gegenüber fremden Passanten benahm; wie ein Steinzeitmensch musste er andauernd sein Revier verteidigen. Kaum bemerkte er eine fremde Person in der Nähe seines Hauses, die durch die Siedlung spazieren ging, stieß er wüste Drohungen aus und warnte davor, seinem Anwesen bloß nicht zu nahe zu kommen. Und wenn er zu Hause blieb, geriet seine Frau zur Zielscheibe.

Manchmal nahm ihr Streit so laute und beängstigende Ausmaße an, dass man die Polizei rufen musste, um das Schlimmste zu verhindern.

Sie bewarfen sich mit allen möglichen Gegenständen und bedachten den anderen mit hässlichen Schimpfwörtern. Den Höhepunkt erreichte ihr Streit meist ab Mitternacht.

Aber Gott sei Dank hatten diese endlosen Streitigkeiten auf einmal ein Ende, da sich das Ehepaar trennte, den Bungalow an Familie Van Damm verkaufte und, wie ich später erfuhr, nach dem Trennungsjahr einvernehmlich geschieden wurde.

Im Gegensatz zu ihrem Vorgänger waren Eva, Christian und ihre 20-jährige Tochter Vanessa Van Damm überaus liebenswürdige Menschen; immer höflich, friedlich und rücksichtsvoll.

Christian arbeitete als Steuerberater, Eva besaß ein Fitnessstudio und ihre Tochter studierte an der Uni Göttingen. (Sie wohnte nur während der Semesterferien bei ihren Eltern.)

Unmittelbar eine Woche nach ihrem Umzug lud ich sie zu uns ein und ab diesem Tag entwickelte sich zwischen uns eine freundschaftliche Beziehung.

Christian war Anfang 50, 1,90 Meter groß, blond, von athletischem Körperbau und verfügte über eine warme und freundliche Ausstrahlung.

Seine Frau, Eva, war ein bezaubernd schönes Wesen. Sie sah viel jünger aus als ihr Mann. Man konnte kaum glauben, dass sie eine erwachsene Tochter hatte. Vielleicht lag es daran, dass sie berufsbedingt viel Sport trieb.

Unsere freundschaftliche Beziehung wurde von Tag zu Tag intensiver, sodass wir uns mindestens einmal pro Woche trafen, zusammen grillten und bis spätabends miteinander plauderten.

Um unseren Garten optimal nutzen zu können, rissen wir den Zaun zwischen den beiden Grundstücken ab und legten ein sehr schönes, großes Biotop an.

Wir halfen uns gegenseitig bei vielen Aufgaben wie Rasenmähen, Anstreichen der Außenfassade usw.

Jeder besaß die Hausschlüssel des anderen, und wenn die eine Partei in den Urlaub fuhr, war die andere für die Überwachung, Lüftung der Räume und Entleerung des Briefkastens zuständig.

Ja, wir hatten mit unseren neuen Nachbarn großes Glück; sie waren sogar viel angenehmer als einige unserer Verwandten.

II

Anfang Juli 2010 luden uns Eva und Christian zu ihrem 26. Hochzeitstag in unseren gemeinsamen Garten ein. Er sagte, dass sie insgesamt 22 Gäste erwarteten.

Einige Tage zuvor hatte er mich gebeten, ihm während dieser Party dabei zu helfen, seine Frau mit einem spektakulären Projekt zu überraschen. – Ich komme nachher darauf zurück.

Bereits ab dem 28. Juli begannen mehrere Handwerker wie Tischler und Elektriker damit, den Garten für dieses Fest herzurichten. Sie bauten eine relativ große Bühne zum Tanzen auf, dekorierten alle Bäume mit Hunderten von Strahlern und Lampions und stellten mehrere Lautsprecher zwischen die Sträucher.

Am Nachmittag des Festtags kam ein großer Transporter an und zwei Männer vom Partyservice brachten mehrere Behälter mit verschiedenen Speisen und diversen Getränken zur Location und richteten in der Nähe des Teiches ein appetitanregendes Büffet sowie eine reichhaltige Bar ein.

Sie hatten Glück mit dem Wetter: Es war ein herrlicher, lauwarmer Sommertag.

Als meine Frau und ich den Garten betraten, waren bereits alle Gäste anwesend. Die Männer erschienen im dunklen Anzug und die Frauen trugen modische Abendkleider.

Freundlich machte Christian uns mit jedem Gast bekannt. Die meisten von ihnen waren Anwälte, Steuerberater, Wirtschaftsprüfer, aber auch drei Sporttrainer waren dabei – Mitarbeiter von Eva.

Es war in der Tat ein gelungenes Fest; sehr unterhaltsam und vor allem perfekt organisiert.

Das Essen war köstlich, der Wein oder Cocktail vorzüglich und die mit Bedacht ausgewählte Musik versetzte alle Anwesenden in eine lockere und euphorische Stimmung.

Nach dem Abendessen, während wir bei Kerzen- bzw. Lampion Licht in dem prächtig dekorierten Garten gemütlich zusammensaßen und uns miteinander unterhielten, drehte sich das Gespräch um das Thema „Ehe". Eine redselige Frau, sie hieß Juliet, sagte zu Eva:

»Ich kenne euch seit Jahren und finde es bemerkenswert, wie du und dein Mann zueinandersteht. Ihr seid seit 26 Jahren verheiratet und verhaltet euch so, als würdet ihr gerade eure Flitterwochen verbringen. Man erhält den Eindruck, dass ihr gar keine Probleme miteinander habt. Wie kommt dieses harmonische Leben? Ich hätte gern gewusst, ob auch bei euch manchmal Gewitterwolken aufziehen.«

»Selbstverständlich gibt es bei uns manchmal Streit und Missstimmungen. Jeden Tag in reiner Harmonie zu verbringen, ist doch langweilig«, antwortete Eva lächelnd. Sie blickte ihren Mann voller Zuneigung an und fügte hinzu: »Aber wir haben gelernt, nicht sofort um uns zu schlagen, wenn ein ärgerlicher Vorfall uns die Laune verdirbt, sondern den Sachverhalt zu überschlafen, innerlich zu verarbeiten und dann offen darüber miteinander zu sprechen. Diese Methode funktioniert die meiste Zeit über.«

»Was versteht ihr unter einem ärgerlichen Vorfall?«, fragte Thomas, der Ehemann von Juliet.

»Unpünktlichkeit, Unordentlichkeit, Vergesslichkeit und weitere ähnliche Versäumnisse.«

Christian mischte sich in die Diskussion ein und sagte verlegen:

»Eva hat recht. Leider muss ich all diese Nachlässigkeiten oftmals auf meine Kappe nehmen.«

»Diese Vorfälle sind zwar typisch für Männer, jedoch darf ihnen nicht zu viel Gewicht beigemessen werden«, erwiderte Thomas schulterzuckend.

Er sprach mit gewissem Stolz weiter: »Aber dafür verfügen wir Männer über andere Qualitäten, die den meisten Frauen fehlen.

Wir können gut planen, perfekt organisieren und zielorientiert agieren. Bei einem unerwarteten Problem reagieren wir rational und effektiv.«

»Ich stimme dir zu, Thomas«, erwiderte Eva und fügte hinzu: »Diese Eigenschaften, die du gerade aufgezählt hast, sind sehr wichtig. Christian ist in der Tat ein beispielloser Organisator. Er verhält sich in kritischen Situationen cool, überlegt und sehr klug. Und das ist, was ich an ihm liebe, sodass ich seine negativen Eigenschaften einfach vergesse.«

»Ich finde, dass du dir gerade widersprochen hast«, sagte Juliet leicht sarkastisch. »Wie kann jemand ein guter Organisator sein und gleichzeitig unpünktlich, unordentlich und vergesslich?«

»Das ist, was ich versuche, als unser Problem zu bezeichnen. Einerseits verwöhnt er mich mit seinem liebevollen Verhalten, exzellenten Planung und perfekten Organisation, andererseits kommt es des Öfteren vor, dass er mit seinen Sachen schlampig umgeht, oder er lässt mich lange Zeit auf ihn warten, da er angeblich aufgehalten wurde.«

Juliet schaute Christian belustigt an und sagte:

»Ich habe immer noch keine plausible Antwort auf meine Frage. Ich hätte gerne gewusst, ob diese Eigenschaften, die Thomas gerade stolz aufzählte, für ein harmonisches und glückliches Leben ausreichen?«

Zuerst schien Christian ihre Frage nicht beantworten zu wollen. Während er seine Gäste lächelnd anblickte, schwieg er nachdenklich. Aber dann schüttelte er energisch den Kopf und antwortete:

»Nein, das reicht nicht aus. Meiner Meinung nach fehlen für ein harmonisches und glückliches Leben noch drei wichtige Dinge:

Erstens: Man muss Mut haben, sich zu seinen Fehlern zu bekennen, sich dafür zu entschuldigen, und man sollte versuchen, diese nicht zu wiederholen.

Zweitens: Ein Mann muss sich bemühen, seine Frau und ihre Denkweise richtig zu verstehen und entsprechend zu reagieren.

Und der dritte und sehr wichtige Aspekt ist: Ein Mann darf nicht zulassen, dass der langweilige Alltag das Leben dominiert. Er soll die Kunst des Lebens beherrschen und mit großer Bereitschaft und Leidenschaft kreative und imposante Pläne schmieden, um der Frau an seiner Seite eine traumhafte Zeit zu bereiten.

Ich bin mir sicher, dass es ihm mit einem solchen Verhalten auch manchmal gelingt, seine Versäumnisse in den Hintergrund treten zu lassen.«

Ich merkte schon, dass er mit seinen Statements die Latte hochlegte. Denn plötzlich schauten ihn die weiblichen Gäste zustimmend und sehnsuchtsvoll an, während ihm einige männlichen Gäste kritische Blicke zuwarfen.

Einer dieser Männer war ein Rechtsanwalt namens Manfred. Er sagte mit einem leidenschaftslosen Unterton:

»Was erzählst du da? Du weißt ganz genau, dass die meisten von uns jeden Tag fast zwölf Stunden im Büro schuften. Wenn wir zu Hause sind, wollen wir einfach abschalten und uns erholen. Bei deiner ersten und zweiten Regel habe ich nichts zu beanstanden, aber mit deiner dritten

Anforderung bin ich nicht einverstanden. Warum können nicht die Frauen diese kreativen Aufgaben übernehmen?«

»Du hast mich missverstanden, Manfred. Ich wollte hier keine fixen Aufgaben verteilen.

Ich meine, wenn wir den Verlauf des Lebens einfach dem Zufall überlassen, passiert in der Regel nichts Besonderes. Noch schlimmer, man gewöhnt sich an diesen langweiligen Alltag. Mir ist egal, ob der Mann oder die Frau die Initiative ergreift, um das Leben angenehm und aufregender zu gestalten. Hauptsache man strengt sich an, um die gemeinsame Lebensqualität zu optimieren. Denn das Leben wird uns nicht bis in die Ewigkeit geschenkt und wir sollten versuchen, das Beste daraus zu machen.«

Eva stand auf und versuchte mit dem Einschenken von Wein die Diskussion etwas zu entschärfen. Als sie sich wieder auf ihren Platz gesetzt hatte, sagte sie:

»Vor einiger Zeit entbrannte auf dem Geburtstag meiner Schwester eine ähnliche Diskussion zwischen meinem Mann und meinem Schwager Sebastian.

Er beklagte sich darüber, dass man nicht wirklich wissen können, was die Frauen von ihren Männern erwarten. Die meisten Frauen wüssten sogar selber nicht, was sie wollten. Darauf antwortete Christian: »Doch, ich denke schon. Sie erwarten, dass ihnen viele unausgesprochene Wünsche einfach von den Augen abgelesen werden. Im Prinzip muss ein Mann in der Lage sein, zu hören, was die Frauen denken, und zu sehen, was sie fühlen.«

Ihr könnt euch vorstellen, wie Sebastian ihn ärgerlich anstarrte.« Es flog ein amüsiertes Lächeln über ihr Gesicht und sie fuhr fort: »Ich möchte euch eine Geschichte erzählen, damit ihr seine Lebensphilosophie besser versteht.«

Dann berichtete sie von einer Reise eine ergreifende Geschichte, sodass nach und nach alle Gäste schwiegen und aufmerksam ihren Ausführungen lauschten:

III

»Wie ihr wisst, ist der 30. Juli unser Hochzeitstag und das ist mit großem Abstand mein Lieblingstag.

Warum Lieblingstag? Weil der Hochzeitstag meiner Meinung nach den Beginn des besten und wichtigsten Lebensabschnittes symbolisiert. Denn bei der Geburt hat man beispielsweise keine Möglichkeit, seine Eltern oder gar den Geburtsort auszuwählen.

Bitte versteht mich nicht falsch: Ich möchte betonen, dass ich trotz dieses orthodoxen Standpunktes meine Eltern liebe und stolz darauf bin, deutsche Staatsbürgerin zu sein.

Was ich unmissverständlich hervorheben will, ist die Tatsache, dass ich bei meiner Eheschließung zum ersten Mal die Gelegenheit hatte, mein Leben selbst zu bestimmen. Ich wählte aus freien Stücken meinen Lebenspartner und ich bin dankbar und glücklich, dass ich den richtigen getroffen habe.

Christian kennt meine Ansicht und sorgt dafür, dass unser Hochzeitstag jedes Jahr groß gefeiert wird.

Bei einem runden Hochzeitstag, wie der Rosen- und Porzellanhochzeit oder der Silberhochzeit, organisiert er eine traumhafte Reise, irgendwo nach Paris, Venedig, New York usw. Sonst feiern wir, wie heute, zu Hause.

Letztes Jahr wollte er mir aufgrund unseres silbernen Hochzeitstages eine ganz besondere Überraschung bereiten.

Er verriet mir nur, dass das Überraschungsprogramm in Spanien stattfinden sollte. Ich vermutete, dass er einige Freunde zum 30. Juli in unser spanisches Ferienhaus eingeladen hatte.

Normalerweise brauchen wir, wenn wir in unserem Ferienhaus Urlaub machen, nichts mitzunehmen, weil wir dort alles haben, was wir benötigen.

Aber letztes Jahr schleppten wir zwei große Koffer mit, ohne dass ich wusste, was mein Mann alles darin verstaut hatte. Ich sollte keine Fragen stellen und einfach mitkommen. Auch in Spanien durfte ich die Koffer nicht öffnen.

Am 29. Juli begann er mit seinem wohlgeplanten Überraschungsprogramm. Wir sollten zuerst zum Flughafen von Barcelona fahren und von dort nach Málaga fliegen.

Was er nicht vorherbestimmen konnte, war ein angenehmes Wetter; es waren knapp 38 Grad im Schatten. Wir mussten daher ein dünnes T-Shirt, eine kurze Hose und leichte Sandalen anziehen.

Auf dem Flughafen checkten wir die beiden Koffer ein und nach dem einstündigen Flug landeten wir in Málaga. Dort war es noch um einiges heißer als in Barcelona.

Während wir in der Ankunftshalle auf unsere Koffer warteten, bat ich meinen Mann zum dritten Mal darum, mir doch endlich sein Geheimnis zu verraten. Aber die Antwort war wie immer: „Hab ein bisschen Geduld, es wird dir bestimmt gefallen."

Wir warteten fast 40 Minuten, aber von unseren Koffern war weit und breit keine Spur. Alle Passagiere unseres Fluges verließen die Ankunftshalle und wir fixierten immer noch das Fließband, bis es aufhörte, sich zu drehen.

Wir suchten den Kundenservice von Iberia Airlines auf. Wie wir schon geahnt hatten, befanden sich unsere Koffer nicht an Bord.

Wir sollten jedoch unbedenklich zum Hotel fahren, die Koffer würden in den nächsten Stunden dorthin geliefert werden.

Mit einem Mietwagen fuhren wir nach Marbella. Mein Mann hatte dort eine Suite in einem traumhaften 5-Sterne-Hotel reserviert.

Wie ich später erfuhr, waren im Hotelpreis das Essen, Getränke zwei Abendveranstaltungen mit Tanz und Show sowie viele weitere Leistungen inbegriffen.

Als wir unsere luxuriöse Suite betraten, ging ich sofort auf die Terrasse und betrachtete neugierig den wunderschönen Garten, die Tanzfläche und begutachtete vor allem die weiblichen Gäste in modischen Bikinis, die sich am Pool unter dem Schatten von Palmen ausruhten. Das war in der Tat ein fantastisches Paradies. Der erste Teil seiner Überraschung war ihm wunderbar gelungen.

Dennoch löste allmählich diese Szene in dem Garten Panik bei mir aus. Denn in unseren verschwitzten T-Shirts, zerknitterten kurzen Hosen und den lächerlichen Sandalen konnten wir uns auf keinen Fall im Garten, im Restaurant oder in der Lobby blicken lassen.

Bislang vermisste ich die Koffer überhaupt nicht. Aber jetzt wollte ich doch unbedingt wissen, was sich darin befand und ob Christian bei der Fluggesellschaft ausreichend Druck ausüben würde, damit sich unser Problem schnellstmöglich lösen konnte.

Das Gespräch mit dem Iberia-Kundenservice war beruhigend. Sie versprachen, das Gepäck innerhalb der nächsten Stunde ins Hotel zu liefern.

Noch beruhigender war die Liste mit dem Inhalt der Koffer. Er hatte für mich mein schönstes Abendkleid, mehrere Blusen, Bikinis, T-Shirts, Unterwäsche, verschiedene Paar Schuhe, Kosmetiktasche und weitere Dinge eingepackt. Er wusste ganz genau, was ich in einem solchen Hotel, vor allem in solcher Gesellschaft benötigte.

Und für sich selbst hatte er seinen weißen Sommersmoking, Hemden, Schuhe, Unterwäsche und so weiter mitgenommen. Ich sagte schon, er ist ein ausgezeichneter Mitdenker und Organisator.

Ich war erleichtert und hoffte, dass ich spätestens in einer Stunde in den Hotelgarten gehen und mich zwischen diese eleganten und fröhlichen Menschen mischen konnte.

Nicht weit vom Swimmingpool entfernt errichteten die Kellner ein reichhaltiges Büffet. Allein der Duft von Barbecue, Paella und gegrilltem Fisch verstärkte unser Hungergefühl noch.

Es vergingen zwei weitere Stunden und von den Koffern war weiterhin nichts zu sehen.

Um 14:00 Uhr rief mein Mann bei dem Hotelrestaurant an und bat darum, das Mittagessen auf unserem Zimmer zu servieren.

Gegen 16:00 Uhr versuchten wir erneut, jemanden bei der Iberia zu erreichen, und erkundigten uns danach, wo unsere Koffer geblieben waren. Die Antwort war die gleiche wie bei dem ersten Anruf: Die Koffer werden innerhalb der nächsten Stunde geliefert.

Eine Stunde später entschieden wir uns dazu, egal ob und wann wir die Koffer endlich in Empfang nehmen konnten, unsere verschwitzten T-Shirts auszuziehen und uns eine erfrischende Dusche zu gönnen. Wir konnten unseren Schweißgeruch einfach nicht mehr ertragen. Wir zogen die Vorhänge zu, um zu verhindern, dass uns kein Nachbargast eventuell nackt sehen konnte.

Weitere Anrufe beim Iberia-Kundenservice verliefen enttäuschend. Erst sagte man wieder, das Gepäck wäre bereits unterwegs, und dann meinte ein neuer zuständiger Mitarbeiter, dass die Koffer noch in Barcelona sein müssten.«

»Meine Güte! Warst du genauso ruhig wie jetzt?«, fragte Angela, die Lebensgefährtin von Manfred.

»Ich glaube, wenn ich allein gewesen wäre, hätte ich aus purer Wut das Hotel in die Luft gesprengt.

Aber die Ruhe und Selbstbeherrschung meines Mannes ließen mich nicht aus dem Gleichgewicht bringen.

Ab 19:00 Uhr erschienen die Gäste in dem fantastisch dekorierten Garten, wo ein fünfköpfiges Orchester leichte Musik spielte. Wir zogen unsere notdürftig im Waschbecken gesäuberten T-Shirts wieder an und versuchten, aus dieser deprimierenden Situation das Beste zu machen.

Nach Absprache mit dem Hotelmanager – er wusste inzwischen von unserer Situation – ließen wir uns unser Abendessen und die Getränke wieder auf dem Zimmerbalkon servieren.

Eigentlich waren wir gar nicht mehr aufgeregt oder traurig, im Gegenteil, wir genossen bei Kerzenlicht unser Abendessen, den guten Wein, lustige Gespräche und wir tanzten sogar ein paar Mal zusammen. Zugegeben, ab und zu beobachteten wir ein wenig neidisch, wie sich die Gäste unten im Garten fröhlich miteinander unterhielten oder tanzten.

Es gab doch etwas, was mich ein bisschen traurig stimmte. Um 23:00 Uhr veranstaltete das Hotel eine Flamenco-Show auf der anderen Pool-Seite. Aufgrund mehrerer, dicht gewachsener Palmen konnten wir die Tänzerinnen nicht sehen, sondern ausschließlich die Musik und das Jubeln der Zuschauer hören.

Ich liebe Flamenco-Shows. Ich glaube, es gibt kein Unterhaltungsprogramm, das mich so fasziniert wie die andalusische Musik und der Flamenco-Tanz. Mein Mann kennt meine Leidenschaft und hatte deshalb dieses Hotel mit seinem traditionellen Abendprogramm ausgewählt. Aber mit unserem komischen Outfit konnten wir uns unmöglich zu diesen elegant gekleideten Gästen gesellen. Es blieb uns nichts anderes übrig, als uns ausschließlich mit der anregenden Musik zu begnügen. Wie gesagt, die Tänzerinnen waren von oben unsichtbar.

IV

Am 30. Juli – unserem Hochzeitstag – wollten wir nichts dem Zufall überlassen.

Der Aussage des Iberia-Kundenservices, dass das Gepäck unterwegs war, wollten wir keinen Glauben mehr schenken. Nach dem Frühstück verließen wir das Hotel und fuhren mit dem Mietwagen in die Stadt.

Leider waren unsere Bemühungen, in einigen Boutiquen angemessene Kleidung zu kaufen, umsonst. Wir fanden nichts, was uns richtig gefiel. Alles war zu bunt, unpassend und sehr teuer. Wir kauften nur ein paar T-Shirts, Blusen, kurze Hosen und bequeme Schuhe.

Mein Mann schlug vor, nach Ronda zu fahren. Das war eine geniale Idee.

Ich weiß nicht, ob ihr die Berglandschaft von Ronda in der andalusischen Provinz Málaga kennt. Sie liegt auf einer Höhe von 723 Metern über dem Meeresspiegel. Sie befindet sich ca. 110 km westlich von Málaga. Ich wollte schon immer die maurisch geprägte Altstadt, *La Ciudad*, kennenlernen.

Wir fuhren zuerst 20 km südwestlich von Ronda. Dort befindet sich die berühmte *Cueva de la Pileta*. Das ist eine ca. 2000 Meter lange Höhle mit Malereien und Zeichnungen von Pferden, Ziegen, Fischen und weiteren Tieren, die auf die Zeit zwischen 15 und 18 tausend Jahre v. Chr. datiert wurden.

Gegen 18:00 Uhr fuhren wir zum Stadtzentrum zurück. Wir waren erstaunt, so viele Touristen dort zu sehen; die Stadt war gerammelt voll. Was wir brauchten, war zuerst ein Parkplatz.

Obwohl mein Mann der Meinung ist, dass man aus Sicherheitsgründen in einer fremden Stadt sein Auto ausschließlich in einem öffentlichen Parkhaus abstellen sollte, hielt er sich in diesem Moment nicht daran. Denn kaum hatte er beobachtet, dass in einer Nebenstraße hinter der Kirche ein alter Herr in sein parkendes Auto einstieg und kurz danach fortfuhr, lenkte er sofort sein Auto in die Lücke und stellte es dort ab. Das war ein großer und sicherer Parkplatz.

Ich habe vorsichtshalber aufmerksam geprüft, ob entlang der Straße ein Halte- bzw. Parkverbotsschild angebracht war. Es deutete jedoch nichts darauf hin, dass wir dort nicht parken durften. Im Gegenteil, es standen noch weitere sechs Autos vor oder hinter unserem Mietwagen.

Zufrieden und zuversichtlich gingen wir Hand in Hand in die Fußgängerzone und machten einen beinahe zweistündigen Stadtbummel.

Es war herrliches Wetter. Zwar sonnig, jedoch nicht so heiß wie in Málaga und überall herrschte eine heitere und angenehme Urlaubsatmosphäre. Gegen 20:00 Uhr betraten wir hungrig und müde ein typisch andalusisches Restaurant. Wir waren glücklich, dass wir dort trotz so vieler Touristen und ohne Reservierung einen Tisch bekommen konnten.

Peter, der für unseren Tisch zuständige Kellner, war ein netter und lustiger Spanier, der sehr gut Deutsch sprach und uns mit seiner humorvollen Art freundlich lächelnd bediente. Als er erfuhr, dass wir unseren Hochzeitstag in „seinem" Lokal feierten, wurde er noch freundlicher. Er brachte aus dem Weinkeller eine gute Flasche Rotwein und präsentierte sie uns als ein Geschenk des Hauses.

„Vielen Dank, aber wir müssen heute Abend noch mehr als 100 Kilometer zurückfahren", sagte mein Mann etwas verlegen. „Wir wohnen in Marbella. Wenn Sie für uns in der Nähe eine Unterkunft organisieren könnten, würden wir gerne Ihr Geschenk annehmen und heute Abend in Ronda bleiben."

Er erwiderte mit seiner witzigen Art, dass wir den Wein genießen sollten.

Er würde versuchen, uns irgendwo unterzubringen. Der Wein war einfach köstlich. Innerhalb der nächsten Stunden tranken wir den guten Tropfen gelassen und fröhlich und unterhielten uns über die verschiedenen Ereignisse der letzten Tage, über unsere Tochter, Verwandtschaft usw., ohne richtig zu bemerken, wie schnell der Abend zu Ende ging. Irgendwann war die Flasche leer, es befanden sich kaum noch Gäste im Restaurant und daher wurde es höchste Zeit, dass auch wir aufbrachen.

Peter legte die Rechnung mit zwei Tassen Kaffee auf den Tisch und sagte bedauernd:

„Es tut mir sehr leid, aber meine Bemühungen, für Sie ein Zimmer in Ronda oder in der Umgebung zu organisieren, waren umsonst. Leider sind alle Hotels innerhalb der nächsten 20 Kilometer vollständig ausgebucht. Ich rate Ihnen, trinken Sie Ihren Kaffee und fahren Sie vorsichtig und langsam nach Marbella zurück."

Seine Information war enttäuschend, dennoch blieb uns nichts anderes übrig, als seinen Rat zu befolgen und ohne Hektik langsam zu unserem Hotel zurückzufahren.

V

Es war gegen Mitternacht, als wir endlich unseren Weg zu der Nebenstraße hinter der Kirche wiedergefunden hatten. Trotz der fortgeschrittenen Uhrzeit verkehrten noch relativ viele Touristen in der Stadt.

Wir waren fast den ganzen Tag auf den Beinen gewesen und daher ziemlich müde. Der starke spanische Rotwein tat nach und nach seine Wirkung. Dennoch konnten wir uns noch ausreichend konzentrieren und gingen langsam unseres Weges, ohne ins Schwanken zu geraten.

Als wir an der Kirche vorbeigingen und die Nebenstraße betraten, waren wir zuerst unsicher und bald darauf richtiggehend verzweifelt. Dort parkten überhaupt keine Autos und unser Wagen war auch nirgends zu sehen. Wir dachten, dass wir uns eventuell in einer falschen Straße befanden. Aber nach gründlicher Überprüfung hatten wir keine Zweifel, dass wir unser Auto dort geparkt hatten. Ich erinnere mich immer noch daran, dass es gegenüber von unserem Auto ein kleines Haus gab, dessen Fassade mit roten, braunen und gelben Farben angestrichen war. Ein weiteres Merkmal, das es uns absolut sicher machte, war eine Graffiti-Protestaufschrift gegen die NATO. Auf die Fassade eines anderen Hauses hatte man mit mehreren leuchtenden Farben geschrieben: „OTAN NO".

Die beiden Häuser mit den entsprechenden Merkmalen befanden sich in dieser Straße, aber eines fehlte, nämlich unser Auto.

Dann entdeckten wir etwas Merkwürdiges: Auf beiden Straßenseiten waren zwei Halteverbotsschilder angebracht. Ich zeigte meinem Mann die Verkehrszeichen und schrie: „Das kann nicht wahr sein, das ist unmöglich!

Als wir unser Auto hier parkten, gab es überhaupt keine Verkehrsschilder!"

Plötzlich fühlte ich vor lauter Angst und Sorge, wie sich mein Herz schmerzlich zusammenzog. Ich stand völlig hilflos und verzweifelt da und konnte nicht begreifen, was dort vor sich gegangen war. War das ein Spiel? Wollte man uns veräppeln? Wo stand die versteckte Kamera? Oder hatte jemand unser Auto entwendet?

Was konnten wir jetzt zu dieser Uhrzeit und in dieser fremden Stadt unternehmen? Zudem hatte unser Kellner Peter berichtet, dass in dem Umkreis von 20 Kilometern keine freie Unterkunft mehr zu bekommen war.

Mein Mann bemerkte sofort, wie ich traurig und verkrampft dastand und mir Sorgen machte. Er umarmte mich und sagte mit seiner typisch beruhigenden Stimme:

„Hab keine Angst, meine Liebe, es wird alles wieder gut. Seit heute Morgen genießen wir unseren Hochzeitstag und solche Situationen dürfen unsere Laune nicht verderben. Ich bin sicher, dass wir eine Lösung finden werden."

Ich konnte nicht begreifen, wie er in solch einer beängstigenden Situation nicht anfing durchzudrehen. Dennoch muss ich gestehen, dass mir seine Gelassenheit guttat. Er sagte: „Wir suchen unser Auto in der Umgebung, und wenn es tatsächlich im Auftrag der Polizei abgeschleppt wurde oder gestohlen worden ist, rufen wir ein Taxi und lassen uns nach Marbella fahren, koste es, was es wolle."

Plötzlich hörten wir eine Stimme:

"Are you looking for your car?"

Wir drehten uns erstaunt um und sahen einen jungen Mann vor uns. Er war ziemlich klein, etwa 25 Jahre alt, sehr gepflegt und höflich. Er hatte ein kindliches Gesicht und wirkte vertrauensvoll.

Er wiederholte seine Frage und mein Mann bestätigte dies und fragte, ob er wusste, wo unser Auto war.

Er nickte und sagte, dass er in der dritten Etage des gegenüberliegenden Hauses wohnte und vor zwei Stunden von seinem Zimmer aus beobachtet hatte, wie ein Abschleppfahrzeug im Auftrag der Polizei ein Auto nach dem anderen abtransportiert hatte.

„Wo ist die Polizei? Wo hat man das Auto hingebracht?"

„Das Firmengelände des Abschleppunternehmens befindet sich ca. zehn Kilometer entfernt von hier."

„Wie kommt man dorthin? Kann man dort die angefallenen Kosten begleichen und das Auto mitnehmen?"

Er überlegte kurz und sagte dann, dass er sehen würde, was er für uns tun konnte. Er zog ein altes Handy aus seiner

Tasche, wählte eine Nummer und begann kurz danach, während er uns die ganze Zeit über anstarrte, mit jemandem auf Spanisch zu sprechen. Plötzlich unterbrach er sein Gespräch und fragte uns, ob wir 155 Euro Gebühren in bar zahlen könnten. Mein Mann bejahte dies und daraufhin sprach der junge Mann noch einige weitere Minuten mit seinem Gesprächspartner.

Danach steckte er das Handy in seine Tasche zurück, lächelte uns freundlich zu und bot uns Folgendes an: „Wenn Sie ein paar Minuten auf mich warten, hole ich mein Auto und bringe Sie zu dem Firmengelände des Abschleppdienstes." Dann verschwand er in der dunklen Straße, ohne unsere Reaktion abzuwarten.

„Das ist aber Glück im Unglück", sagte mein Mann tief durchatmend. „Es scheint, dass er unser Schutzengel ist und dafür sorgen wird, dass wir an unserem Hochzeitstag keine Unannehmlichkeiten mehr erfahren müssen."

Fünf Minuten später kam er mit seinem kleinen Auto. Mit Lichthupe forderte er uns auf, einzusteigen. Mein erstes Gespräch mit ihm ging um die Halteverbotsschilder.

Ich fragte, ob es sein konnte, dass die Verkehrsschilder nachträglich auf die Mauer montiert wurden.

Er schüttelte nur seinen Kopf und wechselte das Thema. Er wollte wissen, woher wir kamen und ob wir in Ronda eine gute Zeit gehabt hatten. Die Frage meines Mannes, wie er hieß und was er in dieser Stadt machte, beantwortete er nur teilweise: „Ich heiße Joan." Er fuhr durch die Stadt und lenkte dann sein Auto in die Richtung einer menschenleeren Bergstraße. Es war überall ruhig und ziemlich dunkel. Er fuhr weiter an unzähligen hohen Bäumen entlang, deren Spitze im Sprühnebel versteckt lag.

Nach 15-minütiger Fahrt hielt er vor einem großen Grundstück, das von einem hohen Drahtzaun umgeben war. Während er erneut mit seinem Handy mit der zuständigen

Firma telefonierte und unseren Besuch ankündigte, stiegen wir aus seinem Wagen aus.

Auf der rechten Seite des Grundstücks stand ein kleines Holzgebäude, dessen beleuchtete Fenster vermuten ließen, dass sich dort jemand befand.

Es dauerte nicht lange, als ein weißhaariger alter Mann, von einem großen Hund begleitet, vor dem Eingang erschien. Der Hund lief unruhig hin und her und bellte die ganze Zeit. Wir haben nicht verstanden, was der alte Mann mit Joan besprach. Mit besorgten und neugierigen Blicken suchten wir unser Auto auf dem spärlich beleuchteten Gelände, bis wir zwischen einem gelben Abschleppwagen und einem alten roten Chevrolet unser Auto entdeckten. Glück gehabt. Beruhigt und zufrieden folgten wir den beiden in das kleine Holzhaus.

Dann ging alles sehr schnell: Wir zahlten 155 Euro und er zeigte uns, wo das Auto stand. Als wir wieder draußen waren, überreichte mein Mann Joan 50 Euro und dankte ihm für seine Hilfe.

Er war mit seiner Belohnung sehr zufrieden, jedenfalls deuteten seine leuchtenden Augen und ein breites Lächeln darauf hin.

Er sagte, wir sollten einige Kilometer hinter seinem Auto herfahren, bis er uns den Weg nach Málaga weisen konnte. Das war sehr hilfreich, weil die Straßen dunkel waren und wir kaum ein Wegweiser-Schild entziffern konnten. Es war gegen 1:00 Uhr, als wir auf die Nationalstraße A-357 Richtung Málaga einbogen. Unterwegs nach Marbella versuchten wir uns, gegenseitig mit lustigen Geschichten aufzumuntern. Was wir in unserem alkoholisierten Zustand allerdings gar nicht gebrauchen konnten, war eine polizeiliche Verkehrskontrolle.

Wir hielten uns stets an die vorgeschriebene Geschwindigkeit und fuhren langsam weiter.

Plötzlich, ca. 30 Kilometer vor Marbella, bremste mein Mann abrupt und hielt am Straßenrand an. Erschrocken schaute ich ihn an und stellte fest, dass er ziemlich aufgebracht war.

Dann sah er mich mit funkelnden Augen an, ein schwaches, bitteres Lächeln zuckte um seine Mundwinkel und er hielt inne.

„Was ist los? Warum hältst du das Auto an?", fragte ich irritiert.

„Ich bin fassungslos, man hat uns über den Tisch gezogen. Das war eine trickreiche Täuschung."

„Was meinst du? Wer hat uns getäuscht?"

„Erinnerst du dich an folgende Situation? Heute um 18:00 Uhr, als wir hinter die Kirche fuhren, sahen wir, wie jemand in der Nebenstraße aus seinem Parkplatz herausfahren wollte. Er hatte ein großes Auto. Ich habe mich gefreut, dass ich so schnell und unproblematisch eine riesige Parklücke gefunden hatte.

Versuch dich daran zu erinnern, was der Mann für ein Auto hatte. Um welches Fabrikat, welche Farbe handelte es sich?"

„Ich kenne mich nicht mit Fabrikaten aus, aber ich kann mich gut daran erinnern, dass es ein rotes amerikanisches Auto, ein Oldtimer, war."

„Genau. Das war ein alter, roter Chevrolet. Dieses Auto habe ich vor einer Stunde auf dem Gelände der Abschleppdienst-Firma gesehen. Es stand neben unserem Auto. Wahrscheinlich gehört es dem Weißhaarigen, dem Mann, der mir seinen Parkplatz in der Nebenstraße überließ.

Es handelte sich um denselben Mann, der vor einer Stunde 155 Euro Transportgebühren von uns einkassiert hat." Mein Mann schwieg für einen Moment nachdenklich und fuhr ziemlich verärgert fort: „Allmählich leuchtet mir ein, dass diese Ordnungswidrigkeit mit dem Halteverbot nicht echt war, sie war nur ganz clever inszeniert.

Langsam wird mir bewusst, dass der Fahrer des Chevrolets absichtlich für uns Platz machte. Wären wir weitergefahren, hätte er mit Sicherheit wieder dort geparkt und auf ein anderes Opfer gewartet. Außerdem weißt du ganz genau, dass nirgendwo Halteverbotsschilder zu sehen waren, als wir dort einparkten. Diese wurden nachträglich auf die Mauer montiert.

Ich weiß, dass die Polizei in Spanien, insbesondere in den Urlaubsorten, kein Auto abschleppen lässt. Bei einer Ordnungswidrigkeit legen die Beamten entweder einer Strafzettel unter die Scheibenwischer oder sie bringen ein Schloss an den Rädern an, sodass man nicht weiterfahren kann. Sie beauftragen den Abschleppdienst nur dann, wenn ein Auto die Einfahrt eines wichtigen Gebäudes wie Feuerwehr, Krankenhaus etc. blockiert.

Außerdem würde kein Polizist auf der Welt mitten in der Nacht Halteverbotsschilder montieren lassen und unmittelbar danach wird die neue Verkehrsordnung in Kraft gesetzt.

Der hilfsbereite junge Mann Joan war in Wirklichkeit Mitglied einer Abzocker Bande. Er hatte die Aufgabe, verwirrte Touristen, die ihr Auto dort suchten, zu der Firma zu lotsen. Wir waren die letzten Opfer von heute und er hatte auf uns gewartet."

Er hatte recht, wir waren auf einmal so durcheinander, so verzweifelt, dass wir nicht mehr in der Lage waren, logisch denken zu können. Wir waren dankbar, dass man uns geholfen hat und wir endlich mit unserem Auto zum Hotel zurückfahren konnten. Mein Mann sprach weiter:

„Warum haben sie nur die Abschleppgebühr einkassiert? Was ist mit dem Bußgeld aufgrund der Ordnungswidrigkeit? Er hat uns keine Quittung für seine Transportgebühr ausgestellt. Ja, das war einer der ältesten Tricks und wir sind darauf reingefallen."

Für eine Weile starrten wir uns peinlich berührt an. Allmählich leuchtete uns dieser gemeine Trick ein, dass man uns schamlos über den Tisch gezogen hatte. Plötzlich zuckte ein bitteres Lächeln über unsere Mundwinkel und dann begannen wir, hemmungslos und lauthals zu lachen.

Hätte uns jemand zu dieser Zeit und an diesem verlassenen Ort gesehen, er hätte uns für verrückt gehalten. Wir lachten so laut, so ungestüm, als ob wir den ganzen Ärger der letzten Tage einfach von uns abschütteln wollten. Ja, es ist wahr, man hat unser Gepäck verschlampt, uns mit einer angeblichen Ordnungswidrigkeit getäuscht und unverschämt betrogen, aber das alles konnte unsere Stimmung auf lange Sicht nicht negativ beeinflussen. Wir lachten von ganzem Herzen und waren froh, dass derartig enttäuschende Ereignisse unsere Lebensfreude nicht beeinträchtigen konnten.

Ob ihr glaubt oder nicht, das war einer der schönsten und abenteuerlichsten Hochzeitstage, den ich bis heute erlebt habe.

Diese Begebenheit schweißte uns noch mehr zusammen.

Ihr seid bestimmt neugierig, wie die Geschichte ausgegangen ist: Wir haben unsere Koffer nicht zurückerhalten, angeblich wurden sie entwendet. Der Iberia-Kundenservice hat uns jedoch finanziell dafür entschädigt. Wir haben die trickreiche Masche mit dem Parken in Ronda dem ADAC und der spanischen Polizei gemeldet. Ob das etwas gebracht hat, wissen wir nicht.

Aber liebe Freunde, solche Ereignisse im Leben haben auch ihre guten Seiten. Man erfährt, wie sein Partner in solch kritischen Situationen reagiert.

Man wird um eine neue Erfahrung reicher, und nicht zu vergessen, man hat für eine Veranstaltung wie diese eine spannende Geschichte zu erzählen."

VI

Eva hatte recht, sie fesselte mit der Erzählung dieser mitreißenden Geschichte die Aufmerksamkeit ihrer Gäste und versetzte diese fast eine Stunde lang in Erstaunen.

Jetzt war es an der Zeit, Christian dabei zu helfen, seine neue, imposante Überraschung zu präsentieren.

Er hatte vor zwei Wochen eine Musikagentur damit beauftragt, eine bekannte spanische Musikgruppe, Spezialisten für Flamenco, zu engagieren, die in seinem Haus eine Show aufführen sollten. Und darüber hatte er mich und seine Tochter Vanessa informiert.

Die Musiker sollten zuerst in mein Haus kommen, sich entsprechend kostümieren und dann auf mein Zeichen warten.

Ich wusste schon, dass sie seit geraumer Zeit auf ihren Auftritt in meinem Haus warteten. Aber ich wollte Eva nicht unterbrechen.

Als sich Eva von der Erzählung ihrer spannenden Geschichte erholte, ging Christian auf sie zu und sagte:

»Meine liebe Eva, du hast dieses unvergessliche Ereignis sehr anschaulich und spannend erzählt. Dennoch hast du nicht erwähnt, dass wir, obwohl wir einige Tage in Andalusien verbracht haben, keine Gelegenheit dazu hatten, einmal deine Lieblingsshow, den Flamenco, live zu erleben.«

Eva blickte ihn voller Liebe an und erwiderte:

»Das macht nichts. Man kann im Leben nicht alles haben.«

»Stimmt nicht. Richtig ist, dass man im Leben nicht alles auf einmal haben kann.«

In diesem Augenblick musste ich meine kleine Rolle spielen. Ich schaltete das Bühnenlicht an und gab Vanessa ein Zeichen, dass die Show beginnen konnte. Christian küsste Eva und sprach weiter:

»Wenn du bei unserer Silberhochzeit keine Chance hattest, deine Lieblingsshow zu erleben, heißt das nicht, dass du an unserem 26. Hochzeitstag darauf verzichten musst.«

In diesem Augenblick erschienen vier Musikanten auf der Bühne. Plötzlich kam durch den Klang von Gitarren, Kastagnetten und spanischem Gesang bei unserem Fest eine fröhliche und ausgelassene Stimmung auf.

Während zwei sehr hübsche Frauen in roter und weißer Kleidung mit ihrem Flamenco-Tanz begannen, sah ich, wie Eva mit Tränen in den Augen ihren Mann anlächelte. Ich sah, wie die Gäste vor Überraschung sprachlos waren und erkannte, wie man mit ein bisschen Mühe und Fantasie den Alltag seines Partners verzaubern und bereichern kann.

Ich muss neidlos anerkennen, dass mein Freund Christian das *Denken seiner Frau hört* und ihr *Fühlen sieht*. Das ist die Kunst seines Lebens, das ist in der Tat der Schlüssel für ein harmonisches Zusammenleben.

♣ ♣ ♣

Die Misanthropin

I

Es war Sommer 1963 in Teheran. Wir standen mit acht weiteren Kunden in einer russischen Konditorei in der Naderi-Straße und aßen Piroschki[2].

Mir war unbegreiflich, wieso mich eine Kundin die ganze Zeit über mit einer deutlichen Missbilligung anstarrte. Ich kannte sie überhaupt nicht. Sie war schätzungsweise 60 Jahre alt; zart, schlank, hatte eine helle Gesichtsfarbe und eine glatte Haut. Ihre grauen Augen hatten, wenn sie nicht gehässig wirkten, einen sanften, melancholischen Ausdruck. Ihr langes, dichtes graues Haar hatte sie mit einer gewissen Kunstfertigkeit wie einen runden Ball auf dem Kopf zusammengesteckt. Wenn sie noch etwas größer gewesen wäre, hätte man ihre äußere Erscheinung mit der amerikanischen Schauspielerin Katharine Hepburn[3] vergleichen können.

Damals arbeitete ich als Journalist für die Tageszeitung Keyhan. Immer dann, wenn ich der Redaktion meine Berichte ablieferte, musste ich mich mindestens zwei Stunden in der Nähe des Verlagshauses herumtreiben, bis jemand in der Redaktion meine Reportage las und sie daraufhin für den Druck freigab. Manchmal gab es Rückfragen oder Beanstandungen und dann musste ich die entsprechenden Stellen korrigieren.

Während dieser Zeit holte ich mir ein Sandwich von einem Imbiss oder suchte am liebsten die russische

---

[2] Piroschki sind Teigtaschen mit unterschiedlichen Füllungen.

[3] 12. Mai 1907 in Hartford, Connecticut † 29. Juni 2003 in Old Saybrook.

Konditorei auf, um die eine oder andere Piroschki-Sorte zu probieren.

Es gab mindestens zwölf verschiedene Füllungen: Fleisch, Gemüse, Schokoladencreme, Nusscreme etc.

Meine Lieblingssorte waren die Teigtaschen, die mit Sauerkirschen-Konfitüre gefüllt waren; sie schmeckten hervorragend.

Ich hatte meinen Snack kaum verspeist, als die kleine Katharine Hepburn vor mir stand, mich vorwurfsvoll anblickte und spöttisch sagte:

»Sie haben sich Ihre Krawatte bekleckert.«

Peinlich berührt warf ich einen Blick auf meine Krawatte und bemerkte, warum die ältere Dame mich die ganze Zeit über so kritisch angestarrt hatte. Sie fügte hinzu: »Wenn Sie Ihre Krawatte retten wollen, fassen Sie sie bloß nicht an oder halten sie etwa unter Wasser. Ansonsten bleiben die Flecken für immer sichtbar.«

»Was soll ich Ihrer Meinung nach dann tun?«

»Sie müssen sie mit einem geeigneten Mittel reinigen. Es ist eine schöne und teure Krawatte. Es wäre zu schade, um sie wegzuwerfen.«

»Was ist ein geeignetes Mittel, wenn ich fragen darf?«

Für einen Moment blickte sie mich nachdenklich an und sagte dann: »Wenn Sie mit mir kommen, kann ich Ihnen vielleicht helfen. Ich wohne nicht weit von hier und habe einen sehr guten Fleckenentferner.«

Wenn ich heute noch einmal an den Vorfall zurückdenke, wundere ich mich über ihr Angebot.

Obwohl damals im Iran kaum strenge Restriktionen im Hinblick auf den Kontakt zwischen einander fremden Männern und Frauen herrschten, war es dennoch ungewöhnlich, dass eine Frau einen fremden Mann zu sich nach Hause einlud.

Natürlich hätte sie meine Großmutter sein können, aber ihr Vorschlag, sie in ihre Wohnung zu begleiten, war so überraschend, dass ich, wenn sie nicht eine alte Frau gewesen wäre, auf unanständige Gedanken hätte kommen können. Ich sagte:

»Ich würde gerne mitkommen, muss jedoch in einer Stunde wieder bei meiner Arbeitsstelle sein.« Dann fragte ich verlegen: »Wo wohnen Sie?«

»Ich sagte schon, ich wohne nicht weit von hier im nächsten Block in der Hafez-Straße.«

»Okay, ich komme gerne mit.« Auf dem Weg zu ihrer Wohnung versuchte ich, den Sinn ihres Angebots und meine spontane Zustimmung einsichtig zu rechtfertigen. Ich sagte: »Wissen Sie, ich liebe diese Krawatte sehr. Sie ist ein Geburtstagsgeschenk von meiner Mutter. Es wäre eine Schande, wenn die Flecken blieben und ich sie dann nicht mehr tragen könnte.«

Meine Erklärung außer Acht lassend, marschierte sie mit großen Schritten auf die Hafez-Straße zu. Wie sie bereits mehrere Male erwähnt hatte, wohnte sie nicht weit von der russischen Konditorei entfernt. Ihre Wohnung lag im Erdgeschoss eines vierstöckigen Hauses in dem Viertel, wo damals die meisten Christen wohnten.

In ihrer Wohnung öffnete ich vorsichtig meine Krawatte und legte sie auf einen Tisch. Schweigend nahm die ältere Dame sie an sich und verschwand im Badezimmer.

Die Wohnung war nicht sonderlich elegant, blitzte jedoch vor Sauberkeit, war gut gelüftet und ziemlich gemütlich. Was mich allerdings am meisten begeisterte, waren ihre Bücher, die fast das Ausmaß einer kleinen Bibliothek annahmen. Schätzungsweise 500 alte und neue Bücher hatte sie nach alphabetischer Reihenfolge in mehreren Bücherregalen ordentlich aufgestellt.

Merkwürdig fand ich die unzähligen Fotos von kleinen Babys an einer Wand. Neben einem kleinen Fenster hatte sie eine Sitzecke mit mehreren abgenutzten Stühlen eingerichtet und davor eine ca. 180 x 50 Zentimeter große Holzkiste aufgestellt, die mit einem alten Teppich überzogen war. Das Mobiliar passte nicht zueinander, dennoch verlieh es ein behagliches Wohngefühl. Während ich alles schweigsam begutachtete, kam sie aus dem Badezimmer und überreichte mir die Krawatte. Die Flecken waren tatsächlich weg, allerdings waren die Stellen noch nass.

»Wie haben Sie das weggezaubert?«, fragte ich bewundernd.

»Ich sagte schon, dass ich gute Mittel dafür habe. Wenn Sie sich zehn Minuten gedulden, wird sie gleich trocken sein. Von den Flecken werden Sie nichts mehr sehen.«

Ich blickte mich noch einmal um und sagte anerkennend:

»Sie wohnen hier schön, vor allem gemütlich.«

»Es ist nichts Besonderes, aber für eine alte Frau reicht es vollkommen aus. Mir fehlt nur ein Telefonanschluss. Meine Kunden müssen mit mir entweder schriftlich oder über das Telefon meiner Nachbarin kommunizieren. Seit zwei Jahren habe ich beim Ministerium Post-Telefon-Telegraf (PTT) einen Antrag gestellt, stehe aber immer noch auf der Warteliste. Man sagte mir, dass ich ohne gute Beziehungen zu einem Beamten in einer höheren Position oder ohne eine saftige Bestechung wahrscheinlich noch weitere zwei Jahre darauf warten muss.« Dann änderte sie das Thema und fragte: »Darf ich Ihnen etwas anbieten? Möchten Sie ein Glas Wasser?«

»Sehr gerne. Immer wenn ich die russischen Piroschki esse, muss ich danach literweise Wasser trinken.« Sie begab sich umgehend in die Küche, brachte ein Glas Wasser und fragte:

»Wie heißen Sie? Warum müssen Sie jetzt arbeiten?«

Ich stellte mich vor und berichtete von meinem Beruf. Sie bat mich, auf der Holzkiste Platz zu nehmen, und sagte mit hasserfüllter Stimme:

»Ich habe keine gute Meinung von Journalisten. Sie sind fast alle skrupellos und ständig auf der Jagd nach skandalösen Ereignissen, um Geld zu verdienen.«

Eigentlich hatte sie recht. Viele meiner Kollegen lebten nur von skandalösen Reportagen. Ihre Berichte waren oftmals unwahr, ja schlichtweg erfunden. Sie dramatisierten jedes Ereignis und versuchten, aus einer Lappalie eine spektakuläre Story zu machen. Ich sagte:

»Es tut mir leid, dass meine Kollegen bei Ihnen einen solchen Eindruck hinterlassen. Selbstverständlich gibt es in jeder Branche schwarze Schafe. Aber es gibt auch viele Journalisten, die Wert darauf legen, korrekt und wahrheitsgemäß über jedes Ereignis zu berichten.«

Sie deutete mit dem Finger noch einmal auf die mit Teppich überzogene Holzkiste und bat mich, dort Platz zu nehmen. Sie selbst saß auf einem Stuhl gegenüber und erwiderte ablehnend:

»Diese Erfahrung ist mir leider bis heute verborgen geblieben.« Dann fragte sie in einem etwas milderen Ton: »Was schreiben Sie? Über Politik, Wirtschaft oder vielleicht Religion?«

Ich folgte ihrem Angebot, setzte mich auf die Holzkiste und antwortete:

»Ich bin für die Rubrik Sport zuständig. Ich berichte über Fußball, Gewichtheben, Boxen etc.«

Sie schwieg einen Moment lang. Ich fragte: »Darf ich auch fragen, wie Sie heißen? Was haben Sie für einen Beruf?«

»Ich heiße Soraya. Ich bin Hebamme.«

»Das ist aber ein ehrenwerter Beruf.«

»Ich bin nicht Ihrer Meinung. Mit meiner Tätigkeit als Hebamme verdiene ich meinen Lebensunterhalt, aber ehrenwert ist es nicht.« Ich schaute sie verwundert an und sie ergänzte ihre Meinung: »Im Prinzip zwinge ich diese unschuldigen kleinen Menschen dazu, in unser hässliches Land hineingeboren zu werden.«

»Was meinen Sie mit zwingen?«

»Ich meine, dass diese hilflosen Babys gar nicht in unserem Land geboren werden wollen. Sie schreien laut, sie protestieren und wollen nicht freiwillig etwas mit unserer maroden Gesellschaft zu tun haben. Ob sie schon ahnen, in welchem Land und mit welchem Volk sie es zu tun haben müssen? Sie zittern so sehr vor Angst, als ob sie schon merken, dass es mit der Freiheit und Gemütlichkeit vorbei ist. Sie spüren, dass sie in ein Land kommen, das von Angst, Schmerzen und Enttäuschung geprägt ist.« Sie blickte die Baby-Bilder auf der Wand voller Zuneigung an und sagte mit einem gewissen Zynismus weiter: »Theoretisch können mich diese kleinen Menschen, wenn sie volljährig sind, wegen Beihilfe zur Nötigung verklagen.«

»Oje! Ich merke schon, dass Sie mit vielen negativen Vorurteilen belastet sind. Hat man Sie so sehr verletzt, dass Sie so verbittert, verdrossen und abweisend sind? Wenn mich mein Gefühl nicht täuscht, mögen Sie Menschen nicht sonderlich. Habe ich recht?«

»Absolut. Ich habe eine große Abneigung gegenüber Menschen. Denn Menschen verletzen andere Menschen. Sie töten, zerstören, rauben. Sie manipulieren und reden dummes Zeug. Ja, ich scheue mich nicht zu sagen, dass ich Misanthropin bin.«

»Das wundert mich sehr. Zum einen, weil Sie Hebamme sind und Frauen dabei helfen, ihr Baby zu entbinden.

Zum Zweiten haben Sie mir gerade geholfen. Was Sie sagten, ist eindeutig ein Widerspruch zu Ihrer Lebenseinstellung.«

»Das sehe ich anders. Die Tätigkeit als Hebamme ist mein Job, damit verdiene ich meinen Lebensunterhalt. Was meine kleine Hilfe für Sie betrifft, das hat einfach mit meiner Erziehung zu tun. Ich kann es unmöglich ertragen, dass jemand eine sehr schöne Krawatte wie diese so schlampig bekleckert. Sauberkeit und Ordnung gehören zu den Grundprinzipien meines Lebens.«

Obwohl das Verhalten und die interessanten Ansichten dieser mysteriösen Frau meine Neugierde anstachelten und ich gerne noch mehr über ihr Leben erfahren hätte, musste ich mich jedoch langsam verabschieden und zur Redaktion zurückkehren.

Als ich versuchte, mich von der Holzkiste zu erheben, rutschte der Teppich wegen einer erneuten ungeschickten und hektischen Bewegung von mir von der Kiste auf den Boden.

»Was machen Sie da?« Protestierte sie laut. »Können Sie nicht aufpassen?«

»Entschuldigen Sie. Ich bin heute etwas unkonzentriert.«

Plötzlich lief ein Schauder über meinen Rücken, denn ich bemerkte, dass die Kiste, auf der ich gesessen hatte, ein Sarg war, ein billiger, aber unverwechselbarer Sarg.

Für eine Weile verstummte unser Gespräch, aber dann fragte ich leise:

»Was ist das? Ist das ein echter Sarg?«

Ich spürte, dass es ihr peinlich war, mir darauf eine Erklärung zu geben. Sie sah mich immer noch verärgert an und erwiderte nach einer Weile mit ruhiger, aber fester Stimme: »Ja, das ist ein echter Sarg. Diese Kiste symbolisiert den Friedhof der Ereignisse in meinem Leben. Dort sind alle meine Träume, Wünsche und Misserfolge begraben.«

Ich hatte keine Ahnung, was sie damit meinte. Ich fragte nach:

»Wie soll ich das verstehen? Was meinen Sie mit dem Friedhof der Ereignisse Ihres Lebens?«

Jetzt wirkte sie sichtlich unsicher und ratlos. Dennoch merkte sie, dass ich auf eine plausible Antwort wartete. Dann kniete sie sich vor den Sarg, löste zwei Verschlussschrauben und schob den oberen Teil beiseite. Ich schaute in die Kiste – eher beunruhigt als neugierig. Befand sich eine Leiche darin?

Allmählich begriff ich, was sie mit der Formulierung *„Friedhof der Ereignisse ihres Lebens"* meinte.

In der Holzkiste bewahrte sie verschiedene Gegenstände, z. B. Hunderte Schwarz-Weiß-Bilder, vermutlich von ihrer Familie, ein zerquetschtes Modellauto, gestrickte Puppen, einen Ledergürtel, eine Schere, zebragestreifte Gefangenenkleidung und diverse Briefe, Zeugnisse, amtliche Dokumente etc. auf.

Sie saß neben dem Sarg, nahm das Modellauto und sagte mit trauriger Stimme: »Als ich zwölf war, sind meine Eltern in einem ähnlichen Auto ums Leben gekommen.

Ich musste daher zehn Jahre lang bei meinem Onkel bleiben.« Sie deutete auf eine Strickpuppe und sprach weiter: »Diese Figur symbolisiert meine Person, als ich 18 Jahre alt war. Ich genoss die beste und schönste Zeit meines Lebens. Ich begann, an der Universität von Teheran zu studieren; ich wollte Kinderärztin werden.

Aber leider musste ich im vierten Semester das Studium abbrechen, weil mein Onkel starb, und ohne Geld war es mir nicht möglich, mein Ziel zu erreichen. Den Iran kann man nicht mit Europa vergleichen, wo man als junges Mädchen allein leben, arbeiten und gleichzeitig studieren kann. Hier ist eine allein stehende Frau ständig in Gefahr und vollkommen hilflos. Ich hatte keine andere Wahl, als zu heiraten.

Ich ging die Ehe mit einem alten Mann ein, der mein Vater hätte sein können.« Jetzt nahm sie die Schere in die Hand und fuhr fort: »Er war äußerst aggressiv und rücksichtslos. Er machte mir das Leben zur Hölle. Wegen jeder Kleinigkeit schlug er mich so brutal, bis ich besinnungslos zu Boden fiel. Bereits ab dem zweiten Jahr unserer Ehe wollte ich nicht mehr weiterleben.

Einmal warf er mich bei einem Streit zu Boden und begann, mich mit seinem Gürtel zu schlagen. Mein ganzer Körper schmerzte fürchterlich. Ich flehte ihn an, damit aufzuhören, aber er schlug wieder und wieder.

Ich fand eine kurze Gelegenheit, mich ihm zu entziehen, versteckte mich in dem kleinen Gästezimmer und schloss die Tür ab. Aber er gab nicht auf und versuchte mit aller Gewalt, die Zimmertüre einzuschlagen.

Ich suchte nach etwas Scharfem, um mich zu verteidigen. Ich fand eine Schere wie diese, und als er ins Zimmer stürmte, stieß ich sie in seinen Bauch.

Leider war die Schere nicht scharf genug, er hatte nur eine kleine Verletzung. Er konnte nach zwei Tagen das Krankenhaus verlassen und sein brutales Leben fortsetzen. Jedoch steckte man mich wegen Körperverletzung vier Jahre lang ins Gefängnis. Der Richter war von meiner Aussage, dass es sich bei meiner Tat um Selbstverteidigung handelte, völlig unbeeindruckt. Laut dem Koran muss eine Frau ihrem Mann ständig gehorchen, ansonsten ist der Mann gemäß der Sure 4, Vers 34 dazu berechtigt, seine Frau zu schlagen. Ich hätte damals dem Richter gerne meine Meinung bezüglich der steinzeitlichen und unmenschlichen Gesetze des Islams erörtert, aber ich musste meinen Mund halten, um die Situation nicht noch zu verschlimmern.

Während meiner Gefangenschaft schickte mir mein Mann die Scheidungsurkunde. Das ist auch ein weiteres Privileg für Männer im Islam. Gemäß islamischem Gesetz kann sich jeder Mann jederzeit von seiner Frau scheiden lassen. Allerdings kam mir dieses Gesetz gerade recht; endlich war ich diesen brutalen Rohling los.

Die vier Jahre im Gefängnis, in einem 20 Quadratmeter großen Raum mit fünf weiteren Frauen waren unerträglich, dennoch viel angenehmer als meine ganzen Ehejahre.

Unmittelbar nachdem ich aus dem Gefängnis entlassen worden war, hatte ich endlich Glück: Ich lernte eine nette Frau kennen, sie war Hebamme. Sie beherrschte ihr Metier sehr gut und brachte mir alles bei, was man in diesem Beruf wissen muss. Nachdem ich ein dreijähriges Praktikum absolviert hatte, konnte ich selbstständig arbeiten und seitdem habe ich bei der Geburt unzähliger Kinder mein Bestes gegeben. Gott sei Dank ist mir bis heute kein Fehler unterlaufen.«

Sie stand auf, schaute mir direkt in die Augen und sagte weiter:

»Es befinden sich noch mehrere Gegenstände in diesem Sarg. Viele Briefe, Zeugnisse, Dokumente etc. etc. Ich bewahre alles auf, was direkten Einfluss auf mein Leben hat. Vielleicht erscheint Ihnen all dies aus der Perspektive eines Fremden lächerlich, aber für mich sind diese Gegenstände wertvolle und teilweise schmerzliche Erinnerungen.

Ich habe bis heute diese Kiste für niemanden geöffnet. Ja, Sie sind in der Tat der Erste, der einen Einblick in mein privates Leben gewonnen hat.

Betrachten Sie dieses Privileg nicht als Vertrauen oder als Zuneigung für Sie. Ich habe Ihnen deshalb den Inhalt dieser Kiste gezeigt, weil Sie Journalist sind. Sie kennen ja meine Meinung über Ihren Beruf. Man kann nie wissen, was Sie über den Inhalt dieses Sarges schreiben würden.

Wissen Sie, ich möchte in Ruhe leben und keine Unannehmlichkeiten mehr erleben. Ich distanziere mich ganz bewusst von Menschen, weil ich keine guten Erfahrungen mit ihnen gemacht habe.« Sie ging langsam auf die Tür zu und sagte mit ernsthafter Miene weiter:

»Da Sie jetzt etwas über mein Leben wissen, den Inhalt dieses Sarges gesehen und vor allem Ihre Krawatte unbefleckt zurückerhalten haben, können Sie gehen. Aber versprechen Sie mir, niemals etwas über mein Leben zu schreiben.«

»Seien Sie unbesorgt. Das Leben der anderen geht mich nichts an. Ich sagte schon, ich bin Sportreporter.

Das ist Ihre Sache, wie Sie Ihr Leben führen und die Erinnerungsstücke aufbewahren. Ich bin Ihnen sehr dankbar für Ihre Hilfe und Ihr Vertrauen.«

Sie war immer noch distanziert und abweisend. Ich schüttelte ihre Hand und verließ die Wohnung.

Eigentlich war meine Eile umsonst, denn als ich in die Redaktion zurückkehrte, erfuhr ich, dass mein Bericht ohne Beanstandung freigegeben wurde.

Die imposante Geschichte von Soraya, der kleinen Katharine Hepburn, beherrschte mehrere Tage lang meine Gedanken. Ich habe oft daran gedacht, sie nochmals aufzusuchen und mir etwas über die weiteren Erinnerungsstücke in der Kiste erzählen zu lassen. Aber irgendwie hatte ich Hemmungen. Ich glaube, nach einer oder zwei Wochen hatte ich sie einfach vergessen.

II

Während meiner journalistischen Tätigkeit war ich mit vielen Kollegen aus unserem Haus sowie anderen Verlagshäusern befreundet. Wir trafen uns regelmäßig an jedem Donnerstagabend.

Bei diesem sogenannten Männerabend wechselten wir uns als Gastgeber ab. Jeder versuchte, sein Bestes zu geben, um seine Gäste zu verwöhnen. Es gab immer leckeres Essen, Süßigkeiten und verschiedene alkoholische Getränke. Wir trafen uns gegen 17:00 Uhr und vergnügten uns bis Mitternacht mit Essen, Trinken und Kartenspielen. Wir erzählten über Arbeit, Politik, Sport, Familie und Freunde. Es war eine herrliche Männerrunde, die keiner von uns verpassen wollte.

Einer unserer Freund arbeitete für eine Boulevardzeitung, er hieß Cyrus Arjmand. Er war ein lustiger und geschwätziger Bursche. Mit seinen unanständigen Anekdoten und fröhlichen Geschichten brachte er uns stundenlang zum Lachen. Wegen seiner spannenden und humorvollen Berichte in der Zeitung war er im ganzen Iran bekannt.

Ich muss allerdings sagen, dass seine Reportagen für meinen Geschmack manchmal primitiv, zu skandalös und vor allem verletzend für die Betroffenen waren. Aber gerade deswegen mochten ihn viele seiner Leser.

Er verdiente mehr als jeder von uns und offenbar war er für seinen Arbeitgeber unentbehrlich.

Bei einer unserer Donnerstagsveranstaltungen war ich der Gastgeber. Eigentlich hatte ich an diesem Donnerstag vor, das Treffen abzusagen, da ich am nächsten Tag mit meinen Eltern eine Woche Urlaub am Kaspischen Meer verbringen wollte. Aber ich brachte es nicht über's Herz, meine Freunde mit einer Absage zu verärgern.

Den ganzen Tag über packte ich die Koffer und machte alles für die Abreise fertig, während meine Mutter für diesen Abend verschiedene Speisen vorbereitete.

Pünktlich um 17:00 Uhr erschien die ganze Mannschaft. Sie war wie immer hungrig und durstig, freute sich aber auch auf ein lustiges und geistreiches Abendprogramm.

Im Gegensatz zu meiner Befürchtung lief alles perfekt und meine Freunde waren mit dem Verlauf des Abends äußerst zufrieden. Bis 1:00 Uhr haben wir gegessen, getrunken, über verschiedene Themen diskutiert und wie immer viel gelacht.

Ich erinnere mich daran, dass wir an diesem Donnerstagabend übermäßig viel Wein getrunken haben. Mein Vater war dienstlich in Shiraz gewesen und hatte von dort mehrere Kartons mit guten Rotweinen mitgebracht.

Während wir miteinander scherzten, erzählte einer unserer Kollegen, dass er einen Tag zuvor im Kino gewesen und den Film *Dracula* gesehen hatte. Er klagte, dass er vor Angst und Aufregung die ganze Nacht nicht hatte schlafen können.

»Wenn du so ängstlich bist, musst du diesen Film in Rasht[4] sehen«, sagte Cyrus auf seine witzige Art.

»Warum in Rasht?«

»Weil es dort für Menschen wie dich, die schwache Nerven haben, einen besonderen Service gibt. Bei Horrorfilmen wie Dracula hat der Platzanweiser noch eine zusätzliche Aufgabe.

---

[4] Rasht liegt im Norden von Iran. Man erzählt sich viele Witze über die Männer und Frauen dieser Region. Angeblich sind die Männer Feiglinge und schwach und die Frauen sexy und anspruchsvoll.

Und zwar schreit er rechtzeitig laut, wenn Dracula in einer Szene erscheint: „Achtung, er ist wieder da!" In diesem Augenblick können sich die Zuschauer sofort unter ihrem Sitz verstecken.« Er grinste boshaft und fügte hinzu: »Und wenn Dracula wieder aus der Szene verschwindet, ruft der Platzanweiser laut: „Ihr könnt euch wieder hinsetzen, der mother fucker ist weg!"«

Allein die Vorstellung dieser lustigen Szene und vor allem seine humorvolle Aussprache brachten uns dazu, minutenlang herzhaft zu lachen. Cyrus setzte seine scherzhaften Kommentare fort:

»Ich glaube, Dracula ist nicht die einzige Figur, die die Zuschauer in Angst versetzt, sondern die dunkle Atmosphäre und so viele Särge im Keller sorgen dafür, dass das Adrenalin explodiert.«

»Du hast recht«, sagte ich mit leicht schwankender Stimme. Ich bemerkte schon, dass ich ziemlich betrunken war. »Allein der Anblick eines Sarges sorgt für Furcht und Unbehagen.

Letzten Monat habe ich eine merkwürdige alte Frau kennengelernt. Stellt euch vor, sie hat in ihrem Wohnzimmer einen Sarg, den sie mit einem Teppich bedeckt hat und den sie als Besuchercouch verwendet.

Zuerst habe ich nicht bemerkt, worauf ich die ganze Zeit saß. Als ich jedoch aufstand, um zu gehen, rutschte der Teppich beiseite und plötzlich registrierte ich, dass die unbequeme Couch ein hässlicher Sarg war. Ich war fassungslos und vollkommen konsterniert.«

»Ich habe dich immer gewarnt, Abstand von älteren Damen zu nehmen«, erwiderte Cyrus mit einem seriös gespielten Gesichtsausdruck. »Sie sind meistens sehr gefährlich.

Wenn du sie im Bett zufriedenstellst, werden sie dich nicht so einfach gehen lassen, und wenn du sie enttäuschst, könnten sie dich irgendwo im Garten oder Keller lebendig begraben. Ich glaube, der Sarg war schon besetzt, sonst würdest du heute nicht hier sein.«

»Natürlich war er das. Sie betonte selbst, dass der Sarg die Ereignisse ihres Lebens beinhalte.«

»Das ist genau, was ich meine. Du könntest auch ein bedeutendes Ereignis in ihrem Leben sein. Wie hast du die Tante kennengelernt?«

In einer Kurzfassung berichtete ich von dem Missgeschick, das mir beim Essen eines Piroschki mit meiner Krawatte in der russischen Konditorei passiert war. Ich erwähnte ihr Angebot, die Flecken in ihrer Wohnung zu beseitigen, das ich mit ein wenig Unbehagen angenommen hatte.

»Mann, da hattest du aber Glück. Du begibst dich freiwillig in das Haus von Draculas Tochter und kommst unbeschadet wieder heraus. Entweder war sie schon satt oder sie hat keine Zähne mehr. Wo wohnt sie?«

»In der Hafez-Straße, Nummer 2.«

»Du meinst das vierstöckige Haus mit den roten Backsteinen?«

»Genau. Warst du auch in ihrer Wohnung?«

»Nein, um Gottes willen! Ich kenne das Nachbarhaus. Letztes Jahr fiel aus unerklärlichen Gründen ein junger Mann vom Balkon einer Wohnung und war sofort tot.

Ich habe fast eine Woche darüber berichtet. Bis heute weiß die Polizei nicht, ob das ein Unfall war oder Mord. Ich rate dir, nimm Abstand von dieser Gegend, wir wollen auch in Zukunft weiterhin deine Gastfreundschaft genießen.«

Ich glaube, dass ich trotz meines alkoholisierten Zustandes im Begriff war, meinen Kameraden von den zahlreichen Gegenständen, die Symbole der Ereignisse ihres Lebens waren, zu erzählen. Aber plötzlich betrat meine Mutter das Zimmer und sagte verlegen:

»Ich möchte nicht aufdringlich sein, aber denke bitte daran, dass wir in einigen Stunden losfahren wollen. Du musst wenigstens ein bisschen schlafen.«

Ihr höflicher Hinweis wurde von allen sofort verstanden. Meine Freunde erhoben sich, wünschten mir einen schönen Urlaub, verabschiedeten sich herzlich und verließen das Haus.

Um 6:00 Uhr morgens saß ich trotz erheblicher Müdigkeit am Steuer und fuhr gemeinsam mit meinen Eltern nach Ramsar.

III

Die Idee, eine Woche zusammen Urlaub zu machen, stammte von meiner Mutter. Sie fühlte sich nicht wohl, seitdem ich für die Presse arbeitete und mein Vater des Öfteren dienstlich unterwegs war. Irgendwie waren wir einander fremd geworden. Wir sahen uns kaum noch und redeten nicht wie früher miteinander. (Mein Vater war damals Projektmanager beim Ministerium Post-Telefon-Telegraf (PTT). Er war zuständig für die Erneuerung des gesamten Kommunikationsnetzes im Iran.)

Mutters Idee war großartig, wir fanden uns wieder. Jeden Tag wanderten wir stundenlang zusammen und diskutierten leidenschaftlich miteinander, und zwar über viele unausgesprochene Themen. Das war in der Tat eine wirkungsvolle Familientherapie. Wir haben unser Zusammensein richtig genossen.

Am letzten Tag unseres Aufenthaltes in diesem traumhaften Paradies saß ich nach dem Frühstück in der Hotellobby und wartete auf meine Eltern. Wir hatten vor, noch einige Stunden zu wandern, bevor wir wieder nach Teheran zurückfuhren.

Mir gegenüber saß ein älterer Herr, der mit beiden Händen die Boulevardzeitung ausgestreckt vor sich hielt, sodass ich auf der Rückseite mehrere farbige Bilder einer Reportage sehen konnte.

Meine Aufmerksamkeit wurde verstärkt, als ich das Bild eines Raumes sah, der mir bereits vertraut war. Wie elektrisiert starrte ich auf das Bild eines umgekippten Sarges, neben dem diverse Gegenstände lagen.

Unbeherrscht sprang ich auf und bat den Herrn, ohne mich zu entschuldigen, darum, mir den besagten Teil der Zeitung auszuhändigen.

Ich weiß nicht, ob ihm meine zornige Miene so einen Schrecken einjagte, dass er mir die ganze Zeitung entgegenstreckte.

Ich nahm sie an mich und setzte mich wieder auf meinen Sessel. Die Zeitung war zwei Tage alt. Ich erinnere mich daran, dass ich zuerst gar nicht in der Lage war, die Texte richtig zu lesen und zu verstehen. Ich war so aufgeregt und fassungslos, dass mir die Buchstaben wie verschmiert und unlesbar erschienen.

Aber nach und nach konnte ich wieder klar und deutlich sehen und erfuhr von einem ungeheuren Skandal, grenzenloser Gehässigkeit, ja, von einem brutalen Angriff auf das Leben einer hilflosen Frau.

Offenbar hatte Cyrus einen Tag zuvor einen schockierenden Bericht über eine dubiose Bewohnerin eines Appartements in der Hafez-Straße geschrieben.

Er hatte behauptet, dass die „alte Frau" vor langer Zeit ihren Liebhaber getötet und seine Leiche in einem Sarg versteckt hatte. Der Sarg sollte sich noch immer in ihrem Wohnzimmer befinden.

Dieser Bericht hatte bei der Polizei großen Alarm ausgelöst und am nächsten Tag hatten vier Kriminalbeamte Soraya aufgesucht, ihre Wohnung auseinandergenommen und natürlich außer den unzähligen Gegenständen nichts gefunden.

Er berichtete über die erfolglose Untersuchung der Polizei und fügte am Ende seiner Reportage hinzu:

„Leider hat man in ihrer Wohnung keinen Hinweis auf einen Mord gefunden. Entweder hatte sie die Leiche rechtzeitig entsorgt oder es handelte sich um falschen Alarm."

Es gab keinen Hinweis darauf, ob man sich für diese vernichtende Verdächtigung bei Soraya entschuldigt hatte.

Ich weiß nicht, wie lange ich starr vor Entsetzen und gequält von meinem schlechten Gewissen auf meinem Platz saß.

Der Gedanke, dass ich bei dieser Katastrophe der Hauptschuldige war, lastete schwer auf meiner Seele. Ich hätte wissen müssen, dass die spannende Geschichte über meinen Besuch bei Soraya ein aufregendes Sujet für Cyrus sein konnte. Ich ärgerte mich darüber, dass ich die Geschichte an diesem Männerabend nicht vollständig erzählt hatte. Hätte ich den Inhalt des Sarges erwähnt, wäre er wahrscheinlich nicht auf solche furchtbaren Gedanken gekommen.

Die arme Frau musste vor Angst und Zorn förmlich zusammengebrochen sein. Nachdem sie mehrere Jahre lang Abstand von fremden Menschen genommen hatte, ließ sie mich in ihre Wohnung eintreten, erzählte über ihr düsteres Leben, Erfolge oder Misserfolge, und die Quittung für ihre

Offenheit bekam sie umgehend serviert. Das war in der Tat ein unverzeihlicher Vertrauensbruch. Wie konnte ich diese Schande nur wiedergutmachen?

IV

Als ich wieder nach Teheran zurückgekehrt war, stattete ich zuerst meinem „ehemaligen" Kumpel Cyrus, einen kurzen Besuch ab. Ich suchte ihn spätabends in seiner Wohnung auf. Als er die Haustür öffnete, sagte ich:

»Du bist ein Scheißkerl. Du verdienst es nicht, als Journalist bezeichnet zu werden. Du bist eine Schande für diesen Beruf!« Und danach versetzte ich ihm einen Schlag in sein Gesicht. Offenbar hatten der angestaute Zorn und die Aufregung dafür gesorgt, dass sich meine ganze Kraft in meiner Faust gesammelt hatte. Zum ersten Mal in meinem Leben hatte ich jemanden zu Boden geschlagen. Bevor ich mich auf den Heimweg machte, untersagte ich ihm, sich jemals wieder bei mir blicken zu lassen.

Ich hatte keinen Mut, Soraya in ihrer Wohnung zu besuchen und mich für das Geschehene zu entschuldigen.

Ich wusste nicht, wie ich diesen hässlichen Vorfall für sie plausibel begründen sollte. Dennoch musste ich etwas tun, die Frage war nur: Was?

An einem Abend, als mein Vater von der Arbeit nach Hause kam, suchte ich ihn in seinem Arbeitszimmer auf und erzählte ihm die ganze Geschichte von meiner Bekanntschaft mit Soraya und dem skandalösen Bericht von Cyrus. Er spürte, wie sehr ich unter der schweren Last meines schlechten Gewissens litt. Nachdem wir fast eine Stunde lang unsere Meinungen miteinander ausgetauscht hatten, waren uns einige gute Ideen gekommen, wie ich meinen fatalen Fehler wiedergutmachen konnte.

Mein Vater wollte seine Position bei der PTT dazu nutzen, dass Soraya ihren Telefonanschluss so schnell wie möglich bekommen konnte.

Und ich sollte sie nach einigen Wochen mit einem Blumenstrauß besuchen und mich aufrichtig bei ihr entschuldigen.

Aber ich hatte keinen Mut, ihr in die Augen zu blicken. Ja, ich war feige.

Ich entschloss mich stattdessen dazu, einen Brief zu schreiben und auf diese Weise ein wenig diese unerträgliche Last auf meiner Seele zu mindern. Ich schrieb ihr folgenden Brief:

„Liebe Soraya,
ganz zufällig habe ich von dem skandalösen Bericht in der Boulevardzeitung und der daraus resultierenden polizeilichen Untersuchung in Ihrer Wohnung erfahren. Ich war darüber entsetzt und völlig fassungslos.

Es tut mir außerordentlich leid, dass Sie wieder einmal schlechte Erfahrungen mit einem brutalen und gewissenlosen Menschen machen mussten.

Zu meiner Schande muss ich gestehen, dass ich in diesen Vorfall indirekt involviert war. Vor sechs Wochen habe ich bei einem geselligen Zusammentreffen meinen Kollegen von meinem Missgeschick in der russischen Konditorei und Ihrer liebenswürdigen Hilfe erzählt. Ich habe auch nebenbei den Sarg in Ihrer Wohnung erwähnt, den Sie als den Friedhof der Ereignisse Ihres Lebens bezeichnet hatten, ohne zu ahnen, dass einer meiner Kollegen, ein gewissenloser Journalist, alles nach seinem Geschmack und Fantasie verändert und darüber eine skandalöse Story geschrieben hat. Eine ungeheure Anschuldigung, die die Polizei dazu veranlasste, Ihre Wohnung auf den Kopf zu stellen und Ihre Würde zu verletzen.

Ich möchte mich für mein Verhalten, den Vertrauensbruch und den daraus resultierenden Vorfall entschuldigen.

Ich bedauere, dass Ihre Lebenseinstellung wegen dieses hässlichen Ereignisses mit noch mehr negativen Vorurteilen belastet worden ist.

Ich erinnere mich noch genau an Ihre Meinung bezüglich böser Menschen und ganz besonders im Hinblick auf Journalisten.

Ich teile Ihre Ansicht, dass es im Iran kaum gut ausgebildete und seriöse Journalisten gibt, die sich professionell mit aktuellen Problemen unserer Bevölkerung beschäftigen. Man liest selten einen mitreißenden Artikel über korrupte Politiker, die steinzeitlichen Gesetze des Islams sowie über den kaltblütigen Umgang vieler Männer mit ihren Frauen.

Zu den Tätigkeiten eines Journalisten gehören folgende wichtige Aspekte: die Wahrheitsfindung, das gewissenhafte Recherchieren sowie die sachgemäße Publikation der gesammelten Informationen. Aber leider kann davon in den verschiedenen Zeitungen nicht die Rede sein, sondern es erscheinen sehr viele Artikel, die, um jeden Preis die Aufmerksamkeit der Leser erheischen wollen.

Seitdem ich aus meinem Urlaub zurückgekehrt bin und von diesem schockierenden Vorfall erfahren habe, bin ich traurig, verbittert und fassungslos. Ich wollte nichts mehr mit meinen Mitmenschen, speziell mit meinen Kollegen, zu tun haben. Ich hatte das Gefühl, dass auch ich ein Misanthrop geworden war.

Aber je länger ich darüber nachdachte, desto mehr war ich davon überzeugt, dass Resignation und Missmut keine Lösungen für mein Problem darstellten. Man sollte sich nicht alles im Leben gefallen lassen, aber man sollte auch nicht immer nach Vergeltung streben. Man muss lernen, einander leichter zu vergeben. Denn Hass verlangt zu viel Kraft, Hass erniedrigt unsere Seele. Wir sollten uns ein bisschen mehr

Mühe geben, das Leben zu lieben und Herz und Geist zu öffnen.

Ich denke, dass wir in unserem Leben immer wieder böswilligen und brutalen Menschen begegnen werden, die unsere innere Ruhe zerstören. Aber dadurch sollten wir nicht unser wertvolles Leben vergiften lassen und letztlich zu einem Misanthropen werden.

Ich wünsche mir, dass Sie eines Tages Ihre Meinung revidieren und vor allem mir verzeihen werden.

Mit herzlichen Grüßen,

Ihr ...

PS: Erlauben Sie mir, Ihnen zum Schluss eine gute Nachricht zu übermitteln. Nach meiner Information wird der PTT in den nächsten Tagen Ihr Telefon an das Netz anschließen.

Ich denke, dass Sie nach so vielen negativen Ereignissen endlich einen guten Grund haben, sich über einen kleinen Erfolg zu freuen.

V

Soraya habe ich nie mehr wiedergesehen. Ich verzichtete auf die leckeren Piroschki und ließ mich absichtlich nicht mehr in der Naderi-Straße blicken. Nach und nach reduzierte ich meine Tätigkeit bei Keyhan und hatte kaum noch Kontakt zu meinen Kollegen.

Im Juni 1964 trat ich eine längst geplante Auslandsreise an. Ich wollte in den USA mein Studium fortsetzen.

Als ich in der Abflughalle des Mehrabad Airports gelangweilt auf meine Maschine wartete, ordnete ich den Inhalt meiner Reisetasche und fand dabei einen ziemlich alten Zettel von meinem Vater.

Er schrieb: „*Dein Wunsch ist mir Befehl. Ich habe veranlasst, den Telefonanschluss deiner Bekannten, Soraya, an das Netz anschließen zu lassen. Es wird allerdings noch einige Tage dauern. Aber du kannst jetzt schon ihre Telefonnummer haben.*" Darunter hatte er ihre Telefonnummer notiert.

Plötzlich flammte die Idee in mir auf, sie anzurufen und mich freundlich von ihr zu verabschieden, bevor ich das Land verlassen würde.

Mit wachsender Anspannung und Aufregung rief ich sie aus einer Telefonzelle in der Abflughalle an. Bereits nach dem ersten Klingeln antwortete sie mit ernster Stimme:

»Hallo?«

Ich stellte mich vor, grüßte sie höflich und sagte:

»Ich befinde mich gerade auf dem Mehrabad Flughafen und wollte mich, bevor ich das Land für mehrere Jahre verlasse, von Ihnen verabschieden.«

»Oh, das ist aber eine Ehre. Warum haben Sie sich in den letzten Monaten nicht bei mir gemeldet?

In der Hoffnung, Sie zu treffen, suchte ich sowohl Ihre Redaktion als auch beinahe täglich die russische Konditorei auf. Aber leider hatte ich kein Glück. Man sagte mir, dass Sie nicht mehr bei Keyhan arbeiten würden.

Ich wollte mich für Ihre große Hilfe bedanken. Ohne Ihren Einsatz müsste ich noch zwei Jahre auf meinen Telefonanschluss warten. Wie haben Sie das geschafft?«

»Das ist nicht der Rede wert. Außerdem war das das Mindeste, was ich für Sie tun konnte. Ich bin immer noch traurig, dass ich Ihnen wegen meiner Unaufmerksamkeit großen Schaden zugefügt habe. Ich hoffe, dass Sie die Unannehmlichkeiten vergessen und mir verzeihen können.«

»Vergessen kann ich das Geschehene auf keinen Fall. Aber ich habe Ihnen längst verziehen. Denn mir ist inzwischen bekannt, wie sich das Ganze an Ihrem

Männerabend zugetragen hat. Ihr Freund, Cyrus, war bei mir, erzählte mir die ganze Geschichte und hat sich für seine verletzende Reportage entschuldigt. Ihr Brief und seine aufschlussreichen Erklärungen waren überzeugend und haben mich beruhigt.«

Ihre klare und zugleich heitere Stimme berührte mich tröstlich. Ich antwortete halb im Scherz und halb im Ernst:

»Oh, das verschlägt mir jetzt den Atem, denn Ihre Aussage klingt nicht mehr nach der üblichen Misanthropie. Ich freue mich über Ihre menschenfreundlichen Töne.«

»Die Misanthropie ist nicht unbedingt mit Menschenfeindlichkeit gleichzusetzen, sie ist eine Art Schutzhaube. Wie Sie bereits wissen, habe ich bis heute kaum gute Erfahrungen mit Menschen gemacht.

Ihre Bekanntschaft hat mir allerdings eine neue Sichtweise eröffnet – wie ein kleines Fenster zu einer heilen Welt. Einer Welt, die mir bisher verborgen geblieben war.«

Ich habe Ihren Brief mehrere Male gelesen und sein Schlusssatz hat mich nachdenklich gemacht.

Mit Sicherheit werde ich auch in Zukunft meine Schutzhaube nicht beiseitelegen, aber das kleine Fenster, was Sie mir geöffnet haben, lasse ich weit offen stehen.« Sie schwieg einen Moment und sprach in einem spürbar herzlichen Ton weiter: »Ich wünsche Ihnen viel Erfolg und viel Glück in den USA. Wenn Sie irgendwann zurückkämen, würde ich mich sehr freuen, wenn Sie mich mal anriefen. Ich würde Sie gerne zu einem Piroschki einladen.«

♣ ♣ ♣

Doppelgeschlechtlichkeit
(Der Hermaphrodit)

1

Als sich mein Urgroßvater im Jahre 1880 dazu entschloss, ein Haus in Dezaship (im Norden von Teheran) zu bauen, war diese Gebirgslandschaft noch kaum bewohnt. Ab 1940 wurde dieser Ort jedoch wegen seines angenehmen Klimas von reichen Teheranern entdeckt, und nach und nach entstand eine wunderschöne Villengegend.

Diese rasante Entwicklung führte dazu, dass Dezaship bereits ab den 60er-Jahren eines der beliebtesten und teuersten Wohngebiete im Norden von Teheran wurde. Die meisten Einwohner waren höhere Beamte, Offiziere, reiche Geschäftsleute sowie mehrere amerikanische Militärberater.

Nach der Revolution von Ayatollah Khomeini wurde dieser Ort wieder menschenleer. Weil sie der neuen Regierung abgeneigt gegenüberstanden und zudem Angst vor den neuen Machthabern hatten, flohen fast 80 % der Hauseigentümer ins Ausland. Es dauerte drei Jahre, bis Khomeinis Regime diese unbewohnten Häuser konfiszierte und sie den höheren Beamten der Revolutionsgarde „Pasdaran" zur freien Verfügung stellte.

Einer dieser glücklichen neuen Hauseigentümer in Dezaship war Djawad Kashmiri. Er war 45 Jahre alt, relativ klein, vollbärtig und hatte ständig einen misstrauischen, aber auch unbarmherzigen Gesichtsausdruck.

Sein Name war den meisten Teheranern bekannt. Denn er war einer der Hauptakteure bei der Geiselnahme von 52 Diplomaten der amerikanischen Botschaft in Teheran im November 1979. Insbesondere mit dieser spektakulären Aktion machte er sich bei dem neuen Regime sehr beliebt.

Danach wurde er aufgrund seiner Loyalität und kompromisslosen Zusammenarbeit mit den Pasdaran in den Machtapparat von Khomeini aufgenommen und erhielt sukzessive wichtige Posten.

Einige Wochen, nachdem er in sein Haus eingezogen war, wusste jeder Anwohner in Dezaship, wer er war und wie man mit ihm umgehen sollte. Denn inzwischen war er der Assistent von Ayatollah Khalkhali, dem bekannten Henker, der unmittelbar nach der Revolution Hunderte von Ministern oder höheren Offizieren des Schah-Regimes erschießen ließ.

Djawad Kashmiri war bei allen Exekutionen anwesend und hatte sogar deren öffentliche Hinrichtungen organisiert. Er war in der Tat einer der meist gehassten und furchterregenden Pasdaran-Mitarbeiter.

Während der ersten Jahre seiner Tätigkeit bei der Pasdaran erfüllte er sich einen alten Wunsch: Er richtete sich in einem großen Zimmer seines Hauses ein Waffenmuseum ein. Die zahlreichen Waffen – Pistolen, Revolver, Maschinengewehre etc. – hatte er während der Revolution aus den besetzten Militärkasernen, Polizeirevieren, den leer stehenden Häusern von geflohenen Konterrevolutionären sowie aus der amerikanischen Botschaft mitgenommen. Und jeden Tag, wenn er das Haus verließ, trug er eine seiner Schusswaffen bei sich und machte sogar davon Gebrauch, wenn er jemanden nicht mochte oder wenn ihm jemand irgendwie gefährlich vorkam.

1995 verpasste man ihm, wegen seines brutalen Umgangs mit der Bevölkerung, einen Denkzettel und verdarb ihm für mehrere Monate die Laune.

Als ihn sein Bruder, Mahmud Kashmiri, an einem Freitag, wie jede andere Woche auch, besuchte, wurde dieser von einem unbekannten Motorradfahrer erschossen und war auf der Stelle tot.

Dieses Ereignis hatte verheerende Konsequenzen für die Einwohner unserer Gemeinde.

Mehrere Wochen durchsuchten Hunderte von Polizisten und Pasdaran-Mitarbeiter alle Häuser in Dezaship und Umgebung. Sie überprüften und verhörten jeden einzelnen Anwohner wie einen Verbrecher und fanden dennoch keine Spur von dem Attentäter. Jeder ahnte, dass dieser Terror ein Racheakt war, der von seinem Gegner perfekt organisiert und ausgeführt worden war.

Der Bruder von Djawad Kashmiri war ein vermögender Kaufmann auf dem Teheraner Basar gewesen. Er handelte mit Textilien und Teppichen. Nach seinem Tod hinterließ er eine junge Frau und fünf Mädchen im Alter zwischen zwei und zwölf Jahren.

Ein Jahr nach diesem Attentat heiratete Djawad Kashmiri seine Schwägerin, Freshteh, als zweite Frau, um sie und ihre Kinder zu unterstützen. Um das profitable Geschäft seines Bruders besser kontrollieren zu können, überlegte er ernsthaft, seinen einzigen Sohn, Reza, dort als Geschäftsführer einzusetzen. Er sollte dafür sorgen, dass die Angestellten korrekt und zuverlässig mit dem Millionen-Vermögen seines Bruders umgingen.

Sein Sohn Reza Kashmiri war damals gerade 20 Jahre alt und leider von der Natur nicht besonders gut bedacht worden. Er war auffällig klein, pummelig und hatte ein großes, rotes, glattes Gesicht, fast mädchenhaft. Aufgrund seiner hormonell bedingten Brustentwicklung zog er sich immer einen dicken Pullover an, um unauffällig zu erscheinen. Dennoch verrieten die beiden großen Wölbungen unter seinem Pulli sowie seine weiche, dünne Stimme, dass er eher weibliche als männliche Züge hatte.

Und gerade wegen seiner mädchenhaften Erscheinung war er jahrelang ein willkommenes Opfer für seine Schulkameraden.

Eigentlich war er ein scharfsinniger junger Mensch, dennoch hatte man ihn während seiner Schulzeit wegen extrem schwacher Leistungen dreimal nicht versetzt, bis er seine Ausbildung abbrach und zu Hause bei seiner Mutter blieb. Mehrere Jahre lang bestand sein Leben daraus, unzählige Stunden vor dem Fernseher zu sitzen und sich Videofilme anzuschauen sowie zu schlafen und zu essen. Sein Vater brachte ihm jeden Tag Dutzende Videofilme mit, die die Pasdaran bei ihren regulären Hausdurchsuchungen konfisziert hatten. Wenn Djawad Kashmiri zu Hause war, versuchte er sich einerseits wie ein verantwortungsvoller Vater zu benehmen und seinen Sohn wie einen Mann zu erziehen. Er hielt ihn dazu an, sich langsam von seiner Kinderstube zu verabschieden und eine anspruchsvolle Tätigkeit zu übernehmen. Manchmal nahm er ihn mit in sein Büro oder auf den Schießübungsplatz der Pasdaran und zeigte ihm, wie man eine Pistole lädt und auf ein Objekt schießt. Andererseits behandelte er ihn wie ein fünfjähriges Kind. Die meiste Zeit über musste Reza auf seinem Schoß sitzen und mit ihm Videofilme anschauen, die oftmals nicht für Jugendliche geeignet waren.

Seine Mutter Nasim mochte weder die halbherzige Predigt ihres Mannes über die Zukunft ihres Sohnes noch das alberne Militärtraining auf dem Pasdaran-Gelände. Und schon gar nicht konnte sie es gutheißen, wenn er sich mit ihm mehrere Stunden lang Western- oder Kriminalfilme anschaute.

In den letzten Jahren war ihr die Fehlentwicklung ihres Sohnes zunehmend bewusster geworden, sie versuchte jedoch, diesen schwer hinnehmbaren Zustand zu ignorieren, sogar zu verdrängen.

Als Reza zwei Jahre alt war, veranstaltete Djawad traditionsgemäß eine rituelle Beschneidungsfeier für seinen Sohn.

Eigentlich hätte der sogenannte Chirurg (er war Friseur, verfügte jedoch über ausreichende Erfahrung mit Beschneidungen) damals bei diesem operativen Angriff auf Rezas Genitalien erkennen müssen, dass das, was er so kaltblütig beschnitten hatte, keine jugendliche Vorhaut gewesen war.

Offenbar traute sich aus Angst vor Djawad keiner der Anwesenden, die Männlichkeit des kleinen Reza infrage zu stellen.

Als Reza zehn Jahre alt war, suchte Nasim ohne das Wissen ihres Mannes einen Urologen auf und bat ihn, Reza gründlich zu untersuchen. Das Ergebnis der medizinischen Untersuchung war schockierend. Der Arzt meinte:

»Aufgrund der Missbildung seiner Geschlechtsorgane kann man Reza, aus biologischem sowie medizinischem Gesichtspunkt aus gesehen, nicht eindeutig als männlich oder weiblich bezeichnen. Er ist ein Intersexueller. (Er hatte einen sehr kleinen Penis wie ein Baby und seine Hoden waren kaum entwickelt.)

»Was erzählen Sie da?«, protestierte Nasim. »Er ist doch ein junger Mann. Als er zwei Jahre alt war, haben wir ihn wie jedes anderes normales Kind beschneiden lassen.«

»Das hätten Sie nicht tun dürfen«, erwiderte der Arzt kopfschüttelnd. »Durch die Beschneidung der Vorhaut sind die Genitalien verstümmelt worden. Sie müssten inzwischen bemerkt haben, dass Reza nicht im Stehen Wasserlassen kann. Ich empfehle Ihnen, ihn mit nach Deutschland oder Frankreich zu nehmen und dort operieren zu lassen.

Meiner Meinung nach ist es besser, ein gesundes und glückliches Mädchen zu haben, als einen unvollkommenen Jungen mit erheblichen Minderwertigkeitskomplexen.«

»Zum Mädchen um operieren?« Sie war aufgeregt und vollkommen fassungslos. »Ich soll meinen Jungen zu einem Mädchen operieren lassen? Das ist unmöglich.

Sein Vater würde mich umbringen. Der Gott hat uns einen Jungen geschenkt und daher soll er ein Junge bleiben.«

Dann milderte sie ihren Ton und fragte verzweifelt: »Glauben Sie nicht, dass sich seine männlichen Organe normal entwickeln werden, wenn er weiter wächst?«

Der Arzt dachte einen Augenblick nach. Ihm war klar, dass in beinahe allen orientalischen Familien ein Sohn etwas Besonderes ist, so etwas wie ein Prestige-Objekt. Die Umwandlung zu einem weiblichen Wesen wird als Schande betrachtet. Außerdem sind im Islam Begriffe wie intersexuell, homosexuell etc. mit einem Tabu belegt. Die Operation eines Jungen zu einem Mädchen, oder umgekehrt, wird als Einmischung in die Gottesschöpfung verstanden und nicht toleriert.

Er war sich auch darüber im Klaren, dass seine ehrliche Antwort alle ihre Illusionen zerstören würde. Er erwiderte mit gedämpfter Stimme:

»Wenn er mein Kind wäre, würde ich ihn doch operieren lassen. Aber andererseits können Sie das Risiko eingehen und warten. Das Leben ist voller Wunder.«

Seit der Geburt von Reza genoss Nasim innerhalb der Familie hohes Ansehen. Ihr Mann schien ganz besonders glücklich und stolz darüber zu sein, weil er sich immer einen Sohn gewünscht hatte. Denn Reza war der einzige Junge in der Familie, alle seine Verwandten hatten ausschließlich Mädchen.

Gerade wegen dieses Sonderfalls in der Familie versuchte Nasim ihre Triumphkarte nicht aus der Hand zu geben und niemals mit jemandem über den biologischen Zustand ihres Sohnes zu sprechen, schon gar nicht mit ihrem Mann.

Obwohl weder die weiche und dünne Stimme von Reza zu überhören noch seine weibliche Körperform zu übersehen war, machte sich sein Vater darüber gar keine Gedanken.

Djawad hörte und sah immer, was er sehen oder hören wollte. Dennoch monierte er manchmal, dass sich Reza nicht wie ein anderer großer Junge verhielt, und im Laufe der Zeit bekräftigte er seine Forderung, dass er langsam anfangen sollte zu arbeiten. Und nach der Ermordung seines Bruders konnte ihn niemand von seiner Idee abhalten, dass Reza das Geschäft auf dem Basar übernehmen musste.

Djawad war davon überzeugt, dass sein Sohn in dem Textilgeschäft von seines Bruders die kaufmännische Tätigkeit lernen und nach einem Jahr Einarbeitung die Leitung der Firma übernehmen konnte. Er blickte Nasim streng an und sagte mahnend:

»Ich kann diese Situation nicht mehr dulden. Reza muss dieses Lotterleben aufgeben, Verantwortung übernehmen und bald seine eigene Familie gründen. Ich möchte, dass er eines Tages heiratet und mir ein Enkelkind schenkt, am besten einen Jungen.

Ich werde ihn zum Geschäftsführer dieser Textilfirma ernennen und gebe ihm damit eine große Chance, seine Zukunft optimal zu gestalten. Selbstverständlich werde ich ihn die ganze Zeit im Auge behalten und rechtzeitig eingreifen, wenn dies erforderlich wäre. Ich bin allerdings zuversichtlich, dass er es allein schaffen wird.

Wer weiß, vielleicht geht es viel schneller, als wir so pessimistisch angenommen haben.«

Nasim sagte nichts, aber ihre Skepsis war ihr deutlich anzumerken. Sie glaubte nicht, dass Reza jemals in der Lage sein würde, derartige geschäftliche Aufgaben zu übernehmen. Und es war sowieso eine Illusion zu denken, dass er jemals heiraten und Kinder zeugen könnte. Dennoch schwieg sie, denn sie wusste, dass ihre Meinung nicht gefragt war. Ihr Mann machte immer, was er wollte.

Drei Monate lang versuchte Djawad Kashmiri jeden Abend, Reza mit überzeugenden Argumenten, aber auch mit allen möglichen Versprechungen dazu zu bewegen, seinen Plan zu akzeptieren. Aber Reza schüttelte immer heftig seinen Kopf und beharrte darauf, zu Hause bei seiner Mutter bleiben zu wollen. Seine ablehnende Haltung sorgte zunehmend für Streit zwischen seinen Eltern. Djawad beschimpfte Nasim, dass der Junge wegen ihrer schlechten Erziehung verweichlicht worden war.

Er war der Meinung, dass man ihn einfach in kaltes Wasser schubsen musste, schwimmen würde er alleine lernen. Er versuchte, Reza seine Idee schmackhaft zu machen:

»Stell dir vor, ich setze dich in dieser Firma als Geschäftsführer ein. Niemand kann dir etwas Böses tun oder sagen. Wenn du mit einem Mitarbeiter nicht zufrieden bist, kannst du ihn einfach feuern.

Du bist der Boss und deshalb werden dich alle deine Mitarbeiter wie einen Gott behandeln.«

Und doch sträubte sich Reza dagegen, seine kleine Welt zu verlassen. Er hatte Angst, dass ihn die fremden Leute wegen seiner Figur verspotten könnten.

Eines Tages stimmte er jedoch seinem Vater zu. Allerdings wollte er erst einmal einige Wochen probeweise dort erscheinen und herausfinden, ob er die Situation überhaupt aushalten konnte.

II

Die 2000 Quadratmeter großen Geschäftsräume der Textilfirma befanden sich auf dem großen Teheraner Basar. Insgesamt arbeiteten dort zwölf Angestellte. Der Betriebsleiter war Herr Saeed Farhangi, sein Stellvertreter Herr Khorami, vier weitere Personen waren für den Verkauf zuständig, zwei für die Lagerverwaltung, drei Personen kümmerten sich um den Einkauf und eine junge

Dame, Frau Minu Rahai, war für die Buchhaltung und die Küche zuständig.

Normalerweise ist die Tätigkeit auf dem Basar Männersache; die Basaris sehen ungerne eine Frau in ihrer Geschäftswelt. Minu verdankte diese Stelle ihrem Bruder. Er war Leiter des Pasdaran-Gefängnisses und ein guter Freund von Djawad Kashmiri.

Als Reza zum ersten Mal in der Firma erschien, begleitete ihn sein Vater. Djawad Kashmiri hatte vorher Saeed, dem Betriebsleiter, befohlen, um 18:00 Uhr alle Mitarbeiter in dem Pausenraum zu versammeln.

Reza war sichtlich nervös und aufgeregt. Er traute sich nicht, seinen Mitarbeitern in die Augen zu blicken. Während Djawad Kashmiri seinen Sohn stolz anschaute, sagte er mit fester Stimme:

»Frau Rahai, meine Herren, ich freue mich, Ihnen meinen Sohn, Ihren neuen Chef, vorzustellen.« Er hob seine Stimme und fügte hinzu: »Ich erwarte von allen in diesem Raum, ihn bei der Ausführung seiner Aufgaben uneingeschränkt zu unterstützen. Sie müssen seine Anweisungen ohne Widerstand befolgen.

Zugegeben, mein Sohn ist neu in der Branche und ihm fehlt die kaufmännische Erfahrung.« Er blickte Saeed einen Moment böse an, so als ob er schuld daran war, und sagte noch schärfer weiter: »Aber das ist kein Grund, seine Anweisungen nicht ernst zu nehmen, er ist Ihr Boss. Sie müssen ihm innerhalb der nächsten zwei bis drei Monate die gesamten Arbeitsabläufe, alle wichtigen Aspekte bezüglich Kaufen, Verkaufen, Inventur, Buchhaltung etc. klar und verständlich erklären. Bitte sorgen Sie dafür, dass er nicht überfordert wird. Er braucht genügend Zeit, um den Sinn und Zweck Ihrer Tätigkeiten zu verstehen.

Ich habe meinem Sohn befohlen, mich umgehend zu informieren, wenn er merken sollte, dass Sie etwas vor ihm verheimlichen oder gegen ihn arbeiten. In diesem Fall bekommen Sie es mit mir zu tun. Sie wissen, wer ich bin, wo ich arbeite und welchen Einfluss ich besitze.

Ich möchte unmissverständlich klarstellen, dass Sie zwei Möglichkeiten haben: Entweder unterstützen Sie ihn und geben gleichzeitig Ihr Bestes, damit diese Firma erfolgreich weiter besteht, oder Sie sind fehl am Platz und müssen uns verlassen. Ich werde jeden von Ihnen kritisch im Auge behalten. Ich denke, Sie verstehen, was ich meine.« Langsam streiften seine Blicke jeden der anwesenden Mitarbeiter. Seine klaren und drohenden Worte blieben nicht ohne Eindruck; es herrschte eine angespannte Atmosphäre und Totenstille. Er milderte seinen Ton und fuhr fort: »Aber ich bin mir sicher, dass niemand von Ihnen seine Zukunft aufs Spiel setzen wird. Mein verstorbener Bruder war immer mit Ihnen zufrieden und diesen Zustand wollen wir doch beibehalten.« Dann blickte er plötzlich mit einem gewissen Missfallen auf Reza herab. Der kleine Mann rutschte tief in seinen Stuhl und erweckte den Eindruck, als ob er sich in einer fremden Welt befinden würde. Djawad ignorierte den peinlichen Zustand seines Sohnes und fragte in die Runde, ob jemand hierzu etwas zu sagen habe.

»Im Namen meiner Kollegen möchte ich unseren neuen Chef herzlich begrüßen«, sagte Saeed mit klarer Stimme, während er Reza respektvoll anblickte. Dann sah er Djawad ehrfürchtig an und fuhr fort: »Sie können davon ausgehen, dass sich jeder von uns anstrengen wird, Ihrem ehrenwerten Sohn alles beizubringen, was er bei der Ausübung seiner Tätigkeit benötigt. Außerdem werde ich ihn die ganze Zeit über begleiten und alles daransetzen, dass er das gesamte Aufgabenspektrum unseres Betriebes perfekt beherrschen wird.

Darüber hinaus werden wir, wie in den letzten Jahren, weiterhin unser Bestes geben, damit alle Tätigkeitsfelder korrekt, wirtschaftlich und reibungslos ablaufen.«

Djawad Kashmiri nickte zufrieden, sah seinen Sohn aufmunternd an und sagte:

»Siehst du, es ist nicht so schlimm, wie du gedacht hast. Ich bin mir sicher, dass du in ein paar Monaten alles im Griff hast und hier mit großer Freude arbeiten wirst.«

Reza schwieg weiterhin. Ihm fehlte der Mut, etwas dazu zu sagen. Allerdings verspürte er doch ein wenig Erleichterung und das verdankte er dem Betriebsleiter, Saeed. Der Mann strahlte Ruhe, Optimismus und noch etwas Undefinierbares aus; etwas, was ihn positiv beeindruckte.

Es wurde vereinbart, dass Reza zuerst dreimal pro Woche vormittags in die Firma kam. Er sollte in Begleitung von Saeed die Arbeitsabläufe jeder einzelnen Abteilung kennenlernen. Nach der Einarbeitungszeit sollte er dann offiziell seine Stellung als neuer Geschäftsführer übernehmen. Bis dahin behielt Djawad Kashmiri diese Position.

Eine Woche später als geplant, erschien Reza gegen Mittag in der Firma. Er sah angespannt, ängstlich, unsicher und verloren aus.

Er hatte die ganze Woche über versucht, sich mit allen erdenklichen Ausreden, wie Krankheit, davor zu drücken, in die Firma zu gehen.

Und jeden Tag hatte es Streit mit seinem Vater gegeben. Dieser drohte ihm, dass Reza seinen Militärdienst absolvieren müsste, wenn er sich weiterhin weigerte, seinen Dienst in der Firma anzutreten. (Das war jedoch nur eine leere Drohung, weil er ihn vor zwei Jahren vom Militärdienst hatte befreien lassen.) Allerdings zeigte diese Äußerung die gewünschte Wirkung.

Denn Reza vermutete, dass die Arbeit in der Firma einfacher sein könnte als der Einsatz beim Militär.

Saeed empfing ihn freundlich und begleitete ihn zu seinem Büro. Er sagte:

»Dieser Raum gehört Ihnen allein. Wenn Sie erlauben, komme ich jeden Tag hierher und versuche Ihnen innerhalb von zwei bis drei Stunden die gesamten Aufgabenbereiche und dazugehörigen Arbeitsabläufe zu erklären. Wenn Sie allein sind und etwas benötigen sollten, drücken Sie bitte diesen Knopf.« Er betätigte einen Schalter und prompt ging die Tür auf und Frau Minu Rahai erschien in der Tür. Saeed wies sie an:

»Bringen Sie dem Chef eine Tasse Tee.«

Minu nickte höflich und verließ den Raum. Dieser warmherzige Empfang und die behagliche Atmosphäre lösten bei Reza ein sicheres Gefühl aus. Er dachte, es dort, entgegen seiner Erwartung, doch gut aushalten zu können, falls sich dieser erste positive Eindruck bestätigen sollte.

Zum ersten Mal betrachtete er Saeed genauer. Er war ein gut aussehender junger Mann; knapp 30 Jahre alt, groß, schlank und machte einen sympathischen Eindruck.

Als Minu wieder den Raum betrat und die Tasse Tee auf seinen Schreibtisch stellte, fühlte er sich viel besser.

Er erkannte, dass seine Vorbehalte unbegründet gewesen waren und es keinen Anlass dazu gab, ängstlich zu sein. Während er seinen Tee trank, ließ er seinen Blick neugierig durch den Raum schweifen.

Sein Büro war ein fensterloses großes Zimmer, das mit mehreren Einbauschränken verkleidet war. Auf der einen Seite lagen haufenweise Textilmuster und auf den anderen diversen ausländischen Warenkatalogen. In einer Ecke standen eine rote Couch, ein runder Tisch und mehrere Besucherstühle. Am besten gefiel ihm der Ventilator an der Decke.

»Wenn Sie mit der Einrichtung Ihres Büros nicht zufrieden sind, können wir in Absprache mit Ihrem Vater einiges verändern«, sagte Saeed.

»Warum denn? Es gefällt mir alles gut.« Er deutete mit dem Finger auf den Ventilator und sagte: »Ich finde dieses Objekt sehr interessant. Wie funktioniert es?«

Saeed betätigte einen Schalter an der Wand und daraufhin begann sich der Ventilator zu drehen und ein kühler Luftzug streifte Rezas Gesicht. Wie ein kleines Kind beobachtete er fasziniert das elektrische Gerät. Als Saeed ihn ausschaltete, protestierte er laut: »Nein, lassen Sie ihn weiterlaufen. Das ist wunderbar.« Und dann fragte er: »Haben Sie auch einen Ventilator in Ihrem Büro?«

»Nein, mit Ausnahme von Minu hat niemand von uns ein Büro. Wir müssen alle entweder vor den Tresen stehen und Waren verkaufen oder unsere Lieferanten besuchen, um neue Waren zu bestellen. Einige Kollegen befinden sich in dem Lagerraum, um entweder die bestellten Waren an die Kunden zu schicken oder die neuen Importartikel aus dem Inland oder Ausland entgegenzunehmen.

Wie Sie wissen, bin ich der Betriebsleiter und Ihr Assistent. Ich bin zuständig für den Verkauf, Einkauf und alle Aktivitäten unserer Mitarbeiter.«

Dann lächelte er ihm freundlich zu und sagte mit vertrauensvoller Stimme weiter: »Ich weiß, das ist Ihr erster Job. Aber machen Sie sich keine Sorgen.

Ich werde Ihnen alles schrittweise und verständlich erklären. Sie müssen mir nur vertrauen. Wenn es etwas gibt, was Sie nicht verstehen, fragen Sie mich. Ich werde mein Bestes geben, damit Sie lernen, alle Aufgaben in unserem Betrieb perfekt zu beherrschen.

Heute werde ich Ihnen einige Aufgaben aus dem Verkaufsbereich erklären.

Morgen gehen wir gemeinsam in den Keller und dort zeige ich Ihnen unsere Lager und dazugehörigen Arbeitsabläufe. Ist Ihnen das recht?«

»Gibt es dort auch einen Ventilator?«

»Nein, dort brauchen wir keinen Ventilator. Alle unsere Lagerräume sind kühl und trocken. Man kann es dort gut aushalten. Wenn es Ihnen in den Lagerräumen jedoch zu warm werden sollte, kann ich dort für Sie einen Ventilator installieren lassen. Ich möchte, dass Sie sich in Ihrer Firma wohlfühlen.«

»Hat mein Vater Ihnen befohlen, freundlich gegenüber mir zu sein?«

»Nein, das hat er nicht. Ich denke, dass wir beide miteinander gut auskommen müssen. Sie sind ein sehr netter junger Mann und gleichzeitig mein Chef. Ich möchte, dass Sie mit mir und meiner Arbeit zufrieden sind.«

»Finden Sie mich wirklich nett?«

»Ja, ich finde Sie sehr sympathisch.«

Reza starrte Saeed für einen Augenblick fasziniert an. Das war das erste wohltuende Kompliment, das er jemals in seinem Leben bekommen hatte.

Er fühlte sich auf unheimliche Weise von ihm angezogen. Plötzlich stand er auf, ging langsam auf ihn zu und umarmte ihn voller Zuneigung.

Saeed war völlig überrascht, vor allem von der Art und Weise, wie er sich an ihn drückte.

Obwohl Saeed fast 30 cm größer als Reza war, konnte er dessen rasendes Herzklopfen hören und die Wärme seiner weichen großen Brüste fühlen. Nachdem beinahe eine Minute vergangen war, ließ er Saeed los und sagte mit verträumter, kindlicher Stimme:

»Ich fühle mich bei Ihnen sehr wohl. Ich mag Sie, Saeed.«

III

Ab dem nächsten Tag kam Reza jeden Tag in die Firma und blieb bis 16:00 Uhr. Er stand die ganze Zeit dicht bei Saeed und begleitete ihn überall hin. Auch wenn Saeed die Toilette aufsuchen wollte, tat er so, als ob auch er ein dringendes Bedürfnis hatte.

Saeed erklärte ihm jede einzelne Tätigkeit in den jeweiligen Abteilungen einfach und anschaulich und Reza hörte ihm aufmerksam zu. Sie waren gemeinsam in dem Verkaufsbereich, bei der wöchentlichen Bestandsaufnahme in dem Lagerraum, aber auch bei Minu, um zu sehen, wie sie jeden einzelnen Posten registrierte. Ansonsten blieb er in seinem Büro und bat Saeed, ihm ständig Gesellschaft zu leisten.

Jeden Tag gingen sie gegen Mittag in ein Restaurant auf dem Basar und aßen zusammen.

Während der ersten sechs Monate fehlte Reza nicht einen einzigen Tag. Jeden Abend erzählte er seinem Vater, was er dort gelernt hatte, und machte ihn damit überaus glücklich.

Die radikale Veränderung seines Verhaltens, insbesondere seiner Motivation – jeden Tag in die Firma zu gehen – war für viele unbegreiflich, ja schlichtweg ein Wunder. Seine Mutter, Nasim, war von der Entwicklung am meisten überrascht. Sie hatte keinen Zweifel, dass Saeed für diese positive Veränderung verantwortlich war. Denn in jedem Satz, den Reza sprach, erwähnte er immer dessen Namen.

Saeed hat das gesagt, Saeed hat das getan, Saeed kann dieses und jenes. Und bei seinen leidenschaftlichen Berichten sah man immer wieder die glänzenden Augen und den strahlenden Gesichtsausdruck. Der Junge war sichtlich motiviert, begeistert, vor allem glücklich, sehr glücklich.

In regelmäßigen Abständen besuchte ihn sein Vater und mit großer Freude und voller Stolz beobachtete er, wie Reza seinem Ausbilder konzentriert zuhörte und seine Aufgaben fachmännisch erledigte.

Einmal lobte Djawad Kashmiri Saeed für seinen effektiven Einsatz und versprach ihm eine Gehaltserhöhung von 10 %.

Nachdem sein Sohn knapp neun Monate in der Textilfirma sein Aufgabengebiet studiert hatte, sagte Djawad zu seiner Frau, dass er mit dem Entwicklungsprozess seines Sohnes sehr zufrieden war. Sie sollte langsam für ihn eine Braut aussuchen. Aber Nasim war nach wie vor skeptisch. Sie kannte ihren Sohn sehr gut und spürte, dass der Grund seiner unglaublichen Motivation nicht nur die interessante Arbeit sein konnte. Es musste etwas anderes sein, was ihn so radikal verändert hatte. Misstrauisch beobachtete sie, wie er ständig von seinem Ausbilder schwärmte. Wenn er von Saeed redete, wirkte er lebendig und seine Augen leuchteten fasziniert.

Jeden Tag verbrachte er, bevor er in die Firma ging, fast eine halbe Stunde im Badezimmer und benutzte gelegentlich heimlich ihr Parfum.

Sie war einmal außer sich, als sie in seiner Unterhose ein paar getrocknete Blutflecken fand. Als sie ihn darauf ansprach, war er zuerst sprachlos und erzählte ihr dann, auf dem Nagel einer Holzkiste gesessen und sich dabei verletzt zu haben.

Die ungewöhnliche und radikale Veränderung ihres Sohnes machte ihr Angst. Sie bemerkte, dass Reza kein Interesse mehr an seinem Fernseher und Videofilmen hatte und sich weigerte, wie früher mit ihr oder seinem Vater Karten zu spielen. Wenn er zu Hause war, legte er sich auf sein Bett und führte Selbstgespräche.

Einmal hatte sie unbemerkt beobachtet, wie er vor einem Spiegel seinen nackten Oberkörper bewunderte. Etwas stimmte nicht mit ihm. Dennoch traute sie sich nicht, mit ihrem Mann über ihre Sorgen in Bezug auf Reza zu sprechen.

Sie war in der Tat nicht die Einzige, die diese seltsame Entwicklung bemerkt hatte. In der Firma tuschelten inzwischen alle Angestellten über die auffällig enge Beziehung zwischen Reza und Saeed. Man beobachtete, wie sich Reza immer dicht bei Saeed aufhielt oder wie sie oftmals für relativ lange Zeit im Büro verschwanden, und wenn sie wieder im Verkaufsbereich erschienen, strahlten beide förmlich vor Glück.

Einmal regte sich Reza sehr darüber auf, als ein Mitarbeiter des Verkaufsteams eine spöttische Bemerkung über die merkwürdige Unterrichtsmethode von Saeed machte und alle anderen damit zum Lachen brachte. Er verstand, was sein Mitarbeiter mit der Bemerkung „liebevoller und intensiver privater Unterricht" meinte. Er wies Saeed an, dem Mann ein Monatsgehalt auszuzahlen und dafür zu sorgen, dass dies sein letzter Arbeitstag gewesen war. Dann rief er demonstrativ seinen Vater an und erzählte ihm, dass er einen unverschämten Mitarbeiter entlassen hatte.

Als sein Vater abends in die Firma kam, mussten sich alle Mitarbeiter wieder einen langen und drohenden Vortrag anhören. Er betonte noch einmal, dass sie nicht nur mit sofortiger Entlassung rechnen, sondern auch eine lange Zeit in einem Gefängnis der Pasdaran verbringen müssten, wenn sie sich gegenüber seinem Sohn unfreundlich benehmen sollten.

Nach diesem unerfreulichen Ereignis herrschte in der Firma eine bedrückende Atmosphäre.

Keiner wollte die beiden weder sehen noch hören und schon gar keine Kommentare über sie mehr abgeben. Jeder kümmerte sich um seine eigene Arbeit und war froh, wenn die beiden für lange Zeit verschwanden. Ganz nach dem Motto: Was ich nicht weiß, macht mich nicht heiß.

Nachdem Reza ein Jahr lang Unterricht erhalten und ausreichend Praxisbezug erworben hatte, wusste er vieles über seine Firma. Er lernte, wo man neue Waren kauft, erhielt Kenntnis über die Lieferungsverfahren, Lagerführung, Verkaufsstrategien und schließlich über die Buchhaltung. Er war zweimal gemeinsam mit Saeed auf Dienstreise gewesen; einmal hatten sie eine Woche in Esfahan und einmal drei Tage in Kerman verbracht. Sie bestellten dort viele diverse Textilwaren.

Djawad Kashmiri war mit dieser rasanten und erfolgreichen Entwicklung sehr zufrieden. Seit sein Sohn dort arbeitete, stiegen der Umsatz und der Nettogewinn von Tag zu Tag. Er verdankte diesen erfreulichen Zustand dem Betriebsleiter Saeed. Er erhielt daher die versprochene Gehaltserhöhung von 10 %.

Es schienen fast alle Beteiligten mit dieser Fortentwicklung zufrieden zu sein; Reza, Saeed und natürlich Djawad Kashmiri. Die Einzige, die diesen Entwicklungsprozess mit gewissem Misstrauen und Sorge verfolgte, war Nasim. Sie konnte den schmerzlichen Verdacht, dass zwischen Reza und Saeed mehr war als eine rein kollegiale Beziehung, nicht mehr verdrängen.

IV

Die fest verankerte Idee, dass Reza bald heiraten musste, ließ Djawad Kashmiri nicht mehr los. Alle Söhne seiner Kollegen waren mittlerweile verheiratet und hatten mehrere Kinder. Sie erzählten jeden Tag voller Freude von ihren süßen Enkelkindern und er musste sich alles neidvoll anhören.

Außerdem war es im Iran stets eine althergebrachte väterliche Verpflichtung, für den Sohn rechtzeitig eine Braut zu suchen, ansonsten bestand die Gefahr, dass er sich durch Kontakt zu Prostituierten alle möglichen Geschlechtskrankheiten einfangen konnte. (Er selbst hatte mehrere Jahre lang unter Syphilis gelitten.)

Da seine erste Frau Nasim sich weigerte, in ihrer eigenen Familie oder in der Nachbarschaft nach einer geeigneten Braut zu suchen, betraute er Freshteh, seine zweite Frau, mit dieser Aufgabe.

Einen Monat später hatte sie bereits eine Kandidatin gefunden; eine junge Dame, fast so alt wie Reza. Das Mädchen hatte nur die Grundschulausbildung absolviert, stammte jedoch aus einer angesehenen religiösen Familie. Ihr Vater, Hodjattolah Araki, war ein bekannter Mullah der großen Beheshti Moschee im Westen von Teheran und ihre Mutter war eine aktive Mitarbeiterin der Bassidji (inoffizielle Hilfspolizei für die Einhaltung der islamischen Vorschriften).

Freshteh war von ihrer Entdeckung begeistert und meinte, dass sie die richtige Frau für Reza gefunden hatte.

»Wie heißt sie? Ist sie hübsch?«, fragte Djawad seine Frau ungeduldig.

»Sie heißt Ziba und sieht fantastisch aus. Ich kenne keine Frau in unserer oder eurer Familie, die so bezaubernd aussieht.«

Am nächsten Tag informierte Djawad Nasim über die Entdeckung von Freshteh und beauftragte sie, die Familie Araki zu besuchen und zu überprüfen, ob das Mädchen wirklich so schön war, wie Freshteh behauptete. Falls sich dies als korrekt erwies, sollte sie sich danach erkundigen, ob sie noch zu haben war.

Zuerst versuchte Nasim, ihren Mann noch einmal zu überreden, noch einige Monate, vielleicht Jahre, zu warten, bis sich der Junge noch weiterentwickelt hatte.

Sie glaubte immer noch nicht, dass er in der Lage wäre, die Rolle eines aktiven Ehemanns auszufüllen. Seit mehr als zehn Jahren hatte sie keinen Einblick mehr darin erhalten können, ob sich seine Geschlechtsorgane im Vergleich zu früher normal entwickelt hatten. Reza badete sich allein und gab ihr keine Gelegenheit, diese wichtige Frage zu klären. Sie glaubte auch nicht an ein Wunder, was der Urologe einst in Aussicht gestellt hatte.

Das zweifelnde, ja regelrecht skeptische Verhalten von Nasim regte Djawad auf. Er drohte ihr, Freshteh die gesamte Organisation der Hochzeit zu überlassen, falls sie noch einmal versuchen sollte, seine Anweisung infrage zu stellen.

Der Besuch von Nasim bei Familie Araki war ermutigend. Das Mädchen war, wie Freshteh berichtet hatte, eine bildschöne Frau. Sie war etwas größer als ihr Sohn und machte einen selbstsicheren Eindruck.

Die erste Frage von Frau Araki bezog sich auf die Tätigkeit ihres zukünftigen Schwiegersohnes.

Nasim antwortete, dass er Geschäftsführer einer großen Textilfirma auf dem Basar war, was Frau Araki sehr beeindruckte.

Sie sagte, dass sie über ihr Gesuch zuerst mit ihrem Mann sprechen wollte. Sie fügte hinzu, sich selbst über Reza informieren zu wollen, um jede böse Überraschung zu vermeiden. Nasim hatte keine Einwände und sie vereinbarten, sich nach einem Monat wiederzutreffen, um das weitere Vorgehen zu besprechen.

Diese Nachforschung und der damit verbundene Zeitverlust passten Djawad Kashmiri überhaupt nicht. Dennoch stimmte er zu, so lange zu warten, bis sich Frau Araki wieder meldete. Er hatte auch zwei seiner Mitarbeiter damit beauftragt, die gesamte Familie Araki unter die Lupe zu nehmen.

Die Ermittlungen der beiden Familien liefen auf Hochtouren. Laut Bericht des Pasdaran-Geheimdienstes gab es keine negativen Meldungen über die Familie Araki. Im Gegenteil, sie waren anständige Bürger, vor allem sehr religiös.

Die Recherche von Familie Araki hingegen war nicht besonders positiv. Zum einen erfuhren sie, dass Djawad Kashmiri einer der am meisten gehassten Pasdaran-Mitarbeiter war, und zum Zweiten hatte er zwei Ehefrauen und diese Tatsache konnte für seinen Sohn kein gutes Vorbild sein. Jedoch meinte Zibas Vater, dass seine Tochter nicht Djawad Kashmiri heiraten wollte, sondern seinen Sohn, und er war ein junger Mann, ein reicher Kaufmann, und somit vielleicht auch vernünftiger als sein Vater.

Eines Tages suchten Frau Araki und ihre Tochter, verhüllt in schwarzem Tschador, die Textilfirma auf dem Basar mit der Absicht auf, Reza zu begutachten.

Sie hatten allerdings keine Idee, wie sie ihr Vorhaben unauffällig durchführen sollten.

Als sich Frau Araki einem der Verkäufer näherte und sagte, dass sie mit seinem Chef sprechen wollte, fragte der Verkäufer:

»Um was geht es? Kann ich Ihnen helfen?«

»Nein, sagen Sie bitte Ihrem *Vorgesetzten*, er solle hierherkommen. Es ist wichtig.«

»Das geht in Ordnung. Warten Sie, ich sage ihm Bescheid.« Er verließ den Verkaufsraum, ging in den Verwaltungsbereich und klopfte an die Bürotür. Es dauerte eine Weile, bis Saeed fragte:

»Was willst du?«

»Vor dem Verkaufstresen stehen zwei Frauen. Sie wünschen, mit dem *Vorgesetzten* zu sprechen.«

»Okay. Gehe zurück und sage ihnen, dass ich gleich komme.«

Als Saeed den Verkaufsbereich betrat, betrachteten die beiden Frauen ihn verwundert. Er näherte sich ihnen und fragte höflich:

»Was kann ich für Sie tun?«

Die Frauen starrten ihn schmachtend an, ohne etwas zu sagen. Er sah viel hübscher aus, als sie es sich vorgestellt hatten. Frau Araki machte endlich den Mund auf und fragte stockend, ob jede dort einige Meter Stuf kaufen dürfte.

»Leider nein. Wir sind Großhändler und verkaufen immer den ganzen Textilballen. Gehen Sie einen Block weiter, dort finden Sie ein großes Textilgeschäft. Sie können dort meterweise alle Sorten von Stoff, den Sie hier finden, kaufen.«

Frau Araki lächelte ihm zu, bedankte sich für seine Hilfe und verließ mit ihrer Tochter die Textilfirma. Mutter und Tochter schienen mit ihrem Besuch höchst zufrieden zu sein. Sie hatten jedoch keine Ahnung, dass sie gerade mit dem *Betriebsleiter* und nicht mit dem *Geschäftsführer* gesprochen hatten.

Kaum waren sie wieder zu Hause, rief Frau Araki Nasim an, grüßte sie mit übertriebener Herzlichkeit und teilte ihr mit, dass sie an der gewünschten Ehe zwischen Reza und Ziba interessiert war und sie jederzeit für die „*Balebrun-Zeremonie*" – den Heiratsantrag – vorbeikommen konnte.

Die Beziehung zwischen Vater und Sohn wurde wieder angespannt, da Djawad Kashmiri jeden Abend versuchte, Reza davon zu überzeugen, dass er bald heiraten musste. »Ein junger Mann in deinem Alter hat die religiöse Pflicht, zu heiraten und Kinder zu zeugen.« Mit diesem Argument setzte er seinen Sohn massiv unter Druck. Reza versuchte hingegen, seinen Vater mit wenigen Worten zu beschwören, ihn in Ruhe lassen, und bekundete trotzig, dass er niemals heiraten würde. Diese ständige Auseinandersetzung brachte Djawad in Rage und er drohte seinem Sohn erneut damit, ihn zum Militär zu schicken und an der irakischen Grenze zu stationieren, wo er endlich begreifen sollte, wie gut er es bei ihm hatte.

Eines Tages informierte Reza Saeed über seinen Stress zu Hause und sagte schluchzend:

»Ich kann diesen Zustand nicht mehr aushalten. Mein Vater hat immer noch nicht begriffen, dass ich niemals eine Frau heiraten kann. Ich weiß nicht, wie ich ihm beibringen soll, dass ich kein richtiger Mann bin.« Dann umarmte er Saeed stürmisch und sprach weiter: »Ich will mein ganzes Leben nur mit dir verbringen. Ich liebe dich, du bist meine große Liebe, du bist der einzige Sinn meines Lebens. Bitte, bitte sag mir, was ich tun soll. Ich bin am Ende, Saeed, tue etwas, damit alles so weiterläuft.«

Saeed drückte ihn an sich und sagte mit seiner ruhigen Art:

»Mach dir keine Sorgen, ich helfe dir. Du musst nur versuchen, stark zu sein. Sonst kannst du dich nicht gegen die Forderung deines Vaters durchsetzen. Ich sehe zwei Möglichkeiten, dieses Problem aus der Welt zu schaffen.

Entweder musst du dich komplett vor deinem Vater ausziehen, ihm deinen ganzen nackten Körper zeigen und ihn fragen, ob er wirklich glaubt, dass du jemals eine Frau heiraten könntest. Oder du versuchst, ihn einfach gegen eine Wand laufen zu lassen. Bestehe darauf, dass du bei der *Balebrun*-Zeremonie dabei sein möchtest.

Lasse bei dieser Gelegenheit die Anwesenden zumindest den oberen Teil deines Körpers sehen. Ziehe nicht, wie immer, einen dicken Pulli an und verstecke auf keinen Fall deine gewachsenen Brüste. Lasse die Leute deutlich sehen, dass du eher eine Frau bist als ein Mann. Ich bin mir sicher, dass sich die Familie der Braut nach fünf Minuten schockiert zurückzieht und kein Interesse an einer Eheschließung mit dir zeigen wird. In diesem Fall muss dein Vater seinen Heiratsplan verwerfen.«

Der zweite Ratschlag gefiel Reza besser. Denn er traute sich unter keinen Umständen, sich vor seinem Vater komplett auszuziehen. Aber er konnte sich vorstellen, bei der *Balebrun*-Zeremonie ein dünnes oder durchsichtiges Hemd anzuziehen und sich somit als ungeeigneter Kandidat zu präsentieren.

Wenn die Familie der Braut den Heiratsantrag ablehnen würde, wäre die Wahrscheinlichkeit groß, dass ihn sein Vater in Zukunft in Ruhe ließ.

Am gleichen Abend teilte er seinem Vater mit, dass er unter zwei Bedingungen seinen Wunsch akzeptieren würde. Zum einen wollte er bei der *Balebrun-Zeremonie* persönlich anwesend sein und zum anderen wollte er zu Hause ausziehen und in einer eigenen Wohnung leben.

Die Bedingungen kamen Djawad Kashmiri merkwürdig vor. Dennoch stimmte er ihm nach reiflicher Überlegung zu. Er sagte, dass er sowieso vorhatte, ihm eine große Wohnung in der Nähe seines Hauses zu kaufen und ihm diese als Hochzeitsgeschenk zur Verfügung zu stellen, wenn er eines Tages heiraten würde.

V

An einem Nachmittag, als Djawad Kashmiri an einer langen Sitzung in der Teheraner Stadtverwaltung – in der Nähe des Basars – teilgenommen hatte, entschloss er sich dazu, nicht gleich zum Pasdaran-Hauptquartier zurückzukehren, sondern seinen Sohn in der Textilfirma zu besuchen. Er wollte den Termin der *Balebrun* mit ihm abstimmen.

Als er vor der Textilfirma stand, bemerkte er, dass sich weder Reza noch Saeed in dem Verkaufsbereich befanden. Vor dem Tresen standen zahlreiche Kunden und warteten darauf, ihre Bestellung abzugeben.

Er vermutete, dass die beiden im Büro sein mussten. Er ging quer durch die Halle, vorbei am Zimmer von Minu Rahai und stand vor dem Büro seines Sohnes.

Mit seiner typisch aggressiven Art drehte er den Tür Knauf mehrere Male gewaltsam hin und her, aber die Tür war abgeschlossen. Er zog ein Bündel Schlüssel aus seiner Tasche, suchte den richtigen, steckte ihn in das Schlüsselloch und bemerkte ärgerlich, dass sich das Schloss nicht öffnen ließ. Es steckte ein Schlüssel von der Innenseite. Wütend klopfte er ununterbrochen an die Tür und schrie laut:

»Aufmachen! Verdammt noch mal, mach die Tür auf, Reza!«

Er drückte sein Ohr an die Tür und lauschte nahezu atemlos und nahm leise Gespräche wahr. Er erkannte deutlich die Stimme seines Sohnes.

»Reza, Reza, mach die Tür auf!«

Sein Gegröle war so beängstigend, dass Minu ihre Arbeit unterbrach und hastig aus ihrem Büro herauskam.

Djawad warf ihr einen finsteren Blick zu und fragte sie aggressiv:

»Warum ist das Büro abgeschlossen?«

»Ich weiß nicht. Sie müssen drin sein.«

»Was meinst du mit sie?«

»Ich meine Ihren Sohn und Saeed.«

Plötzlich öffnete Saeed die Tür von innen. Mit dem Fuß stieß Djawad die Tür auf und betrat das Büro.

Wütend, misstrauisch und mit distanzierter Neugier ließ er langsam seine forschenden Blicke durch den halbdunklen Raum schweifen. Auf dem Schreibtisch brannte eine kurze Kerze. Die Luft in dem Raum war stickig und schwer wie

Blei. Einige Meter entfernt von ihm stand Reza barfuß neben der Couch und versuchte, sein Hemd zuzuknöpfen. Neben der Couch lag eine Unterhose mit roten Streifen, die höchstwahrscheinlich Reza gehörte. Saeed hatte seine Kleidung an, jedoch war der Reißverschluss seiner Hose noch geöffnet, den er krampfhaft versuchte hochzuziehen.

Djawad war fassungslos. Das Gefühl eines grenzenlosen Ekels drohte ihn zu ersticken. Er stand wie angewurzelt da und rührte sich nicht, so als wäre er gelähmt. Für einen ewigen Augenblick schauten sich die drei gegenseitig mit erschrockenen Blicken an. Das plötzliche Auftauchen von Djawad hatte die gleiche Wirkung wie ein Tsunami für die Küstenbewohner und der merkwürdige Zustand der beiden war für Djawad wie der leibhaftige Weltuntergang. Er hatte keinen Zweifel daran, dass sie Sex miteinander gehabt hatten. Plötzlich stürmte er wie ein wildes Tier auf seinen Sohn zu, begann ihn zu schlagen und brüllte:

»Was habt ihr getan, ihr verdammten Schwulen?«

Saeed, der inzwischen einigermaßen seinen Schock überwunden hatte, kam Reza zu Hilfe. Er versuchte, Djawad mit all seiner Kraft zurückzuziehen und ihn daran zu hindern, Reza zu schlagen. Aber er unterschätzte die gewaltige Wut seines Bosses und vor allem dessen bärenstarke Kräfte.

Djawad drehte sich blitzschnell um, packte Saeed am Hals und warf ihn mit Schwung zu Boden. Dann trat er ihm mit einer unglaublichen Schnelligkeit und so fest, wie er konnte, mit seinen dicken Schuhen in die Rippen, auf Kopf und Hände. Bereits mit dem dritten Tritt auf seine Schläfe verlor Saeed die Besinnung und blieb bewegungslos auf dem Boden liegen. Dann war wieder Reza an der Reihe, auf den er immer wieder einschlug.

Als Djawad bemerkte, dass auch sein Sohn kraftlos am Boden lag, gab er ihm noch einen weiteren kräftigen Tritt in den Hintern und beendete daraufhin seine gewaltsamen Angriffe.

Er schaltete das Licht an, setzte sich verdrossen auf die Couch und versuchte, sich etwas zu beruhigen. Sein Gesicht war rot vor Erregung und er atmete unregelmäßig.

Mehrere Minuten saß er mit keuchendem Atem da und schien angestrengt nachzudenken.

Langsam gewann er seine Beherrschung zurück und erhob sich schwerfällig von der Couch. Mit festen Schritten ging er zu dem Schreibtisch, auf dem das Telefon stand, wählte eine sechsstellige Nummer und sagte, als er die Stimme seines Gesprächspartners vernahm:

»Hallo, hier ist Kashmiri. Höre genau zu, was ich dir sage. Du und zwei weitere Soldaten setzt euch umgehend ins Auto und kommt sofort zu mir. Ich bin auf dem Basar in dem Geschäft meines Bruders. Du weißt, wo es sich befindet. Ihr sollt hier einen Terroristen verhaften und ihn im Pasdaran-Gefängnis abliefern. Ich gebe euch 15 Minuten Zeit. Beeilt euch.«

Er beendete das Gespräch, kam wieder zu Reza zurück, der mühsam versuchte aufzustehen.

Djawad blickte ihn wütend an, seine Augen hatten einen harten, grausamen Ausdruck. Er sagte im Befehlston:

»Du bleibst hier, bis ich zurückkomme. Ich gehe in den Verkaufsbereich und komme gleich wieder zurück. Inzwischen ziehst du den Rest deiner dreckigen Sachen an.«

Eiligen Schrittes begab er sich in den Verkaufsbereich, direkt zum Stellvertreter von Saeed, Herrn Farhad Khorami. Ohne ein Wort der Begrüßung drückte er ihm ein Bündel Schlüssel in die Hand und sagte so laut, dass es alle anderen Mitarbeiter hören konnten:

»Ab sofort übernimmst du die Leitung dieses Geschäftes. Ich gehe davon aus, dass du mit allen Vorgängen in der Firma vertraut bist, wie Tagesabschluss, Kommunikation mit den Kunden etc. etc. Saeed wird aufgrund seiner terroristischen Aktivitäten ins Pasdaran-Hauptquartier gebracht. Ich erwarte von dir absolute Loyalität, gute Führung und korrekte Arbeit. Bist du in der Lage, mein Angebot anzunehmen?«

Khorami, der von Djawads überraschendem Angebot sprachlos war, nickte zustimmend. Djawad starrte ihn einen Augenblick eindringlich an und sagte weiter: »Enttäusche mich nicht, Khorami, sonst gibt es großen Ärger. Ich muss gleich wegfahren. In ein paar Tagen komme ich wieder zurück und wir werden ausführlich miteinander über deine neue Position sowie dein Gehalt sprechen. Einverstanden?«

»Einverstanden. Ich werde mein Bestes geben, davon können Sie ausgehen.«

»Das ist die Chance deines Lebens. Führe diese Firma clever und professionell.«

Er kam wieder ins Büro zurück. Reza, der inzwischen seine Sachen angezogen hatte, kniete neben Saeed und schaute ihn besorgt an. Er lag immer noch besinnungslos auf dem Boden.

Djawad warf seinem Sohn einen vernichtenden Blick zu, unfähig, dessen Verhalten zu begreifen.

Er ging wieder zu dem Schreibtisch, nahm den Hörer und rief zu Hause an. Kaum hörte er Nasims Stimme, sagte er:

»Ich bin's. Ich möchte dir Bescheid geben, dass Reza und ich heute Abend in unser Ferienhaus in Shirud fahren. Wir wollen ein paar Tage miteinander verbringen.«

»Ist alles in Ordnung?«, frage Nasim verwundert.

»Ja, alles bestens. Wir kommen in zwei Tagen zurück.«

Reza hatte trotz seines desolaten Zustandes die beiden Telefongespräche mitverfolgt. Er spürte, dass die glücklichen Zeiten, die er mit Saeed erlebt hatte, für immer vorbei waren. Alles deutete auf eine unbeschreibliche Katastrophe hin.

Djawad legte den Hörer auf den Apparat, ging mit drohender Haltung wieder zu seinem Sohn und sagte:

»Diese Schande kann ich nicht hinnehmen. Du kannst davon ausgehen, dass ich innerhalb der nächsten beiden Tage das korrigieren werde, was ich in den letzten Jahren bei dir versäumt habe. Ich werde entweder einen richtigen Mann aus dir machen oder dich irgendwo lebendig begraben. Wir fahren gleich nach Shirud, und wenn ich zurück bin, gibt es den jetzigen Reza nicht mehr, sondern nur noch den braven und anständigen jungen Mann, den ich mir immer gewünscht habe. Das kann ich dir versprechen.«

Um 18:00 Uhr war Saeed, in Handschellen gefesselt und begleitet von zwei bewaffneten Soldaten, bereits unterwegs zum Pasdaran-Gefängnis und Djawad und Reza fuhren in einem Militärwagen in Richtung Kaspisches Meer.

VI

Die Ferienvilla in Shirud am Kaspischen Meer zählte auch zu den Tausenden Landbesitzen, die von den Eigentümern nach der Revolution von 1979 zurückgelassen worden waren. Aus Angst vor Vergeltungsmaßnahmen der neuen Machthaber waren diese ins Ausland geflohen.

Djawad nutzte seine bedeutende Position bei der Pasdaran und hatte die Villa von dem Ministerium für Wohlfahrt für wenig Geld erworben. Er bewohnte sie während der Sommerurlaube oder ließ sie durch seinen Hausverwalter wochenweise vermieten.

Es war spätabends, als sie in Shirud ankamen. Vater und Sohn waren von dem brisanten Vorfall und der langen Reise erschöpft und sichtlich müde. Kurz nach ihrer Ankunft im Sommerhaus verschwand jeder auf sein Zimmer. Ihnen war klar, dass es nichts Essbares im Haus gab, deshalb legten sie sich mit leerem Magen zu Bett und versuchten zu schlafen.

Am nächsten Tag, kurz nach Sonnenaufgang, rief Djawad seinen Hausverwalter an und bat ihn, Lebensmittel zu besorgen. Er wunderte sich, wie schnell sein Befehl ausgeführt wurde. Kurz nach 8:00 Uhr kam ein alter, weißhaariger Mann mit zwei großen Tüten und bereitete für sie ein reichhaltiges Frühstück vor.

Inzwischen war Reza auch aufgewacht und recht hungrig. Bei Tageslicht waren die blauen Flecken von den Schlägen in seinem Gesicht besser zu erkennen. Ängstlich und deutlich angespannt betrat er die Küche.

Während des Frühstücks sagte keiner von beiden etwas. Reza vermied jeglichen Blickkontakt mit seinem Vater. Traurig und nachdenklich saß er schweigsam am Frühstückstisch, aß langsam sein Fladenbrot mit Schafskäse und trank Tee.

Als er aufgegessen hatte, sagte Djawad mit ruhiger Stimme:

»Ich habe den schrecklichen Vorfall von gestern vorläufig abgehakt und möchte nicht mehr darüber reden.

Ich weiß, ich weiß, du bist jung, unerfahren und in vielerlei Hinsicht neugierig. Als ich in deinem Alter war, habe ich auch jede Menge Dummheiten begangen.

Ich denke, es ist besser, wenn wir das ganze verdammte Ereignis einfach vergessen. Du musst mir nur versprechen, solche Dummheiten nicht mehr zu wiederholen.« Reza reagierte mit eisiger Zurückhaltung auf alles, was sein Vater sagte. Djawad fügte noch ruhiger hinzu: »Du bist mein einziger Sohn und ich möchte aus dir eine bedeutende Persönlichkeit machen. Ich möchte, dass du voller Freude und Motivation die Textilfirma weiterführst. Ich möchte, dass du heiratest und eine eigene Familie gründest. Ich möchte, dass du mehrere Kinder zeugst. Ja, Junge, ich möchte, dass du dich wie ein Mann benimmst – stark, zielbewusst und dominant. Und ich bin fest davon überzeugt, dass du das auch schaffst, wenn du dich anstrengst.

Wegen deines kindischen Verhaltens und blinden Vertrauens zu den Leuten macht jeder mit dir, was er will. So kann das nicht weitergehen. Du bist mein Sohn, der Sohn von Djawad Kashmiri, dem Mann, der Hunderte von Feinden unserer islamischen Republik zum Teufel geschickt hat. Du musst versuchen, genau wie dein Vater, stark und widerstandsfähig zu sein. Ich wünsche, dass du mir mehr Vertrauen schenkst und alle deine Pläne und deine Entscheidungen mit mir abstimmst.«

Reza schwieg, er schien immer noch mit seinen eigenen Gedanken beschäftigt.

Allerdings ermutigte ihn der sanfte, versöhnliche Ton seines Vaters dazu, die Frage, die ihn zu ersticken drohte, loszuwerden:

»Was hast du mit Saeed vor?«

Diese ruhige, dennoch unerwartete Frage stampfte Djawad in den Boden. Plötzlich funkelten seine Augen in höchster Erregung. Einen Moment lang dachte Reza, er würde ihn ohrfeigen. Aber das tat er nicht. Seine lauten und scharfen Worte waren schlimmer als jeder noch so harte Schlag:

»Was zum Teufel glaubst du, werde ich mit ihm machen? Was erwartest du von mir? Soll ich ihn für die große Schande, die er unserer Familie zugefügt hat, noch reichlich belohnen? Ist es das, was du von mir erwartest?« Er dämpfte seine Stimme und sagte beinahe flüsternd weiter: »Ich sage dir, was ich mit diesem Bastard machen werde. Ich werde ihn in tausend Stücke zerreißen und jedes Stück an hungrige Hunde verfüttern. Er wird bereuen, jemals geboren worden zu sein. Das kann ich dir feierlich versprechen.

Du solltest diesen verdammten Hurensohn vergessen. Ich sage noch einmal, du sollst an dein eigenes Leben denken.

Es wäre besser für dich, wenn du dir in deinen hohlen Kopf eingravierst, dass es Saeed nicht gab, nicht gibt und dass Saeed auch in Zukunft in deinem Leben keine Rolle mehr spielen wird, Punkt.«

Jetzt befand sich Reza in einem noch desolateren Zustand. Sein Gesicht bekam einen bekümmerten Ausdruck und Tränen traten ihm in die Augen. Seine Lippen zitterten zaghaft. In der Kehle saß ein Kloß, der ihm den Atem zuschnürte.

Rezas unerwünschte Reaktion löste bei Djawad einerseits Mitleid aus, andererseits Empörung, da sie sich nicht mit seiner angestrebten Intention vereinbaren ließ. Er vermisste einen starken Sohn, der seine Lebensphilosophie mittragen konnte. Er schüttelte befremdlich seinen Kopf und schrie laut:

»Höre auf, dich wie ein kleines Kind zu benehmen! Du musst endlich begreifen, dass du entweder tust, was ich dir sage, oder dass ich dich aus meinem Leben streiche. Wenn du dich so schwach und dumm benimmst, kannst du nicht mit meiner Unterstützung rechnen. In diesem Fall wirst du nie mehr Teheran, deine Mutter oder deine verdammte kindische Welt wiedersehen. Ich rufe meine Leute an und gebe ihnen den Befehl, dich bei den Pasdaran in Kermanschah einzusetzen. Dort wirst du eine Uniform anziehen und mit anderen Soldaten gegen die rebellierenden Kurden kämpfen. Ob dass du jemals lebend zurückkommst, wage ich stark zu bezweifeln.« Als er bemerkte, dass ihn Reza mit hasserfülltem Blick anschaute, sprach er mit energischer Stimme weiter: »Du hast noch nicht begriffen, wer dein Vater ist und was für eine Position er hat. Wenn deine schändliche Geschichte bekannt wird, bin ich vollkommen ruiniert.

Stell dir vor, man würde im Pasdaran-Hauptquartier erfahren, dass mein Sohn der Geliebte eines verdammten

Terroristen ist. In diesem Fall bin ich erledigt, ich verliere meinen Job und alle dazugehörigen Privilegien. Ich muss auch an mein eigenes Leben denken.« Er schwieg kurz und sprach dann mit fester Stimme weiter:

»Im Klartext: Ich möchte einen Sohn haben, der auf seinen beneidenswerten Eigenschafen stolz sein kann. Oder ... ich will gar kein Kind. Mir ist es lieber, dich mit eigenen Händen zu begraben, als mich deinetwegen zu schämen.

Es kommt überhaupt nicht infrage, es ist ausgeschlossen, dich so zu akzeptieren, wie du bist.« Er stand auf und fügte mit ungeduldiger Miene hinzu:

»Ich lasse dich einige Stunden allein. Wenn ich zurück bin, möchte ich von dir hören, was du machen willst. Tue alles, was ich dir sagte, oder willst du lieber auf einem kurdischen Friedhof begraben werden?

Ich meine es verdammt ernst, versuche, dich richtig zu entscheiden.« Dann verließ er, ohne ihn anzublicken, den Raum und brach zu einem langen Spaziergang auf.

Als Djawad nach drei Stunden wieder zurückkam, lag Reza auf dem Bett in seinem Zimmer. Gegen 17:00 Uhr kam der Hausverwalter und brachte ihr Abendessen. Djawad entschloss sich dazu, Reza bis zum nächsten Tag in Ruhe zu lassen und ihn nicht weiter unter Druck zu setzen. Er deckte den Tisch und rief ihn zum Abendessen.

Gegen 20:00 Uhr lief ein Fußballspiel zwischen Iran und Japan und das Ergebnis, das 1:0 ausfiel, heiterte ihre Stimmung ein wenig auf.

Am nächsten Tag fragte Djawad beim Frühstück, ob Reza eine Entscheidung getroffen hatte.

»Ja, ich tue alles, was du willst«, antwortete er, ohne ihn anzublicken. »Wie du es wünschst, werde ich in unserer Textilfirma weiterarbeiten. Ich werde Ziba Araki heiraten. Ich werde in Zukunft alles machen, was du befiehlst.« Er hielt einen Augenblick inne und sage leise weiter: »Aber ...

aber ich werde mich besser fühlen, wenn du Saeed einfach laufen lässt. Ich bin einverstanden, dass er nicht mehr in die Firma kommt, aber ... (jetzt schimmerten Tränen in seinen Augen) aber ... aber er soll weiterleben. Bitte lasse ihn frei, tue es für mich.«

Djawad nickte nachdenklich mit dem Kopf.

Dieses Mal hatte ihn der eindringliche und flehentliche Wunsch seines Sohnes nicht sonderlich gestört. Er wusste ganz genau, was er mit Saeed vorhatte, das hatte er bereits entschieden. Allerdings kam ihm der geheimnisvolle Gesichtsausdruck seines Sohnes seltsam vor. Etwas stimmte nicht mit ihm. Er spürte in seiner kindischen Zurückhaltung einen Anflug von Vergeltung, so als ob er seinen eigenen Plan geschmiedet hatte; er war auf einmal nicht mehr durchschaubar.

Aber immerhin versprach er, seinen Widerstand aufzugeben und ihm zu gehorchen. Er lächelte ihm zu, klopfte auf seine Schulter und sagte:

»Bravo, so gefällst du mir viel besser. Ich verspreche dir, dass du mit meiner vollen Unterstützung rechnen kannst, wenn du dich weiterhin so benimmst. Und was diesen Bastard, Saeed, betrifft – darüber sprechen wir später, vielleicht nachdem du Ziba geheiratet hast.«

»Versprichst du mir, ihn freizulassen?«

»Ich sagte, Junge, wir werden darüber reden, wenn wir unsere Vorhaben bereits in die Tat umgesetzt haben. Jetzt packe deine Sachen, wir fahren zurück nach Teheran.«

VII

Normalerweise findet im Iran der Heiratsantrag – die „*Balebrun-Zeremonie*" – im Haus der Brautfamilie statt. Im Hinblick auf den seelischen Zustand seines Sohnes wollte Djawad Kashmiri jedoch nichts dem Zufall überlassen und hatte sich dazu entschlossen, dieses entscheidende Arrangement bei sich zu Hause zu veranstalten. Dort hatte er mehr Möglichkeiten, Reza unter Kontrolle zu halten und jedwedes peinliche Vorkommnis zu verhindern. Außerdem hatte er vor, die Hochzeit von Reza und Ziba so schnell wie möglich in die Wege zu leiten. Denn er befürchtete, dass Reza seine Meinung ändern und eventuell sogar noch weitere Dummheiten begehen könnte. Er war der vollen Überzeugung, dass sich sein Sohn ausschließlich um seine Frau kümmern würde, wenn er erst einmal verheiratet war.

Zwei Tage nach seiner Rückkehr von Shirud besuchte er Hodjattolah Araki in seiner Moschee. Der Mullah war von seinem unerwarteten Besuch völlig überrascht. Er empfing ihn warmherzig und fragte verwundert, ob alles in Ordnung sei.

»Alles ist in bester Ordnung, Exzellenz. Ich bin hier, um Sie und Ihre Familie zu einem feierlichen Abendessen in mein Haus einzuladen. Unsere Familien werden sich bei dieser Gelegenheit kennenlernen und gleichzeitig werden wir beide im Rahmen einer festlichen *Balebrun* das weitere Vorgehen in Bezug auf die Heirat unserer Kinder besprechen.

Wir werden auch die Gelegenheit nutzen und alle Einzelheiten, wie zum Beispiel die *Mehriye* – Morgengabe –, *wie Mitgift* sowie die Termine festlegen.«

Er blickte ihn freundlich an und fragte: »Oder legen Sie Wert darauf, dass diese Veranstaltung traditionsgemäß im Ihrem Haus stattfindet?«

Mullah Araki war zuerst relativ sprachlos. Denn der Vorschlag von Djawad Kashmiri kam ihm doch recht aufdringlich vor. Aber im Prinzip hatte er keine Einwände. Er wusste von seiner Frau, dass sein zukünftiger Schwiegersohn sehr gut aussah und über ein gesichertes

Einkommen verfügte. Sogar seine Tochter schwärmte von ihrem zukünftigen Mann.

Es war ihm daher egal, wo die Zeremonie stattfinden sollte. Im Gegenteil, dieser Vorschlag erhielt für ihn eine interessante Note, da er zufrieden feststellte, dass er bei dem ersten Teil dieser Eheschließung ohne Kosten davonkommen konnte. Deshalb stimmte er nach einer kurzen Überlegung uneingeschränkt zu.

»Aber selbstverständlich. Ja, ja, mit großem Vergnügen. Ich finde, das ist eine großartige Idee. Wann soll dieses Ereignis stattfinden?«

»Nächsten Donnerstag gegen 20:00 Uhr.«

»Sehr gerne. Meine Frau, meine Tochter und die restliche Familie würden sich sehr freuen, Sie und ihre hochverehrte Familie kennenzulernen. Was die Mitgift und Morgengabe betrifft, bin ich zuversichtlich, dass wir uns einigen werden.«

Am gleichen Abend sprach Djawad mit seinen Frauen, Nasim und Freshteh, über die geplante *Balebrun-Zeremonie*. Er bat sie, für diesen Abend bis zu 20 Personen aus der eigenen Verwandtschaft einzuladen. Er gab ihnen einige Bündel mit Geldscheinen und instruierte sie eindringlich, sorgfältig alle erforderlichen Maßnahmen für eine imposante Festlichkeit zu treffen. Sie sollten Dienstpersonal engagieren, das Haus eindrucksvoll dekorieren und bei einem Party-Service verschiedene Speisen, Geschirr, Besteck und Sitzmöglichkeiten für 50 Personen bestellen.

Danach informierte er Reza über die Veranstaltung am nächsten Donnerstag. Er sagte: »Ich erwarte von dir, dass du zuerst zu einem Friseur gehst und dir deine Haare kurz schneiden lässt. Dann gehe bitte zum Schneider und probiere den dunklen Anzug an, den ich bereits bestellt habe.« Er trainierte mit ihm einige Male, wie er mit einer höflichen Verbeugung und einem leichten Händedruck seinen zukünftigen Schwiegervater begrüßen sollte.

Reza nickte zustimmend und tat alles, was er ihm befohlen hatte. Allerdings gefiel Djawad die reservierte Haltung seines Sohnes überhaupt nicht. Reza wirkte ungewöhnlich befremdet, so als ob er mit seinen Gedanken nicht bei der Sache war. Seine Gesichtszüge waren trübsinnig, verschlossen und geheimnisvoll.

Als er bemerkte, dass Reza erneut über Saeed sprechen wollte, entfernte er sich eilig mit der Begründung, keine Zeit zu haben.

VIII

Wie Reza seinem Vater versprochen hatte, erschien er jeden Tag pünktlich um 8:00 Uhr in der Firma und deponierte abends gegen 18:00 Uhr den Tagesumsatz in einem Safe und ging direkt nach Hause.

Während des Tages verschanzte er sich die ganze Zeit gelangweilt und verbittert im finsteren Büro und versuchte, die Ursache für sein verlorenes Glück zu begreifen. Manchmal verharrte er mehrere Minuten lang reglos an einer Stelle und malte sich in seiner Fantasie die herrlichen Zeiten mit Saeed aus, die sie in diesem Raum zusammen verbracht hatten, und begann lautlos zu weinen.

Er besaß keine besondere Menschenkenntnis, entnahm jedoch dem Mienenspiel seiner Mitarbeiter, dass alle über seine Beziehung zu Saeed sowie die Schlägerei in dem Büro und schließlich über die Verhaftung des Mannes, den er liebte, Bescheid wussten.

Gelegentlich besuchte ihn ein Mitarbeiter aus dem Verkaufsbereich, um sich die Kreditwürdigkeit eines Kunden bestätigen zu lassen, was er, ohne nachzudenken oder den Sinn und Zweck richtig zu begreifen, unterzeichnete. Diese wichtigen Entscheidungen hatte Saeed bisher getroffen. Ihm jedoch war völlig gleichgültig, was in der Firma passierte. Der einzige Gedanke, der ihn beherrschte, war Saeed.

An einem Mittwoch, vier Tage nach seiner Rückkehr vom Kaspischen Meer und einen Tag vor der *Balebrun-Zeremonie*, rief er Minu an und bat sie, in sein Büro zu kommen.

»Ich möchte, dass du mir einen großen Gefallen tust«, sagte er mit einem Anflug von Unsicherheit.

Er deutete auf zwei große Tüten neben seinem Schreibtisch und fügte hinzu: »Ich habe heute etwas Obst, Süßigkeiten, Brot und Käse für Saeed gekauft. Ich möchte dich bitten, zum Pasdaran-Gefängnis zu gehen und diesen Brief und die Lebensmittel für ihn abzugeben. Ich dachte, dass du meinen Wunsch ohne Wartezeit und großartige Durchsuchung erfüllen kannst, da dein Bruder doch die Leitung des Pasdaran-Gefängnisses innehat.« Als er in ihrem Gesichtsausdruck ein Zeichen von Zustimmung erkannte, fuhr er fort: »Aber mein Vater darf nichts davon erfahren. Willst du das für mich tun?«

»Ja, ich mache es gern. Ich mag Saeed sehr und bedaure, was passiert ist.«

Er gab ihr einen großen Schein und sagte:

»Dann beeile dich. Nimm ein Taxi und fahre gleich dorthin. Stelle bitte sicher, dass man ihm alles aushändigt, insbesondere diesen Brief. Sag deinem Bruder, dass diese Lebensmittel eine kleine Aufmerksamkeit von seinen Kollegen sind und der Brief von mir stammt. Kannst du das wirklich machen?«

»Ja, sicher. Diese Woche wollte ich meinen Bruder sowieso auf seiner Arbeitsstelle besuchen. Meine Mutter ist schwer erkrankt und muss bald in einem Krankenhaus behandelt werden. Ich möchte ihn bitten, uns finanziell zu unterstützen.«

»Okay, dann nutze diese Gelegenheit und rede mit deinem Bruder. Damit können wir zwei hilfebedürftigen Personen beistehen. Ich bleibe solange im Büro, bis du zurückkommst. Jetzt beeile dich.«

Sie nahm die Tüte, das Geld und verließ das Büro.

Erneut schloss er sich in seinem finsteren Zimmer ein und wartete ungeduldig auf die Rückkehr von Minu.

Am liebsten hätte er selbst Saeed im Gefängnis besucht und somit seine Sehnsucht gestillt. Aber er hatte Angst, mit seinem Besuch die Situation noch zu verschlimmern.

Während der scheinbar unendlichen Zeit, die er auf Minu wartete, übte er wiederholt einen Dialog mit seinem Vater. Er beabsichtigte, an diesem Abend seine Liebesbeziehung mit Saeed zu offenbaren und die geplante Hochzeit mit Ziba rückgängig zu machen. Eindringlich würde er seinen Vater anflehen, Saeed aus dem Gefängnis zu entlassen, wieder die Möglichkeit einzuräumen, mit ihm, wie die letzten zwölf Monate, zusammenzuarbeiten und damit sein glückliches Leben fortzusetzen. Und jedes Mal erschien das wütende und ablehnende Gesicht seines Vaters vor seinen Augen, der ihn verfluchte und ihn aus Enttäuschung erneut zu schlagen versuchte.

Manchmal schlich er ungeduldig durch den Raum und beklagte sich verbittert, warum Minu ihn so lange warten ließ. Er schimpfte vor sich hin: »Wann kommt sie endlich? Was macht dieses Weib so lange?«

Gegen 18:00 Uhr kam der neue Betriebsleiter, Herr Khorami, brachte den Tagesumsatz und kündigte an, dass er den Verkaufsladen abgeschlossen hatte und alle Mitarbeiter bereits nach Hause gegangen waren.

Reza nickte zustimmend, brachte geistesabwesend das Geld in den Safe, ohne im Bewusstsein aufzunehmen, was er sagte und was er selber getan hatte. Es gab nur einen einzigen Gedanken in seinem Kopf: Saeed.

Es war kurz vor 19:00 Uhr, als er bemerkte, dass sich jemand auf dem Flur befand.

Plötzlich ging die Bürotür mit einem lauten Schwung auf und jemand betrat den dunklen Raum.

Wegen dieses lauten und unbeherrschten Auftritts dachte er zuerst, dass es sich um seinen Vater handelte, aber die schattenhaften Umrisse in dem Raum stammten ohne Zweifel von Minu.

Sie schaltete das Licht an, warf wütend die beiden Tüten, die sie mitgenommen hatte, in eine Ecke und schritt hastig auf ihn zu. Sie sah ziemlich mitgenommen aus; das Gesicht war blass, die Lippen trocken, die Augenlider gerötet und sie atmete unregelmäßig.

Plötzlich ließ sie, ohne auf ihre islamische Pflicht zu achten, ihren Tschador fallen und begann, in einer hysterischen Art und Weise mit beiden Fäusten auf das Gesicht und die Brust von Reza einzuschlagen. Sie schrie weinend: »Ihr verdammten Mörder! Ihr verfluchten Bestien! Ihr habt ihn ohne Grund getötet. Was hatte er euch getan? Ihr werdet dafür in die Hölle kommen!«

Reza, der von ihrem plötzlichen Angriff völlig irritiert war, versuchte, ihre Hände zurückzudrehen und sie zu beruhigen. Gleichzeitig verdrängte er den schmerzlichen Gedanken, dass sie möglicherweise von Saeed redete. Als er mit einem heftigen Druck ihre Hände unter Kontrolle hatte, brüllte er:

»Wovon redest du überhaupt? Wer ist der Mörder und wer ist ermordet worden?«

»Gestern Nacht war dein Vater im Pasdaran-Gefängnis,« sagte sie weinend. »Nach einem kurzen Streitgespräch mit Saeed hat er ihn mit zwei Kugeln in die Brust getötet. Das hat mein Bruder erzählt. Er sagte, dein Vater meinte, dass Saeed ein gefährlicher Terrorist war.«

Plötzlich ließ er sie los und blieb reglos stehen. Er blickte Minu mit starrem Entsetzen an und spürte einen unerträglichen Druck in seiner Brust.

Er fühlte sich schwindelig und hatte das Gefühl, dass ihm der Boden unter den Füßen weggerissen wurde.

Sein Gesichtsausdruck wurde so starr vor Schreck wie bei jemandem, der sich in einem abstürzenden Flugzeug befindet. Kraftlos und schweigend fiel er auf die Couch.

Er blickte Minu hilflos und traurig an und murmelte etwas Unverständliches.

»Was haben Sie gesagt?«, fragte sie und schaute ihn mitleidig an.

»Er ist tot? Warum hat mein Vater ihn erschossen?« Dieses Mal sprach er verständlich, jedoch sehr leise und stockend.

»Warum? Warum wohl?« Sie schrie hysterisch und fügte hinzu: »Sie wissen doch warum. Sie kennen Ihren brutalen Vater besser als ich. Er ist bekannt dafür, dass er jeden tötet, den er nicht mag.«

»Wie kann er eigenmächtig jemanden umbringen?«

»Ihr Vater ist Richter und Henker zugleich. Ich hasse ihn. Ich habe schon immer Angst vor ihm gehabt.

Mein Bruder riet mir dringend, mich von dem ganzen Vorfall zu distanzieren. Ich soll mit keinem Kollegen darüber reden. Ich denke, Sie sollten auch vorsichtig sein, auch wenn er Ihr Vater ist.«

Minutenlang nickte Reza wie ein alter Mann mit dem Kopf. Dann sagte er, ohne sie anzublicken:

»Geh, geh nach Hause. Danke, dass du versucht hast, mir zu helfen.« Sie stand für eine Weile unentschlossen auf der Stelle, zog dann wieder ihren Tschador über den Kopf und bewegte sich auf die Tür zu. In diesem Augenblick sagte Reza:

»Warte, warte, Minu. Nimm die beiden Tüten mit, sonst muss ich sie wegschmeißen.« Sie drehte sich um, nahm die Tüten, und als sie das Büro verlassen wollte, rief er sie wieder zu sich:

»Warte, Minu, noch eine Frage. Was ist mit deiner Mutter? Würde dein Bruder ihr helfen?«

»Nein. Er sagte, dass der Aufenthalt in einem Krankenhaus zu teuer ist und er dafür kein Geld hat.«

Reza stand auf, ging langsam zu dem Safe, öffnete ihn, holte vier Bündel mit großen Scheinen und überreichte sie ihr. Sie blickte ihn verwundert an und er sagte:

»Nimm es. Bringe dein Mutter in ein gutes Krankenhaus und lasse sie ordentlich untersuchen. Offenbar ist dein Bruder nicht besser als mein Vater.«

»Was tun Sie? Das kann ich nicht annehmen.«

»Nimm es und geh. Du brauchst dich nicht schlecht zu fühlen. Betrachte es als ein Geschenk von Saeed. Jetzt verschwinde und lass mich allein.«

»Nein, das mache ich nicht. Ihr Vater wird mich umbringen.«

»Er wird nichts davon erfahren, das verspreche ich dir.« Sie war immer noch unschlüssig. Er steckte das Geld in die Tüte, schubste sie bis zur Tür, und als sie draußen war, machte er sie zu.

Er blieb mehrere Minuten reglos mitten im Raum stehen. Langsam strömten die Tränen über sein Gesicht. Jetzt wurde wieder eine alte Idee in seinem Kopf lebendig, ein befriedigender Einfall, der sein trauriges Gesicht einen Moment lang aufhellte. Während er mit einem heftigen Kopfnicken seinen Gedanken bestätigte, verließ er das Büro, schloss die Tür und ging nach Hause.

IX

Am Donnerstag erschienen gegen 20:00 Uhr die geladenen Gäste einer nach dem anderen. Djawad und Nasim begrüßten sie warmherzig und führten sie zu einem riesigen, hell erleuchteten Saal, der mit Hilfe einer langen und breiten dicken Gardine für Frauen und Männer zweigeteilt war. Traditionsgemäß mussten die weiblichen Gäste getrennt von den Männern sitzen; die Frauen auf der linken Seite, hinter der Gardine, und die Männer auf der rechten Seite des Festsaals. Djawad hatte neben dem Kamin für Hodjattolah Araki und sich selbst zwei bequeme Ledersessel platziert. Reza, die Gäste, Verwandtschaft und Freunde mussten sich mit den gemieteten Plastikstühlen begnügen. Für die Frauen gab es keine Stühle, sie mussten auf dem mit Teppich bedeckten Boden Platz nehmen. Zwei junge Männer kümmerten sich um die männlichen Gäste und zwei Frauen bedienten die weiblichen Gäste in dem Frauenbereich. Sie servierten ihnen Tee, Süßigkeiten, Obst und kalte Getränke.

Während die Männer laut miteinander über verschiedene Themen diskutierten, waren die Frauenstimmen hinter der Gardine kaum vernehmbar. Wenn sie überhaupt etwas sagten, geschah dies sehr leise, beinahe flüsternd.

Hodjattolah Araki setzte sich wie ein Pascha vergnügt auf seinen bequemen Platz und hielt seinen weißen Turban auf seinem Schoß. Während er die Gäste mit einem kurzen Kopfnicken grüßte, versuchte er unauffällig, nach der Personenbeschreibung seiner Frau, Reza zwischen ihnen aufzuspüren. Er suchte einen großen, schlanken Mann mit schwarzen Augen und dichten, schwarzen, glatten Haaren. Aber keiner der Anwesenden verkörperte diese Beschreibung.

Sie waren alle entweder über 40, dick, klein oder hatten eine Glatze. Obwohl Araki versuchte, seine Blicke unbemerkt schweifen zu lassen, registrierte Djawad, wen er zwischen seinen Gästen zu erspähen versuchte. Er lächelte ihm zu und sagte:

»Mein Sohn wird sich uns gleich anschließen. Der freie Stuhl neben Ihrem Bruder ist für ihn reserviert. Seit er das Geschäft meines verstorbenen Bruders übernommen hat, ist er ein tüchtiges Arbeitstier geworden.

Ausgerechnet heute musste er wegen einer unerwarteten geschäftlichen Angelegenheit den ganzen Tag über arbeiten. Aber er wird bald kommen, jedenfalls wird er uns vor dem Abendessen Gesellschaft leisten.«

»Ich finde es gut, dass die jungen Leute seit der Revolution von Ayatollah Khomeini mit ihren Aufgaben in unserem Land verantwortlicher umgehen. Ich wünsche mir allerdings, dass sie ihre islamische Pflicht nicht vernachlässigen.« Er blickte ihn relativ besorgt an und fragte: »Ist Ihr Sohn ein gläubiger Muslim?«

»Aber selbstverständlich. Er verpasst nicht ein einziges Gebet. Er ist durch und durch fromm.«

»Dann bin ich beruhigt. Ich gratuliere Ihnen zu Ihrer ausgezeichneten Erziehung.

Solche fleißigen und gottesfürchtigen Männer braucht unser Land.« Djawad schenkte ihm ein dankbares Lächeln und der Mullah fuhr fort: »Meine Frau hat Ihren Sohn eigentlich zufällig auf dem Basar gesehen und war von seinem Aussehen sehr angetan.« Er versuchte seine unüberlegte Aussage zu rechtfertigen: »Sie kennen die Frauen, sie sind neugierig und wollen schnell alles wissen. Als sie einmal auf dem Basar war, schaute sie bei Ihrem Textilgeschäft vorbei und hatte ihn von einer relativ kurzen Entfernung aus gesehen.

Sie sagte mir, er würde genau den Typ Mann verkörpern, den sie sich immer als Schwiegersohn vorgestellt hatte.«

Djawad blickte Mullah Araki verwundert an, lächelte zufrieden und sagte:

»Oh, das ist aber interessant. Ihre Gattin hat tatsächlich meinen Sohn gesehen. Ich finde das gut, ja, ich finde das sehr gut. So muss es auch sein. Man darf nicht die Katze im Sack kaufen.« Er lachte vergnügt und fügte hinzu: »Also dann, lieber Freund, Sie wissen schon, was Sie für einen strenggläubigen Muslim und hübschen Schwiegersohn bekommen. Er ist nicht nur ein gut aussehender junger Mann, er ist, wie ich bereits sagte, ein talentierter, geschäftstüchtiger Kaufmann. Ihre Tochter wird ein bequemes und wohlhabendes Leben führen.

Seit er das Geschäft meines verstorbenen Bruders übernommen hat, ist der Umsatz um 15 Prozent gestiegen.« Er nahm einen Schluck Tee und fuhr schmeichelnd fort: »Ich habe leider bis jetzt keine Gelegenheit gehabt, meine zukünftige Schwiegertochter zu sehen. Vor zehn Minuten, als sie mein Haus betrat, konnte ich nur ihre schwarzen Augen und eine kleine Nase erkennen, der Rest war ordnungsgemäß unter dem schwarzen Tschador verhüllt.

Aber ich muss betonen, dass meine beiden Frauen von Ihrer Tochter außerordentlich begeistert sind. Sie sagen, dass Ziba wunderbar aussieht.« Plötzlich war er sichtlich ergriffen und fügte hinzu: »Stellen Sie sich vor, Exzellenz, stellen Sie sich bildlich vor: Wenn Reza und Ziba heiraten und dann ein Kind bekommen, wie könnte dann ihr Kind aussehen. Der Vater ist hübsch, die Mutter ist bildschön, dann muss es einfach ein prächtiges Kind werden. Meinen Sie nicht? Ich kann es kaum erwarten, bis ich eines Tages mein Enkelkind in den Arm nehmen kann. Ich hoffe, es passiert schon nächstes Jahr.«

»Inschallah.«

Djawad warf einen Blick auf seine Gäste und bemerkte, dass alle ruhig dasaßen, beinahe gelangweilt wirkten und offensichtlich auf das Abendessen warteten. Er sagte:

»Bitte entschuldigen Sie mich einen Augenblick. Ich möchte meine Frau fragen, wo Reza bleibt und wann wir mit dem Abendessen beginnen können.« Und ohne auf seine Reaktion zu warten, verließ er das Wohnzimmer.

In der Küche herrschte eine hektische Atmosphäre. Mehrere Frauen kümmerten sich um die Vorbereitung verschiedener Speisen, Salate, Nachtisch usw. Nasim wirkte ziemlich genervt. Sie prüfte jedes Gericht und gab der zuständigen Köchin eine Anweisung. Als sie ihren Mann sah, sagte sie, ohne ihn zu Wort kommen zu lassen:

»Mit dem Essen müssen wir noch 15 Minuten warten. Alles läuft heute Abend schief. Der Reis ist noch nicht gar, die Soße ist salzig und der Salat noch nicht fertig.«

»Okay, kein Problem. Nehmt euch Zeit und macht mir keine Schande. Alles muss gut schmecken. Wo zum Teufel steckt Reza? Warum kommt er nicht?«

»Ich weiß nicht, was mit dem Jungen los ist. Ich war zweimal in seinem Zimmer und habe ihn gebeten, endlich zu euch zu kommen. Jedes Mal sagte er, dass er sofort kommen würde, aber er trödelt irgendwo herum. Ich habe ihn einmal in deinem Waffenzimmer erwischt. Er meinte, er wollte einen Schraubenzieher holen.«

»Schraubenzieher? In meinem Waffenmuseum? Wozu braucht er einen Schraubenzieher?«

»Ich habe keine Ahnung. Geh zu den Gästen zurück. Sobald ich ein paar Minuten Zeit finde, werde ich ihn persönlich zu euch bringen.«

Djawad nickte zustimmend und verließ die Küche.

Eigentlich hatte Reza während der letzten 24 Stunden mit kaum jemandem gesprochen.

Seine Schweigsamkeit und sein eiskaltes, distanziertes Verhalten gegenüber allen Anwesenden im Haus waren ungewöhnlich, rätselhaft und versetzten seine Mutter in Besorgnis.

Er ging vormittags ins Büro, kehrte gegen 12:00 Uhr wieder zurück und sperrte sich in seinem Zimmer ein. Abgesehen von seiner Mutter, die ihn während des Nachmittags dreimal darum bat, sich endlich für dieses Fest vorzubereiten, suchte ihn einmal Djawad in seinem Zimmer auf und fragte, ob er seinen neuen Anzug bereits anprobiert hatte, was Reza mit einem kurzen Kopfnicken bestätigte. Dann hatte man ihn fast vergessen, weil viele unerwartete Vorkommnisse wie Stromausfall, defekter Herd, zerbrochenes Geschirr usw. dazu führten, dass man sich ausschließlich mit der Vorbereitung dieses Festes beschäftigte.

Kurz vor 20:00 Uhr suchte ihn erneut seine Mutter auf und war außer sich, weil er noch immer im Bademantel herumsaß. Sie forderte ihn energisch auf, endlich seine neuen Sachen anzuziehen. Reza sagte nichts, stimmte jedoch wieder mit einem Kopfnicken zu.

Danach eilte sie in ihr Zimmer, um ihr schwarzes Kleid anzuziehen und rechtzeitig die Gäste begrüßen zu können.

Eine Stunde später, nachdem sie erfahren hatte, dass sich Reza noch immer nicht bei den Gästen befand, entschloss sie sich, in sein Zimmer zu gehen und ihren Sohn, falls nötig, mit Gewalt dorthin zu zerren.

Allerdings war diese Maßnahme nicht notwendig, da Reza inzwischen den Festsaal betreten hatte.

X

Es war knapp 21:00 Uhr, als einige männliche Gäste bemerkten, dass jemand den großen Saal betrat und das Licht des Kristallkronleuchters ausschaltete.

Es war Reza. Er war barfuß, trug eine schwarze Baseballkappe und hatte immer noch den weißen Bademantel seiner Mutter an. Er stand in der Mitte des Zimmers und hatte beide Hände in den Taschen des Bademantels verborgen. Wie ein unsicherer Amateurboxer, der zum ersten Mal in einen Ring steigen wollte, hielt er seinen Kopf gesenkt und vermied jeglichen direkten Blickkontakt mit den Gästen.

Der Kronleuchter in dem Frauenbereich, die starken Lichtstrahlen auf dem Flur sowie die Beleuchtung in der Küche ließen einen schemenhaften Umriss seiner unverwechselbaren Figur erkennen.

In diesem Augenblick sprach Mullah Araki mit Djawad über die Ermordung von dessen Bruders, Mahmud Kashmiri. Er sagte, dass er erst vor einigen Wochen davon gehört hatte, und erschüttert war.

Um den Sachverhalt aus religiöser Sicht zu rechtfertigen predigte er von Macht und dem Willen von Allah. Er sprach so vernehmlich, als ob er mit seiner lauten und deutlichen Stimme alle Anwesenden, einschließlich der Frauen hinter der Gardine, erreichen wollte. Er sagte:

»Ich bedauere, was mit Ihrem Bruder geschah, das war sicherlich ein herber Schicksalsschlag, den wir jedoch einfach hinnehmen müssen. Der Mensch muss sich darüber im Klaren sein, dass im Universum nichts ohne die Erlaubnis Gottes geschieht. Allah weiß alle Dinge. Kein Unglück tritt ein, es sei denn mit Gottes Erlaubnis.«

Seine Predigt gefiel Djawad überhaupt nicht, und als er plötzlich seinen Sohn in dem Raum bemerkte, und zwar in diesem peinlichen Outfit, achtete er nicht mehr auf Mullah Araki.

Er war wie gelähmt, ja wie vom Donner gerührt. Er kam langsam zu sich, als Mullah Araki seine leidenschaftliche Rede beendet hatte, ihm auf die Schulter klopfte und sichtlich irritiert fragte, wer der junge Mensch in der Mitte des Raumes sein sollte. Djawad konnte seine Frage nicht beantworten, da Reza in diesem Augenblick einen Revolver aus der rechten Tasche des Bademantels herauszog, ihn hochhielt und mit stockender Stimme sprach:

»Liebe Gäste, leider müssen Sie auf das leckere Abendessen verzichten, sofort nach Hause gehen und sich auf die Beerdigung von Djawad und Reza Kashmiri vorbereiten.« »Bist du das, Reza?«, fragte sein Vater fassungslos. »Warum hast du das Licht ausgeschaltet? Was soll dieser Blödsinn?« Reza antwortete nicht. Er war so aufgeregt, dass er nicht wusste, wie er seine Absicht artikulieren sollte. Er schwankte nervös auf der Stelle hin und her und versuchte, die Reaktion der Gäste einzuschätzen. Als er bemerkte, dass sein Vater wutentbrannt aufstehen wollte, richtete er die Waffe in dessen Richtung und drückte den Abzug, ohne eine Sekunde darüber nachzudenken.

Ein kurzer, ohrenbetäubender Lärm und ein schmerzerfüllter Schrei unmittelbar danach versetzten alle Anwesenden in Angst und Schrecken. Plötzlich war das Haus in Schweigen gehüllt. Er hatte tatsächlich mit einer Kugel das rechte Bein seines Vaters getroffen.

Nasim, die inzwischen bemerkt hatte, dass ein Teil des Saals ziemlich dunkel geworden war, hörte kurz danach das furchterregende Dröhnen des Schusses und den atemberaubenden Schrei ihres Mannes, verließ schnell die

Küche, eilte in das Wohnzimmer und schaltete das Licht an. Sie konnte nicht begreifen, was sie dort sah.

Mit blitzenden Augen starrte sie auf ihren Sohn, der immer noch mit ihrem Bademantel bekleidet, mit einem Revolver aus dem Waffenarsenal ihres Mannes bewaffnet, mitten im Wohnzimmer stand. Vor dem Kamin saß ihr Mann auf dem Boden und hielt sich mit den beiden Händen seinen Oberschenkel. Er versuchte, die Blutung zu stoppen. Bestürzt von dieser haarsträubenden Szene, ging sie langsam einen Schritt vorwärts und fragte Reza:

»Was hast du getan? Bist du verrückt geworden, Kind?«

»Mach das Licht wieder aus und verschwinde! Sonst verpasse ich dir auch eine Kugel«, antwortete er mit leiser, jedoch drohender Stimme.

»Warum hast du das getan, du verdammtes Kind?«

»Ich sagte, mach das Licht aus, sofort! Und jetzt gehe wieder in deine Küche.«

Nasim konnte sich kaum bewegen, sie zitterte am ganzen Leib. In dem hell erleuchteten Raum konnte jetzt jeder Anwesende den Täter und das Opfer besser erkennen.

Dieses unerwartete und schockierende Ereignis versetzte alle in Schrecken und Fassungslosigkeit. Mullah Araki war allerdings besonders bestürzt. In dem kurzen Dialog zwischen Vater, Mutter und Sohn verstand er, dass die kleine, pummelige Person in der Mitte des Raumes Reza, sein zukünftiger Schwiegersohn, sein sollte.

Während Djawad versuchte, mit verkniffenen Lippen seine Schmerzen zu unterdrücken, stand Reza auf der Stelle, feuerrot im Gesicht vor Erregung, und hielt den Finger dicht am Abzug des Revolvers. Es herrschte Totenstille. Auch in dem Raum, in dem sich die Frauen aufhielten, war kein Laut zu vernehmen.

Plötzlich bemerkte Reza, dass ein Kollege seines Vaters ihn bedrohlich anschaute, und offensichtlich etwas unternehmen wollte. Er richtete seine Schusswaffe in seine Richtung und sagte laut:

»Bleiben Sie, wo Sie sind, sonst schieße ich eine Kugel in Ihren Kopf.« Und als sich der Mann wieder hinsetzte, sprach er weiter: »Ich warne euch alle. Wenn jemand versucht, mir zu nahe zu kommen, werde ich ihn erschießen.« Dann schaute er seine Mutter an, zeigte mit dem Revolver auf seinen Vater und sagte: »Du fragst, warum ich das getan habe, obwohl du weißt, was passiert ist?

Ja, du weißt ganz genau, dass dieser Mörder in den letzten Jahren nicht nur Hunderte von unschuldigen Menschen getötet hat, er hat auch meinen Saeed kaltblütig erschossen und damit mein Leben für immer zerstört. Er ermordete den einzigen Menschen, den ich von ganzem Herzen liebte.

Du hast jahrelang miterlebt, wie ich mich, gezeichnet von meiner körperlichen Absonderlichkeit, die ganze Zeit zu Hause einsperren musste. Ich war immer traurig, immer allein, geplagt von Minderwertigkeitskomplexen.

Aber die Begegnung mit Saeed änderte meine Einstellung und damit mein Leben. Auf einmal entdeckte ich den Sinn des Lebens, auf einmal wusste ich, wer ich bin und was ich will. Ja, ich war plötzlich glücklich, weil ich meine große Liebe gefunden hatte. Schon in der ersten Woche unseres Zusammenseins waren wir ein unzertrennliches Liebespaar.« Jetzt schimmerten Tränen in seinen Augen. »Ich liebte Saeed und er liebte mich von ganzem Herzen. Dieses Ereignis war ein Wunder, eine erfreuliche Veränderung in meinem Leben. Du hast selbst gesehen, wie glücklich ich war.

Du hast gesehen, wie ich jeden Tag mit großer Freude zur Arbeit gegangen bin. Mir war es endlich gelungen, wie ein ganz normaler Mensch zu denken, zu reden, zu lachen und zufrieden zu sein.

Ja, diese großartige Veränderung in meinem Leben verdanke ich Saeed, meiner großen Liebe, Saeed.

Aber diese glückliche Beziehung passte meinem Vater nicht. Ich soll die Tochter dieses Mullahs heiraten. Ich soll Kinder zeugen und immer nach seiner Musik tanzen.

Ich habe ihm des Öfteren gesagt, dass ich niemals eine Frau heiraten will oder besser gesagt kann.« Er warf wieder einen prüfenden Blick auf seine Mutter, auf seinen Vater und dann langsam auf den Rest seines schockierten Publikums. Er fuhr fort: »Du weißt wohl, warum ich niemals eine Frau heiraten kann. Guck mich nicht so blöd an, selbstverständlich weißt du, warum ich niemals eine Frau heiraten kann. Vater wollte nie etwas über meine körperliche Beschaffenheit wissen, aber du hast gewusst, dass ich kein richtiger Mann bin. Ich habe nie verstanden, warum du Vater niemals energisch widersprochen hast, dass dieser Hochzeitsplan eine völlige Illusion ist. Ja, ja, ich kann keine Frau heiraten, weil ich selbst fast eine Frau bin. Ich lege auch keinen Wert darauf, ein Mann zu sein. Ich bin, wie ich bin.« Er schwieg einen Moment, sah einige Gäste prüfend an und sagte weiter: »Vielleicht verstehen diese Leute hier nicht, was ich meine. Ja, woher sollen sie wissen, was wirklich mit mir los ist? Wenn sie über meinen Zustand Bescheid gewusst hätten, wären sie sicherlich nicht hierhergekommen. Saeed hatte recht, man muss die Leute darüber aufklären. Ja, ja, jeder Anwesende soll sehen und verstehen, was ich meine und wie ich aussehe.«

Er warf wieder einen schnellen Blick auf sein Publikum, das ihn verwirrt anstarrte.

Dann löste er mit der linken Hand den Gürtel des Bademantels und ließ ihn mit einer heftigen Bewegung seines Oberkörpers langsam herunterfallen. Plötzlich stand er ganz nackt da.

»Ohhhhh, mein Gott!« Fast alle Gäste begannen, hysterisch zu schreien.

Im Islam ist es eine Sünde, sich den komplett nackten Körper eines fremden Menschen anzusehen. Was jedoch in diesem von Licht durchfluteten Raum geschah, war nicht nur sündhaft, es war ein aufsehenerregendes Ereignis. Erstaunlicherweise achtete niemand auf die islamischen Vorschriften. Keiner guckte weg, auch nicht Hodjattolah Araki. Während sich Reza langsam auf der Stelle drehte, starrten die Gäste mit aufgerissenen Augen auf seinen nackten Körper. Sie betrachteten fassungslos seine weiblichen Brüste, seine fleischigen, runden Hüften und vor allem seinen ungewöhnlichen Genitalbereich.

Die Frauen waren nicht weniger neugierig. Sie hatten selbstverständlich alles gehört und die ganze Zeit mitgezittert. Als sich Reza jedoch entkleidet hatte und plötzlich Totenstille herrschte, zog Frau Araki die Gardine beiseite und verharrte mit versteinertem Gesicht bewegungslos auf der Stelle. Sie hatte keine Ahnung, wer dieser nackte Mensch sein konnte. Jedenfalls war sie sich sicher, dass dies nicht der Schwiegersohn war, den sie auf dem Basar gesehen hatte.

Die anderen weiblichen Gäste näherten sich neugierig der Brautmutter und beobachteten fassungslos diese skandalöse Begebenheit.

Wenn zuvor im Raum eine gewisse Ruhe geherrscht hatte, war jetzt die Stille zum Greifen nah.

Einer der Gäste berichtete später, dass der Hauptgrund dafür, dass keiner der Anwesenden versucht hatte, in das Geschehen einzugreifen und Reza zu entwaffnen, nicht nur die Angst vor seiner unberechenbaren Reaktion gewesen war, sondern auch seine nackte, entstellte Körperform dafür verantwortlich war. Diese haarsträubende Szene versetzte jeden Anwesenden in lähmendes Entsetzen.

Auch sein Vater reagierte nicht mehr, er schien völlig schockiert zu sein. Mit dieser skandalösen Szene erkannte er endlich, dass das, was er jahrelang trotzig nicht wahrnehmen wollte, einer schmerzlichen Realität entsprach; sein Sohn hatte beinahe die Gestalt eines Mädchens.

Vielleicht hatte er sich bei der oberflächlichen Betrachtung seines Sohnes selbst als Bezugsperson genommen und dies führt immer zu einer eher positiven Beurteilung.

Jetzt bemerkte er jedoch fassungslos, dass das Drama noch nicht vorbei war, im Gegenteil, es sah aus, als ob noch eine größere Katastrophe bevorstand. Reza hatte immer noch den amerikanischen Revolver fest in seiner Hand.

Der Schmerz von Djawads Wunde war unerträglich und das Blut strömte unaufhörlich weiter. Er musste sofort etwas unternehmen, bevor noch schlimmere Dinge passieren würden.

Reza hielt den Revolver in der rechten Hand und drehte sich demonstrativ langsam herum, damit jeder seinen ungewöhnlichen Körper besser sehen konnte. Man konnte in seinem Gesicht nicht einen Hauch von Schamgefühl erkennen, im Gegenteil, man bekam den Eindruck, dass er mit dieser beschämenden Exhibition versuchte, das zu demonstrieren, was er mit Worten nicht artikulieren konnte.

Es dauerte mehrere Minuten, bis sich Djawad zusammenraffte, blitzartig aufstand und sich wie ein verwundetes Raubtier auf seinen Sohn stürzte.

Offenbar hatte Reza mit dieser Attacke gerechnet. Denn im gleichen Augenblick senkte er seine rechte Hand, hielt den Revolver direkt vor die Brust seines Vaters und drückte den Abzug. Wieder erschütterte ein ohrenbetäubender Lärm sowie ein schmerzlicher Aufschrei die Anwesenden. Die Kugel traf Djawads Herz und er fiel wankend zu Boden.

Noch einmal nahm das Gefühl des Grauens den Gästen den Atem. Sie sahen, dass Reza eiskalt seinen Vater erschossen hatte. Djawad lag mit weit aufgerissenen Augen und offenem Mund bewegungslos auf dem Boden; er war zweifellos tot. Jetzt machte sich jeder Gast Sorgen um sein eigenes Leben.

Rezas drohende Haltung außer Acht lassend, schrie Nasim wieder laut auf, warf sich neben die Leiche ihres Mannes und sprach mit tränenerstickter Stimme:

»Oh, großer Gott, was für eine Schande, was für eine Katastrophe! Dieses verdammte Kind hat seinen eigenen Vater getötet!« Sie weinte laut und ihr ganzer Körper zuckte vor Kummer und seelischer Pein. Unbeeindruckt von ihren Beschimpfungen und Vorwürfen brüllte Reza:

»Seit einer Woche warte ich auf diese Gelegenheit! Dieser Mörder hat es verdient zu sterben. Ich habe es für meine große Liebe, Saeed, getan. Ja, der Teufel ist tot und die Seelen all seiner Opfer sind glücklich darüber.« Er blickte zum ersten Mal einige Sekunden Mullah Araki an, der ihn mit aufgerissenen Augen anstarrte. Reza wandte sich mit nachdenklicher Miene an ihn: »Als ich hierherkam, habe ich gehört, dass Sie zu meinem Vater sagten: „Allah weiß alle Dinge. Kein Unglück trifft ein, es sei denn mit Gottes Erlaubnis."

Wenn Sie recht haben, war meine Tat auch Gottes Wille. Seit einer Woche lässt Allah diesen Gedanken in meinem Kopf reifen, dass ich diesen brutalen Verbrecher töten soll. Ja, ich denke, meine Tat findet Allah's Zustimmung.

Er ist hocherfreut, dass dieser Mörder für seine unzähligen Verbrechen bestraft wird.« Er hielt wieder inne und sprach, während er die Waffe auf sein heißes Gesicht drückte, zu Mullah Araki gewandt weiter: »Ich hatte in der Schule zwei Spitznamen: Schwester Rosana, wegen meiner weiblichen Körperform, und der Sohn des Henkers, wegen der unzähligen Verbrechen meines Vaters. Ich litt jahrelang darunter. Einer meiner Spitznamen war kränkend und der andere beschämend. Ich fühlte mich immer sehr schlecht, obwohl ich überhaupt nichts dafür konnte. Nein, nein, ich konnte nichts dagegen machen, weder meine weibliche Figur verändern noch mir einen anderen Vater aussuchen.

Ich hatte dieses Leben satt, weil ich mich jahrelang zu Hause verstecken musste. Es gab keine Perspektive, keine Hoffnung auf ein glückliches Leben. Bis ich vor einem Jahr Saeed kennenlernte. Es war wie ein Wunder; zum ersten Mal fühlte ich mich wie ein zufriedener Mensch: frei und glücklich.

Ich hatte mir gewünscht, bis an mein Lebensende mit Saeed zusammen sein zu können. Denn er gab mir das Gefühl von Geborgenheit, Selbstsicherheit, einfach Freude am Leben.

Aber wir waren uns beide darüber im Klaren, dass in dieser fanatischen Gesellschaft derartige Beziehungen niemals toleriert werden.

Noch brutaler war die Reaktion meines Vaters, der meinen lieben Saeed kaltblütig im Pasdaran-Gefängnis ermordete. Er erzählte allen, dass er ein gefährlicher Terrorist sei – die gleiche Anschuldigung wie bei den Hunderten anderen unschuldigen Menschen, die er auf dem Gewissen hat.

Mir ist egal, ob jemand in diesem Raum nicht versteht, warum ich diesen Verbrecher getötet habe. Wichtig ist, dass Saeed stolz auf meine Vergeltung sein wird.«

Für einen Moment starrte er zur Decke, als ob er dort etwas Neues entdeckt hatte. Dann fügte er leise, beinahe flüsternd hinzu: »Saeed ist im Himmel und wartet auf unsere Vereinigung. Ich muss mich ihm nun anschließen.«

Dann steckte er sich den Lauf seines Gewehres in den Mund, schloss die Augen und drückte langsam den Abzug durch.

Wieder erschütterte ein lauter Knall alle Anwesenden. Während aus seinem Hinterkopf das Blut herausspritzte, fiel er wie ein gefällter Baum zu Boden.

… und Nasim schrie erneut, dieses Mal noch hysterischer.

♣ ♣ ♣

Weitere Werke von Hassan M.M. Tabib:

Auftrag in Teheran

Cyrus gehört der adligen iranischen Familie Salaar an. Sein Vater war ein exzellenter und bekannter Chirurg zur Zeit des Schah-Regimes, wurde aber in den Wirren der Revolution ermordet, das gesamte Vermögen vom Staat konfisziert.

Die Familie floh und lebt seither in alle Welt verstreut im Exil.

Cyrus Salaar ist inzwischen deutscher Staatsbürger und arbeitet bei einem Versicherungskonzern in Hamburg.

Dieser beauftragt ihn, die Richtigkeit des Totenscheins eines iranischen Versicherungsnehmers in Teheran zu überprüfen; es wird ein Versicherungsbetrug vermutet.

Der Protagonist hat auch ein privates Interesse, diese nicht ungefährliche Dienstreise ins Land der Mullahs anzutreten. Er will die Gelegenheit nutzen, wieder in den Besitz des Familienwappens der Salaars zu gelangen – es hatte bei der Flucht zurückgelassen werden müssen. In seinem ehemaligen Elternhaus, einer alten Villa, residiert jetzt allerdings die Geheimpolizei...

Ein authentischer, spannender Roman aus dem Reich der Mullahs!

Von orientalische Träumen Zur Tragödie im Westen

Bijan kann die strenge Tradition, die gesellschaftlichen und religiösen Verpflichtungen und vor allem die politische Situation in seinem Heimatland, Iran nicht mehr ertragen. Seine Seele dürstet nach Freiheit in einer heilen Welt, möglicherweise irgendwo im Westen. Im Westen, so heißt es, hat der Horizont eine andere Farbe und das Leben eine bessere Qualität. Es gibt dort eine große persönliche Freiheit und man kann unbesorgt in Frieden leben.

Nach Abschluss seines Studiums realisiert er die seit langem geplante Auswanderung aus dem Iran in den Westen. Er ahnt jedoch nicht, dass auf ihn unzählige spannende, abwechslungsreiche, aber auch schauderhafte Ereignisse warten.

Der ungewollte Besitz von Geheimdokumenten der iranischen Geheimpolizei „SAVAK" und die atemberaubende Auseinandersetzung mit ihren Agenten bringen ihn in erhebliche Schwierigkeiten. Von orientalischen Träumen zur Tragödie im Westen beschreibt unterhaltsam verschiedene ineinander verschachtelte Episoden so anschaulich, als ob diese mit einer hochwertigen Kamera aufgenommen seien: Während sich das Buch langsam, gefühlvoll und intensiv auf die Handlung fokussiert, werden im Hintergrund die unterschiedlichen Mentalitäten und Weltanschauungen von Orientalen, Europäern und Amerikanern deutlich erkennbar. Schonungslos werden die Schwächen, aber auch Stärken der verschiedenen Gesellschaften eindrucksvoll aufgeführt.

Es ist ein sehr spannendes, manchmal rührendes, immer mitreißendes Stück Zeitgeschichte.

Der Plan eines Terroranschlags

Timm Svensen, ein erfolgreicher deutscher Manager wartet bereits seit mehreren Jahren darauf, endlich seine Traumfrau zu finden. Aber weder die Frauen, die seine Mutter für ihn aussucht, noch die Damen, die ihm gelegentlich über den Weg laufen, sind für ihn schön, intelligent und außergewöhnlich genug. Im Januar 2005, während eines kurzen Urlaubs in seiner spanischen Villa, geschah das, worauf er so lange glühend gewartet hatte: Er begegnet ihr, Roya Sassan, einer Studentin der Kunstakademie Barcelona. Sie verkörpert all die Eigenschaften einer Traumfrau, die er sich immer gewünscht hat. Innerhalb einer relativ kurzen Zeit wird aus dieser oberflächlichen Bekanntschaft eine aufrichtige Liebe.

Während einer gemeinsamen Fahrt von Spanien nach Deutschland bemerken sie des Öfteren, dass man sie verfolgt, ohne darin einen plausiblen Grund zu erkennen. Sie haben keine Ahnung, dass einen Tag vor ihrer Reise die Mitglieder einer Terrororganisation Timms Abwesenheit nutzten und 120 Kilo Sprengstoff in den Kofferraum seines Autos luden und das Verriegelungssystem des Kofferraums blockierten. Sie verfolgen die Absicht, mit der Fracht einen Wolkenkratzer in Frankfurt in die Luft zu sprengen.

Anhand eines perfekt inszenierten Plans soll der ahnungslose, deutsche Manager, der in dem Frankfurter Hochhaus eine große Firma hat, ihre hochexplosiven Bomben in seinem Auto bis nach Frankfurt transportieren. Kurz vor Frankfurt wollen die Terroristen Timm Svensen überfallen und mit ihm in die Tiefgarage fahren.

Dennoch, unbemerkt von ihrer kriminellen Absicht und um ihrer Liebe eine Chance zu geben und sich besser kennenzulernen, überredet Timm Roya dazu, nicht sofort nach Frankfurt zu fahren, sondern zuerst eine gemeinsame Reise durch Europa zu unternehmen. Sie fahren zuerst nach Paris. Dieser plötzliche Umweg jedoch gefährdet die zerstörerische Absicht der Terroristen. Sie entscheiden sich notgedrungen für Plan B.

Der Plan eines Terroranschlags ist eigentlich eine herzergreifende, philosophische Liebesgeschichte. Dennoch sorgt im Hintergrund die furchterregende Vorbereitung eines Terroranschlags für Nervenkitzel und Spannung.

Zermahlt zwischen CIA und Pasdaran

Eigentlich, eigentlich ist Kian Pourzand ein ganz normaler junger Mann, Student der TH München mit klaren Vorstellungen über sein Leben; Studium erfolgreich abschließen, einen attraktiven Job in Deutschland finden und mit Caroline, seiner Verlobten, eine Familie gründen.

Kian Pourzand ist Iraner. Wie viele Studenten muss auch er jobben, um seinen Lebensunterhalt zu finanzieren. Nicht zuletzt wegen seines Studiums kannte er sich in der PC-Welt ganz außergewöhnlich gut aus. Als er einen Job fand, wo er nicht nur seine Fachkenntnisse anwenden konnte, sondern auch noch Kontakt mit Landsleuten hatte, empfand er es als einen Glücksfall. Seine Landsleute, die als selbstständige Kaufleute ihr Geld an verschiedenen Orten in der Bundesrepublik verdienten, unterstützte er bei der Installation sowie beim laufenden Betrieb ihrer PCs. Dazu musste er viel reisen. Dies nahm er in Kauf, da der Job sehr gut bezahlt wurde.

Es war wie ein Schlag ins Gesicht, als er erkannte, dass seine Kunden keine gewöhnlichen Händler, sondern Agenten des iranischen Geheimdienstes waren. Und er, Kian Pourzand, er war ohne es zu wissen ein Teil des Spionagenetzes der Pasdaran. Angst und Verzweiflung machten sich bei ihm breit. Wie sollte sein Leben weitergehen? Was nur sollten seine Verlobte und ihre Mutter von ihm denken? „Nichts wie weg von diesen Leuten" dachte er sich. Aber hatte er denn überhaupt noch die Möglichkeit auszusteigen? Oder musste er fliehen?

Er unternahm alle Anstrengungen, um sich ein Visum für einen Aufenthalt in den USA zu besorgen. Doch es kam noch schlimmer. Der amerikanische Geheimdienst war auf ihn aufmerksam geworden und erpresste ihn. Sie erkannten, dass er vom iranischen Geheimdienst für eine Schulung über eine neue Spionage Software in Teheran vorgesehen war.

All seine Träume, seine Vorstellungen, alles löste sich in Luft auf; oder doch nicht?